KB062807

집 떠난 뒤 맑음 (하)

彼女たちの場合は
by Kaori Ekuni

Kanojotachi no Baai wa
Copyright ⓒ 2019 by Kaori Ekuni
First published in Japan in 2019 by Shueisha Inc., Tokyo
Korean translation rights arranged with Kaori Ekuni
through Japan Foreign-Rights Centre/Shinwon Agency Co.

집 떠난 뒤 맑음 (하)

펴 낸 날 | 2021년 7월 1일 초판 1쇄

지 은 이 | 에쿠니 가오리
옮 긴 이 | 신유희
펴 낸 이 | 이태권

책임편집 | 윤주영
책임미술 | 양보은
펴 낸 곳 | 소담출판사
　　　　　　　서울특별시 성북구 성북로5길 12 소담빌딩 301호 (우)02880
　　　　　　　전화 | 02-745-8566　　팩스 | 02-747-3238
　　　　　　　등록번호 | 1979년 11월 14일 제2-42호
　　　　　　　e-mail | sodambooks@naver.com
　　　　　　　홈페이지 | www.dreamsodam.co.kr
ISBN　　　　979-11-6027-238-3 04830
　　　　　　　979-11-6027-236-9 (세트)

• 책값은 뒤표지에 있습니다.
• 잘못된 책은 구입하신 곳에서 교환해드립니다.

집 떠난 뒤

맑음 (하)

에쿠니 가오리 지음
신유희 옮김

소담출판사

집 떠난 뒤
맑음

(하)

"어?"

레이나는 저도 모르게 큰 소리를 냈다.

"움직이지 마."

헤일리가 말한다. 레이나에게 '아주 살짝' 마스카라를 발라 주고 있는 중이다.

"상황을 보러 왔다고 했던 건, 그럼 미시즈 패터슨의 상황이 아니라, 우리 상황이었던 거야?"

축축한 브러시가 닿으니 속눈썹 밑동이 간지럽다.

"처음엔 그랬지."

헤일리가 대답했다.

"하지만 그 말을 꺼낸 건 내가 아니라 우리 엄마니까."

"너무해―."

레이나는 말했지만, 머리를 움직이지 않으려다 보니 목소리가 자연스레 작아졌다.

"미안."

헤일리는 엄청 미안한 듯 사과한다. 캐나다에서 전화한 어머니가 "네 외할머니가 집에 일본인 아이를 들인 모양이니, 가서 어찌 된 상황인지 보고 와."라고 말한 것에 대해.

"상관은 없지만."

헤일리가 잘못한 건 아니라고 생각했기에 레이나는 그렇게 말하고, 마스카라 브러시보다 더 작은 속눈썹용 빗이 눈앞으로 닥쳐오는 것을 잠자코 견뎌 냈다.

아까 병원에서 돌아온 헤일리에게 "왜 그렇게 눈 주위를 시커 멓게 하고 다녀?" 하고 레이나가 물었던 것이다. 예쁜 얼굴인데 아깝다는 생각에서였다. 헤일리는 잠시 생각하더니, 이게 나니까, 하고 대답했다. 이렇게 있고 싶은 나 자신이라고 할까, 라고. 레이나가 여전히 납득하지 못하자, 해 보면 알 거라고 말했다(호러 얼굴은 되고 싶지 않았기에 레이나는 뒷걸음질 쳤지만, 헤일리는 웃으면서 '아주 살짝' 해 둘 거니까 괜찮다며 장담했다. '아주 살짝'이어도 '내 자신이 달라지는 것을 알 수 있는'가 보다).

"자, 완성."

헤일리가 말하고, 레이나는 욕실로 뛰어 들어가서 거울을 봤다. 눈매가 강조되고 시원스레 커 보이기는 하지만, 그 외에 뭔가가 달라진 느낌은 전혀 들지 않았다. 사람이라기보다 인형 같은 얼굴이라고 생각했다. 혹은, 화장한 어린아이 같은 얼굴이라고.

"어때?"

상태를 보러 온 헤일리가 묻는다.

"나 자신이, 조금은 강해진 느낌이 들지 않아?"

"……들지 않아."

레이나가 솔직하게 대답하자 헤일리는 고개를 갸웃거렸다.

"마스카라만 하고 아이라인을 그리지 않아서 그런가."

레이나 자체가 아니라, 거울에 비친 레이나를 가만히 응시한다. 그러다 불쑥 어깨를 으쓱해 보이며 말했다.

"그런가, 넌 원래 강한 건지도."

결국 시카고행 티켓은 사지 않았다. 학비 및 생활비 조로 부모님이 부쳐 주는 돈이 얼마나 남았는지 은행 ATM에 가서 확인해 보니 계좌의 잔고가 2,434달러밖에 없었기 때문이다. 그 정도면 돌아갈 때 쓸 여비를 제하고도 시카고에는 갈 수 있다. 하지만 도회지는 물가도 비쌀 테고 숙박비며 식비로 금세 없어져 버릴 테니 여행은 거기서 끝이다. 서부에는 도저히 갈 수 없다. 크리스가 있는 뉴햄프셔로 돌아가는 건 꿈도 못 꾼다. 될 수 있는 한 돈을 쓰지 않고 하루라도 길게 여행을 지속하려면 계획을 변경해야 한다. 버스 대신 히치하이크로 이동하거나, 도회지가 아닌 시골로 가거나, 호텔이 아닌 싼 모텔에 묵거나.

"그거 틀림없이 우리 부모님이 한 짓일 거야."

레이나는 아까부터 분개하고 있다. 햄버거 체인점의 조명은 훤하게 밝고―신용 카드를 쓸 수 없게 된 지금, 테라스석이 있는 스테이크 하우스는 선택지에서 삭제되었다―, 헤일리가 해주었다는 화장 덕택에 레이나의 얼굴은 익살맞아 보였다. 아주 오래전 할리우드의 아역 스타 브로마이드처럼.

"이츠카짱네 아빠는 언제나 우리 편이 돼 주었고, 통이 크잖아."

"아니, 그게, 통이 크고 말고의 문제는 아니라고 보는데."

이츠카는 그렇게 말하고 나서, 돈이라는 물리적이면서 근본적인 문제를 앞에 두고 암담한 기분이 들어 한숨을 내쉬었다.

"어이, 여자애들, 어두운 얼굴 하지 마."

연못처럼 듬뿍 짜 놓은 케첩을 감자튀김으로 떠내면서 헤일리가 말한다(스테이크 하우스는 사양했으면서 햄버거집에는 왔다는 건, 역시 레이나 말대로 돈 문제였지 싶다).

"나랑 같은 상태가 됐을 뿐이잖아. 끙끙댈 거 없어."

이츠카와 레이나가 일본어로 주고받은 대화는 이해하지 못했을 테지만, 신용 카드가 정지되어 버린 이야기는 이미 들어서 알고 있다. 어라라, 딱하게 됐네. 그때 아파트에서 헤일리는 그렇게 말했지만, 여행을 갑자기 중단하게 생겼다는 이야기에 대해서는 왜? 하는 표정을 지었다.

"돈이 없으면 벌면 되지. 이 나라에선 다들 그렇게 해."

케첩 연못 옆에 새로이 머스터드 연못을 짜내면서 말한다.

"일본에서도, 다들 그렇게 해."

레이나가 빗나간 반론을 펼쳤다. 이미 얼음만 남은 콜라 종이컵을 흔들어 버스럭버스럭과 데그럭데그럭의 중간 같은 소리를 낸다.

"그럼, 여기서도 그렇게 하면 되지."

"저 말이야, 헤일리."

이츠카가 끼어들었다.

"외국인에 미성년인 우리를, 대체 누가 써 줄 거라고 생각해?"

헤일리는 어깨를 으쓱해 보이고는,

"여기서는 무리일지도."

하고 깨끗이 인정했다.

"하지만, 내슈빌이라면 일을 소개받을 수 있을걸. 마침 지금부터 연말까지 관광 시즌이라서 어느 가게든 성수기이다 보니, 단기 아르바이트생 구하기에 혈안이 되어 있으니까."

"내슈빌?! 그게 어디야?"

레이나가 묻는다.

"테네시주. 내가 사는 동네. 좋은 곳이야."

헤일리는 대답하고 나서 감자튀김을 케첩과 머스터드 양쪽에 담갔다.

"고속도로로 예닐곱 시간 걸리니까, 지금부터 히치하이크로 이동하면 아침에는 도착할 거야."

듣고 보니 완벽한 타개책 같았다. 테네시주라면, 미시시피강을 넘으면 아칸소주이고, 남쪽을 경유해서 서부에 가까워진다.

"좁아도 괜찮다면, 내 방에서 지내도 되고."

헤일리가 말한다.

"그 동네에서 살면, 돈이 없다는 게 대단찮은 일이라는 걸 분명히 알게 될 거야."

라고, 아무 일도 아닌 것처럼.

맨해튼에서 접대를 마치고 택시에 타자, 우루우는 아내에게 전화를 걸었다.

"레이나한테서 연락 있었어?"

그렇게 물은 건, 당장에라도 연락할 거라 생각했기 때문이다. 돈 지급이 정지된 이상, 아이는 부모를 의지하는 수밖에 없을 테고, 어디까지 마중 나와 달라든지, 돌아갈 여비를 마련해 달라든지, 그런 전화가 왔을지도 모른다고 생각했다.

"없어."

아내는 대답하고 나서,

"하지만 가스미 씨한테서는 있었어."

하고 말했다.

"가스미 씨가? 뭐래?"

묻자, 우선 침묵이, 이어서 한숨이 돌아온다.

"신짱한테 카드 정지시키라고 한 거, 왜 나한테 말해 주지 않았어?"

순간 사고가 정지했다. 말하지 않았던가. 심야의 택시 안은 난방이 과한 데다 운전기사가 뿌린 남성용 코롱 냄새가 독하다. 역시 우버로 아는 기사를 호출했어야 한다는 생각이 들었다.

"실제로 정지시켰다고 들은 게 어제인가, 그제였으니까."

우루우는 차창을 살짝 열었다. 센트럴 파크는 시커먼 숲으로 보이고, 업타운의 조용한 밤공기가 흘러들어 온다.

"어제인가, 그제."

아내가 되뇌자, 우루우는 짜증이 난다. 지금 그게 문제인가.

"날 제쳐 놓고 신짱과 직접 담판을 지은 거네."

아내는 한층 말이 격해진다.

"그렇게 한 건 어제인가 그제가 아니겠지? 나한테 말해 줄 시간은 얼마든지 있었을 텐데."

짤그랑, 하고 얼음 구르는 소리가 났다. 아내가 취침주로 위스키를 즐기게 된 건 미국에 오고 나서부터이고, 그건 교회에 다니는 것과 마찬가지로 탐탁지 않은 변화였다.

"가스미 씨, 놀라더라, 내가 아무것도 모르고 있었으니까. 리오나짱 의향이기도 한 줄로만 알고 있었다고 했어."

"아닌가?"

더위와 냄새를 견디기 어려워 우루우는 넥타이를 느슨하게 푼다. 밤 11시. 교외로 나오니 창밖은 오로지 어둠뿐이다.

"레이나가 돌아오기를 바라지 않는 건가?"

"물론 돌아오길 바라. 하지만—."

"그럼, 당신 의향이기도 한 거 아냐."

우루우는 귀찮아진다. 왜 아내와 입씨름을 해야 하는지 알 수 없었다.

"좀 더 빨리 이렇게 해야 했어. 그랬으면 지금쯤 둘 다 이미 집에 와 있었을 거야. 뭐, 이츠카가 다시 우리 집에서 하숙을 했을는지는 모르겠지만."

"무슨 뜻이야?"

"말 그대로야. 그 애는 열일곱 살이야. 자기 나름의 생각이나 뭔가가 있는지도 모르지. 여행을 떠난 것도, 우리 집이 마음에 들지 않아서였는지도 몰라."

그랬다면 저 혼자 나가야 했다고 우루우는 생각한다. 레이나까지 끌어들이지 말고.

"그 애들은 둘이서 여행을 떠난 거야."

아내의 목소리는 들렸지만, 우루우는 갑자기 피로감이 들어 전화를 끊고 시트에 몸을 기댔다.

연한 파란색, 흰색, 장미색—. 자동차 앞 유리 너머로 하늘의 색이 점점 변한다. 밤에 히치하이크를 하기엔 너무 무서웠기에 아침이 오기를 기다렸다가 출발했다. 그동안 헤일리로부터 내슈빌에 대해 이것저것 배웠다. 레이나는 도중에(구르망과 함께 거실 바닥에서) 잠들어 버렸지만, 이츠카짱은 밤새도록 깨어 있었던 것 같다(그런 탓에 지금은 뒷좌석에서 자고 있다).

오랜만의 히치하이크였는데 무려 첫 번째 차가 멈춰 서 주었다. 징조가 좋다. 운전자는 신시내티 공항에 간다는 남자인데 수다를 잘 떤다.

"그래서, 내슈빌에는 뭐 하러 가는데?"

라느니,

"난 일본에는 가 본 적이 없지만, 이건 일본 차야."

라느니. 라디오에서는 뉴스—이따금 교통 정보와 일기 예보—가 흐르고, 차 안은 기분 좋게 따뜻하다. 레이나는 잠깐잠깐 졸았다.

"아이스하키는 좋아해?"

그 질문을 받은 건 라디오에서 어젯밤 스포츠 결과가 흘러나올 때였다.

"아뇨, 그다지."

깜빡 졸았던 레이나는 엉겁결에 솔직하게 대답한 후, 그렇게만 말하자니 미안한 감이 들어서 덧붙였다.

"하지만 남동생은 팀에 들어갔어요."

"너는 뭔가 따로 하는 스포츠 없어?"

남자는 물으면서 룸미러를 힐끔 본다.

"없어요. 학교에서는 도서 클럽에 들어 있고."

"도서 클럽이라. 남자 친구는 있고?"

질문을 거듭한다.

"없습니다."

대답하고 나서, 레이나는 상대방을 다시금 보았다. 그런 걸 묻다니 이상한 사람일지도 모르겠다고 생각했기 때문이다. 갈색 머리는 짧고 청결해 보이고, 지극히 평범한 수트 차림에 결혼반지도 끼고 있다. 수상해 보이진 않았지만 또다시 물었다.

"왜?"

"왜라니, 무슨 뜻이죠?"

되묻자, 남자는 다시 룸미러를 힐끔 보고 나서,

"넌 무척 귀여워. 피부도 머리도 깨끗해. 어린 여자애들 중에는 불결한 애들도 가끔 있고, 너무 뚱뚱하거나, 성질이 비뚤어지거나, 어른을 공경할 줄 모르는 애도 있거든."

라고 말했다.

"그런데 넌 달라. 난 바로 알았어. 넌 청결하고, 솔직하고, 귀여워.”

라고 작은 목소리로.

아무 대답 하지 않자 남자도 입을 다물었기에 레이나는 한시름 놓고 다시 깜빡 졸았다. 얼마나 그러고 있었을까. 문득 눈을 떠보니, 차는 대피 차선에 서 있었다.

“이츠카쨩,”

레이나의 목소리가 들려 이츠카는 눈을 떴다. 차 안이 따뜻해서 어느새 잠이 들고 말았던 모양이다.

“이츠카쨩,”

다시 한번 이츠카의 이름을 부른 그 목소리에는 긴박감이 있었다.

“뭐야? 왜 그래?”

이츠카는 몸을 앞으로 내민다. 라디오에서는 토크 방송이 흐르고, 앞 유리 너머 햇살은 눈부시고, 차는 멈춰 서 있었다.

“뭐야? 왜 서 있는 거야?”

“내리자.”

레이나가 말한다.

“이 사람 이상하니까, 내리자.”

반사적으로 그쪽을 보니, 남자—30대 후반 아니면 40살쯤 됐을까. 딱 봐도 중상류층의 전형적인 비즈니스맨으로 보이는—는 양손을 살짝 들어 보이며,

"난 이 아이에게 아무 짓도 하지 않았어."

하고 말했다. 게다가,

"난 너한테 손끝 하나 대지 않았어."

하고, 레이나에게 직접 말을 건다. 레이나는 대답하지 않았다. 온몸이 굳은 채 그저 앞만 보고 앉아 있다.

"저희, 여기서 내리겠습니다."

이츠카는 어쨌든 그렇게 말했다. 문을 열려 했지만 잠겨 있었기에,

"문, 열어 주세요."

라고도.

"잠깐만. 그 전에 확인을 받고 싶어."

남자가 상체를 틀어 이츠카를 똑바로 보면서 말했다.

"이 차에 타 달라고 내가 부탁한 게 아냐. 너희가 멋대로 올라탄 거야. 그래서, 신시내티까지 태워 주겠다고 했는데, 여기서 내리겠다고 결정한 것도 너희야. 그렇지?"

이츠카가 그렇다고 인정하자, 바로 잠금장치가 풀리는 소리가

났다.

"그렇다면 됐어. 빨리 어디로든 가 줘."

남자가 그렇게 말했을 때 레이나는 이미 차에서 내리고 있었다.

얼굴에 닿는 바람이 차갑다. 고속도로는 폭이 넓고 펜스가 높아서 경치는 보이지 않았지만, 그만큼 하늘을 실컷 볼 수 있다. 시원하게 트인 푸른 겨울 하늘이다.

"그래서, 무슨 일이 있었던 건데?"

"말도 안 돼."

레이나가 중얼거린다.

"하지만, 깜짝 놀랐어—."

라고도 중얼거리더니, 이츠카의 질문은 무시한 채 계속해서 "믿을 수 없어, 말도 안 되는 놈." 하고 말한다. 그러더니 갑자기,

"Shame on you!"

하고 영어로 소리치고, 길 저 끝, 차가 달려간 방향을 향해 칼로 연필을 깎는 것처럼 손가락으로 손가락을 깎는 시늉을 했다. 이츠카는 어안이 벙벙해진다.

"잠깐, 레이나, 괜찮아?"

걱정이 돼서 그렇게 말을 걸자, 레이나가 돌아보며,

"그 사람, 바지 지퍼를 내리고, 안에 있는 걸 꺼냈어."

하고 말했다.

"졸려서, 잠깐 잠이 들었는데, 어쩐지 느낌이 이상해서 눈을 떴더니, 차가 움직이지 않아서, 옆을 봤더니—."

말을 끊고, "Yuck(으웩)" 하고 다시 영어로 말하며 얼굴을 찌푸린다. 레이나는 그 남자가 자신을 보면서 그걸 하고 있었던 거라고 말했다. "눈이 마주치니까, 그 자식, 히죽 웃었어."라고도.

이츠카는 화가 나 죽을 것만 같았다.

"왜 그때 바로 날 깨우지 않았어?"

뒷좌석에서 잠들어 버린 걸 마음속 깊이 후회하면서 말하자,

"미안."

하고, 사과할 필요도 없는데 레이나는 사과했다.

"너무 놀라서, 말이 안 나왔어."

하고 말한다.

"게다가, 무서웠고."

라고, 작은 목소리로.

이츠카는 그 남자를 당장 쫓아가서 차에서 끌어내 주먹으로 때리고 발로 걷어차 버리고 싶었다. 아니면—이편이 더 낫겠지만—, 파쇄기로 차째 찌부러뜨려 버리고 싶었다.

결국 레이나는 남자가 그것을 제 손으로 만져 대고 있는 동안,

그저 가만히 앉아서 기다리고 있었다고 말했다. 달리 어떻게 해야 할지 몰랐기 때문에 ─.

"그런데 있지, 진짜 엄청 징그러웠어. 도저히 사람 몸의 일부라는 생각이 안 들 만큼 이상한 색깔인 데다 똑바로 위를 향해 있었어. 손이나 얼굴 피부색은 하얀데, 그건 전혀 달라서 ─."

"아무튼."

그 이상 설명을 듣고 있기가 힘들어서 이츠카는 말을 끊었다. 바람이 세서 레이나의 긴 머리칼이 얼굴 앞에서 사락사락 나부끼고 있다. 같은 바람이 이츠카의 귓전에서 윙윙거린다.

"아무튼, 레이나는 앞으로 조수석 금지."

사촌 동생이 그런 꼴을 당하게 만든 자기 자신이 한심스러웠다.

"그리고, 넌 나랑 달리 평범한 얼굴로 태어나지 않았으니까, 모르는 사람한테는 좀 더 무뚝뚝하게 굴어."

발치에 내려놓은 짐 안에서 마이클의 수제 사인보드를 꺼내 들어 올리면서 말했다.

"뭐야 그게. 그 자식이 변태인 건 레이나 탓이 아니잖아."

레이나가 말했다.

"게다가, 이츠카짱 얼굴은 전혀 평범하지 않거든? 이츠카짱 얼굴은……, 뭐랄까, 굉장히……, 굉장히 개성적으로 생겼어."

라고도.

십여 대째 만에 멈춰 준 차에는 노부부가 타고 있어서, 이츠카도 레이나도 뒷좌석에 앉았다. 노부부의 이름은 이니드와 존으로, 둘 다 풍채가 좋고, 둘 다 짧게 자른 백발에 비슷한 은테 안경을 쓰고 있었다. 운전은 부인이 하고 있었는데 두 사람이 타자마자 남편인 존이 말했다.

"이 사람은 굿 드라이버니까 걱정 없어요."

그건 운전 기술이나 경력에 관한 이야기임을 알고는 있었지만, 이츠카에게는 다른 의미에서 훌륭하고 안전한 드라이버로 보였다. '변태'로 보이진 않는다는 이유만으로.

차 안에는 패스트푸드 냄새가 가득하고, 뒷좌석에 그 봉투며 포장지 뭉치가 나뒹굴었다. 하지만 그것조차도 그들이 보통 사람들이라는 징표 같아서 좋아 보였다. 더구나 이제부터 루이빌에 간다고 한다.

"추수감사절은 매년 아들네 집에서 보내."

이니드가 말하고,

"크리스마스는 딸네 집이지만."

하고 존이 덧붙인다.

"그러니까, 겨울의 우리는 여행자인 거야, 너희와 마찬가지로."

"그 애들, 우리가 자기들 집에 며칠씩 머무는지, 그걸 경쟁하고 있어. '엄마, 오빠네 집에 일주일이나 있었으면, 우리 집에선 이 주일은 있어야지.' '엄마, 농담이지? 벌써 돌아가겠다니. 마사네 집에선 얼마나 있을 생각인데?'"

노부부는 마치 연극을 하듯 가족 간의 대화를 재현해 보인다.

"아들은 프로 골퍼야."

라느니,

"딸은 애가 넷인데, 막둥이가 아직 세 살이야."

라느니, 번갈아 가며 이야기꽃을 피우고 iPad에 잔뜩 담아 둔 사진도 보여 주었다. 그러다 보니 화장실에 갈 겸 휴게소에 들른 시간을 포함해 세 시간 정도 드라이브를 하는 동안, 이츠카도 레이나도 이니드와 존의 가족에 대해 속속들이 알게 돼 버렸다.

루이빌에 도착, 다음 차를 잡기 쉽게 고속도로 출구에 한참 못 미쳐서 내렸을 때 이츠카가 생각하고 있던 건 자기 가족이었다. 아버지와 어머니, 오카야마에 계신 조부모, 그리고 도쿄에 살았던 외조부모에 대해. 도쿄에 살았던 외조부모는 이미 다 돌아가셨지만, 살아 계실 때는 첫 손주인 이츠카를 예뻐해 주셨다. 놀러 가면 이츠카 전용 어린이 의자와 식기, 그림책과 장난감과 파자마와 수건이 항상 준비되어 있었다.

오는 내내 가족 이야기만 들어서 레이나도 뉴욕의 부모님과 동생이 떠올랐으려니, 하고 이츠카는 생각했지만, 손을 흔들어 이니드와 존의 차를 전송하면서,

"좋은 사람들이었지."

라고 말한 레이나는,

"그런데, 미시즈 패터슨이 생각나 버렸어."

라고 말을 이었다.

"같은 노인이라도 사정이 많이 다르네."

그렇게 말하고는, 빗겨 멘 천 가방에서 페트병의 물을 꺼내 마신다. 태양은 머리 바로 위에서 흰빛으로 스산하게 빛나고 있다. 이른 아침에 클리블랜드를 출발했는데 이미 정오가 지나 있었다.

"앞으로 몇 시간이나 걸릴까."

레이나가 묻고, 이츠카는 도로에 선 채 지도를 펼친다. 바람이 여전히 세서 지도가 펄럭거렸다.

"이제 3분의 2 정도 왔으니까, 얼마냐……, 앞으로 두세 시간 아닐까?"

내슈빌에 도착하면 아무튼 '허미티지 카페'라는 가게에 가 보

기로 했다. 헤일리에 따르면, 그곳은 그녀에게 '내 집보다 더 내 집 같은' 장소이고, '마음 편하기로는 세계 제일'이란다. '현지인 이라면 누구나 다 아는 오래된 가게'이고, '허미티지 거리와 미들턴 거리 모퉁이에 있으니까, 절대 못 볼 리 없을 것'이라고 설명해 주었다. 사장인 피트라는 사람에게 전화해 두겠다고도 했다. "피트는 솔까말, 진짜 최고야."라고도.

지도를 접고, 이츠카는 다시 보드를 손에 들었다.

"루이빌은 켄터키주야."

레이나에게 말하며 도로와 차와 펜스와 하늘밖에 보이지 않는 주위를 둘러본다. 설령 다를 게 없는 풍경이라 해도, 모르는 장소에 와 있다는 사실에는 변함이 없다. 그저 지나쳐 가는 주일지라도 이츠카는 몸에 새겨 두고 싶었다. 자신들이 확실히 지금 여기에 있다는, 그 실감 비슷한 것을.

"프라이드치킨 냄새, 안 나네."

레이나가 말했다.

"켄터키면, 샌더스 할아버지네 주지?"

라고 진지한 표정으로.

다음 차는 엘리자베스 타운까지밖에 가지 않았지만, 태워 준

이는 좋은 사람이었다. 오하이오 대학에 다니는 남학생인데 엘리자베스 타운에 있는 본가로 돌아가는 길이라고 했다. 에어컨 세기는 이 정도면 괜찮냐, 음악 볼륨이 너무 크지는 않냐, 이것저것 친절하게 물어봐 주었는데(이츠카짱은 에어컨은 그대로 괜찮지만 음악은 너무 크다고 대답했다) 레이나는 뒷좌석에서 그만, 이 사람의 몸에도 그런 게 있으리라는 생각을 해 버리고 말았다. 아마도 그렇게 이상한 색깔은 아닐 테지만.

진짜 기분 나쁜 일이었어, 오늘 아침의 그건. 떠올리고 싶지 않은데 떠올라 버려서 레이나는 얼굴을 찡그린다. 자신의 두 눈을 비누칠해서 씻어 버리고 싶다는 생각을 했다. 맵지 않은 비누가 만약 있다면.

엘리자베스 타운에서 내슈빌까지는, 딱 보기에 린다라는 이름을 지녔을 법한 여성(실제 이름은 재닌)이 태워 주었는데 차 안은 화장품 냄새로 가득했지만 이 사람도 친절했다. 차량 네 대를 얻어 타고 오는 동안 한 사람 말고는 전부 친절했으니까 운이 좋았다고 레이나는 생각하기로 한다. 어쨌든 목적지에 무사히 도착했다! 도착은 언제나 기쁘다.

린다(재닌)는 내슈빌 공항에 둘을 내려 주었다. 공항이라면 연결되는 교통편이 충실히 갖춰져 있기 때문이라며, 작은 도시라서 다운타운까지 버스로 가도 금방이라고 가르쳐 주었다.

"Thank you so much."

감사 인사를 하고, 악수를 나눈다. 린다(재닌)의 손은 뼈가 앙상하고, 건조하고 따뜻했다.

"바람이 있어서 그런가. 남부인데도 춥네."

차가 가고 나자 이츠카짱이 말했다.

"일단 건물 안으로 들어가서 경로를 생각해 보자."

주위에는 택시며 버스가 많이 보였다. 수트 케이스를 드르륵 드르륵 끌며 걷는 여행자의 모습도. 그건 어느 공항이나 같은 광경일 텐데 레이나는 무척 먼 곳에 왔다고 생각했다. 뉴햄프셔보다 클리블랜드보다 먼 곳에.

"은색, 흰색, 녹색, 빨간색."

오늘 얻어 타고 온 차들의 색상을 작은 목소리로 노래하듯 읊조리면서 레이나는 이츠카짱의 뒤를 따라 걷는다.

"은색, 흰색, 녹색, 빨간색. 은색, 흰색, 녹색, 빨간색."

건물 안으로 들어가 알아보니, 다운타운까지 가는 셔틀버스는 1인당 편도 14달러였다.

뜨겁고 향기 좋은 커피와, 테두리 장식을 두른 듯 가장자리가 살짝살짝 그을린 모양의 완벽한 달걀 프라이, 물결치는 모양새로 바삭바삭하게 구워진 베이컨과 토스트. 이츠카는 거의 말 한마디 없이 먹었다. 이동하느라 긴장해서 미처 몰랐는데 역대급으로 배가 고팠다. 아침 일찍 자몽을 먹고 난 후로 아무것도 입에 대지 않았다.

"헤일리가 말한 대로, 좋은 가게네."

좋아하는 팬케이크를 놓고 한참 고민하다가 결국 프렌치토스트를 주문한 레이나가 시럽 탓에 달달하게 빛나는 입술로 말한다. 프렌치토스트 옆에도 베이컨(과 구운 토마토)이 곁들여져 있다. 오후 3시이지만 여기는 '하루 종일 조식이 제공되는' 가게다. 핑크색 컬러 펜으로 창유리에 직접 그렇게 써 두었다.

허미티지 카페는 도시 중심부에서 벗어난, 달리 아무것도 없는 살풍경한 길에 외따로(하지만 간판이라든지 벽에 붙은 전단지들 덕분에 가만히 보면 꽤 떠들썩하게) 서 있었다. 차고처럼 멋없는 직사각형의, 딱 봐도 옛날 미국 간이식당 같은 외관이라서 작고 수수한데도 눈에 띄었다. 거리 이름(허미티지와 미들턴이 만나는 모퉁이)을 알고 있다면, 이라는 조건이 붙지만.

이츠카는 얼른 헤일리의 아파트에 짐을 풀고 거리를 돌아보고 싶었다. 지도에 따르면 바로 옆이 강일 터이다. 하지만 헤일리의 남자 친구가 데리러 와 줄 때까지는 여기서 기다려야 한다. 그 남자 친구에게는 가게 주인인 피트가 아까 전화로 이츠카와 레이나의 도착 소식을 알려 주었다. 헤일리가 말하길, '솔까말, 진짜 최고'인 피트는 몸집이 작고 야윈 초로의 남성이었다. 이츠카와 레이나가 가게에 들어서자 웃음기 하나 없이 손바닥을 보이며 잠시 기다리라는 신호를 보냈다. 웨이트리스는 "하이." 하고 인사해 주었는데 피트는 그마저도 없이 하던 작업을 한동안 계속했다. 이윽고 카운터 바깥으로 나온 피트는 역시 웃음기 하나 없이 입을 열었다. 하지만 "이츠카와 레이나지?" 하고 두 사람의 이름을 외우고 있었을 뿐 아니라 "헤일리가 전화 줬어. 나는 피트야. 내슈빌에 잘 왔어." 하고 자리로 안내해 주었다.

"개구리군, 늦네."

이츠카의 그 말에 레이나는 웃으며 노트에서 고개를 들었다 (프렌치토스트를 다 먹은 레이나는 또 일기를 쓰고 있다).

"그만해, 이츠카짱. 지금 올 사람이 만약 정말로 개구리 얼굴이면 웃음을 참지 못할 것 같단 말이야."

그렇게 말하곤 쥐고 있던 펜을 코 밑에 끼웠다. 그렇게 하니 자연히 입술이 뾰족해져서 못난이 얼굴이 된다.

"진짜 이름이 뭐였더라."

채드, 라고 대답했을 때 문이 열리고 당사자가 다가왔다.

유즈루가 감기에 걸려서 병원에 데려갔는데 그 두 시간 남짓 외출한 사이에도 어쩌면 이츠카와 레이나가 돌아와 있을지도 모른다고 리오나는 생각했다. 어디까지나 가능성으로서 그렇게 생각했던 것인데 가능성은 어느새 예감인 척을 하기 시작하여, 유즈루를 조수석에 태우고 처방 약이 든 백을 무릎에 얹고서 집 주차 공간에 차를 세웠을 즈음에는 딸들이 있는 집 안 풍경이 머릿속에 생생히 떠올라 있었다.

우루우와 유즈루와 자신, 셋만 있는 집에서는 존재하지도 발생하지도 않는 레이나만이 지닌 에너지가 있다. 문을 열면 바로 그것임을 알 수 있을 터이다. 실제로 모습을 보기 전에 이미.

"나중에 수프 가지고 갈 테니까."

문을 열고, 두 시간 전과 완전히 똑같은 기운 속으로 발을 내딛으며 리오나는 아들에게 말했다.

"바로 침대에 누워. 오늘은 게임하면 안 되니까."

'예감'은 마치 처음부터 없었던 양 사라지고, 리오나는 오히려 안도한다. 기대를 지속시키기에는 자신이 너무 약한지도 모르겠다는 생각을 했다. 아니면 너무 강해서일까, 딸의 부재를 받아들여 버릴 정도로?

"하지만 믹이랑 대전하기로 약속했으니까, 그건 해도 되지?"

열 때문에 부어서 부석부석한 얼굴로 유즈루가 말한다.

"대전?"

"응. 더군다나 게임은 매일 꾸준히 해 주지 않으면 캐릭터가 약해진단 말이야."

리오나는 웃고 만다.

"약해진 건 너잖니."

어깨를 끌어당겨 안자 그대로 몸을 기대 왔기에 함께 계단을 올라간다.

어지르기 대장인 아들 방에도 함께 들어가 옷 갈아입는 것을 도와주려다 혼자 할 수 있다는 말을 들었다.

"그건 그렇네."

리오나는 인정하고 방에서 나가려 했다.

"엄마."

뒤에서 부르기에 돌아보자 유즈루는,

"그치만, 혹시 도와주고 싶은 거면, 도와줘도 괜찮아."

라고 말했다.

"하이."

달려왔는지 숨을 헐떡이며(자전거를 타고 왔다는 사실이 몇 분 후 판명된다) 채드는 싱긋 웃었다. 러시아 병정 같은 옷. 그게 레이나 머릿속에 처음 떠오른 생각이었다. 옷깃에 페이크 퍼가 달린 모스그린색 코트. 작은 나일론제 가방은 비껴 멨다기보다는 등에 붙어 있는 것처럼 보인다.

"하이."

레이나와 이츠카짱도 같은 말로 대답했다.

"갈까."

재촉을 받고 자리에서 일어선다. 초겨울 찬 바람을 얼굴로 받은 탓에 채드는 뺨과 귀가 빨갰다. 키가 크고, 얼굴이 작고, 눈과 눈 사이가 멀다. 억센 빨간 머리를 뒤로 꽉 동여맸다. 개구리 얼굴이라기보다 외계인 얼굴이라고 레이나는 생각한다. 외계인을 본 적은 없지만.

"당신도 뮤지션이죠? 키보드를 연주한다고 헤일리가 말했어요."

이츠카짱이 계산을 마칠 동안 가게 앞에 나와 기다리면서 레이나는 말했다.

"헤일리가 돌아올 때까지는 휴업?"

"설마."

채드는 웃었다.

"그랬다간 일거리가 바로 끊겨. 경쟁이 엄청나거든. 다른 베이스를 대타로 부르거나, 반대로 내가 대타로 다른 밴드에 참가하면서 매일 착실하게 활동해."

"어떤 곡을 연주해요?"

"뭐든 하지. 하지만, 주로 컨트리라고 할까. 리퀘스트 나름이야. 고객을 상대하는 장사니까."

헤일리의 아파트까지 가는 길을, 채드는 자전거를 끌면서 걸었다. 미시즈 패터슨의 용태를 묻고, 저쪽에 가 있는 헤일리의 상황도 물었지만, 레이나와 이츠카 둘에 대해서는 아무것도 묻지 않았다. 나이도, 자매인지 여부도, 어째서 헤일리의 아파트에 묵게 되었는지, 무엇보다 왜 학교에도 가지 않고 여행을 하고 있는지도. 헤일리에게서 이미 들었기 때문이라 쳐도, 마치 레이나와 이츠카 두 사람이 여기에 있는 것이 지극히 당연하다고 할지, 자연스러운 일인 듯한 그의 대응 방식이 레이나는 기뻤다.

"이츠카쨩, 봐봐! 강이야!"

길 끝에 갑자기 등장한 물—바람이 있어서 수면이 미세하게 일렁이고, 그 잔물결 하나하나가 저녁 햇살을 반사하고 있

는—을 가리키며 외치자, 주의 깊게 지도를 펼쳐 쥔 채 걷고 있던 이츠카짱은,

"컴벌랜드 강."

이라고 가르쳐 주었다.

헤일리의 아파트는 강가에 있었다. 피트네 카페에서부터 걸어서 10분도 안 걸리는 장소다. 아주 오래전에 지어진 듯 그을음이 끼어 거의 거멓게 보이는 벽돌 건물로 공동 현관에는 오토락도 평범한 자물쇠도 없다.

"엄청 어둡네."

레이나가 말하자 목소리가 울렸다.

"세탁실은 지하. 세탁기와 건조기가 각각 석 대씩 있으니까 대체로 한 대는 비어 있겠지만, 빨래를 넣어 둔 채 안 꺼내 가는 놈이 있다고 헤일리가 곧잘 투덜댔어."

채드가 설명해 준다.

"쓰레기장은 뒤쪽. 분리수거 때문에 주민들이 가끔 옥신각신하는 모양이니까 주의하는 게 좋아. 쓰레기장 열쇠는 난 가지고 있지 않은데, 헤일리한테서 받아 뒀지?"

받아 뒀다고 이츠카짱이 대답하고, 공동 현관에는 자물쇠가 없는데 쓰레기장에는 있다는 사실에 레이나는 놀란다.

계단은 현관 홀보다 더 어둡다. 작은 창이 있기는 하지만 빛은 거의 들어오지 않고, 위치가 너무 높아서 바깥도 보이지 않았다.

"관리인인 미스터 코빅은 좋은 사람이야. 내가 가끔 자고 가는 건 눈감아 주곤 해. 하지만 다른 사람이 대신 들어와 사는 건 기본적으로 규칙 위반이니까―."

"만약 누가 물어보거든, 놀러 와 있는 친척이라고 대답할 것."

뒷말을 이어 대답했다. 헤일리에게서 그렇게 하라는 말을 들었다.

헤일리의 방은 3층 맨 앞, 3E였다. 여벌 열쇠로 문을 열어 준 후 채드는 열쇠를 이츠카쨩에게 건넸다.

"그럼, 내일, 저녁 5시쯤에 데리러 올게."

"내일? 뭣 때문에?"

이츠카쨩이 깜짝 놀란 얼굴로 묻자, 채드도 놀란 얼굴이 된다.

"뭣 때문에라니, 일이지. 당장 일거리가 필요하다고 헤일리한테 들었는데."

이츠카쨩의 얼굴은 놀람을 뛰어넘어 거의 무표정해진다.

"내일? 무슨? 어떤?"

"'서드 피들', 브로드웨이에 많이 있는 라이브 하우스 중 하나야."

채드가 말했다.

"내 휴대 전화 번호는 헤일리한테서 들었지?"

들었다고 레이나가 대답하자, 채드는 고개를 끄덕이고 돌아갔다.

라이브 하우스, 내일―. 이츠카는 속으로 되뇌었다. 물론, 일해서 자금을 늘리기 위해 이 도시에 왔다. 하지만, 내일? 그렇게 빨리?

"히에―."

먼저 방으로 들어간 레이나가 괴상한 소리를 낸다.

실내는 어둑하고, 공기가 정체되어 있었다. 무시무시하게 어질러져 있다. 그렇다기보다 거실은 가히 카오스 상태였다. 새빨간 입술 모양 비닐 소파, 빈 피자 상자가 널브러져 있는 커피 테이블, 여기저기에 옷, 종이 뭉치, 빈 캔과 빈 병. 벽을 따라 높이 쌓아 올린 잡지며 CD.

"왜 죄다 바닥에 두는 거야?"

레이나가 중얼거린다. 아닌 게 아니라 진짜 그랬다. 안에서 수건이 빠져나온 스포츠백도, 언뜻 봐도 DM뿐임을 알 수 있는 우편물도, 쿠션도, 피에로 인형도, 헤어 드라이기에 유선 전화에

CD 플레이어도, 볼펜이며 리포트 용지며 재떨이도, 왜 거기에 있는지 알 수 없지만 플라스틱 포크가 잔뜩 들어 있는 봉투도, 진짜(로 보이는) 럭비공도, 철 지난 비치 샌들도, 아몬드가 든 작은 봉투도, 디지털 카메라도, 영화 포스터를 넣은 액자도 맨바닥에 놓여 있었고, 한두 개가 아닌 리모컨이며 가위며 작은 매니큐어 용기들이 그 사이사이에 굴러다니고 있다.

"너무하잖아, 헤일리."

이츠카도 무심결에 그런 소리가 나왔다. 바닥에 떨어져 있는 것들을 밟지 않으려 조심조심 걸으며 우선 창문을 연다(커튼은 검정 바탕에 하얀 물방울무늬).

침실은 조금 나았다. 침대는 정돈되어 있지 않고 서랍도 죄 열려 있었지만(서둘러 짐을 꾸리는 헤일리의 모습이 눈앞에 떠올랐다), 벽에 기대어 세워 놓은 거울 주위에 부츠가 잔뜩 늘어서 있는 것을 제외하면 바닥에 떨어져 있는 물건은 없다. 침대 옆에 목걸이들만 잘랑잘랑하니 잔뜩 걸어 놓은 토르소가 하나 놓여 있었다.

부엌은 비교적 정리되어 있었지만 조리대 위에 먹고 난 바나나 껍질 한 개분과 먹다 만 바나나 반 토막이, 바닥에 커피가 남은 머그컵과 함께 방치되어 있었다.

"미시즈 패터슨은 깔끔한 걸 좋아하는데, 헤일리는 그렇지 않네."

레이나가 말한다.

"헤일리, '좁다'고는 했지만, '어질러져 있다'고는 말하지 않았는데."

라며 우습다는 듯이.

우선 청소, 하고 이츠카는 결정한다. 어두워지기 전에 거리를 보고 싶었지만, 그건 내일로 미룬다. 헤일리에게 전화를 걸자 부재중 안내로 연결되어서, 내슈빌에 도착했다는 것, 채드를 만나 아파트에 들어왔다는 것을 간략히 보고했다.

"이츠카쨩!"

침실에서 레이나가 부른다.

"저기, 잠깐 와 봐. 이거 봐봐."

가 보니, 옷장—붙박이가 아니라 클래식한 나무로 만든—의 양쪽 문이 죄다 열려 있고, 헤일리의 옷가지들을 안은 레이나가 그 앞에 서 있었다.

"옷을 행거에 걸어 주려고 했는데."

헤일리의 옷장에 옷은 한 벌도 없었다. 그 대신 기타가 여덟 대 나란히 늘어서 있었다.

그날 밤은 헤일리의 침대를 빌려 잤다(시트류를 빨았기 때문에 지하 세탁실―휑뎅그렁하고 어쩐지 적막하다. 높이 나 있는 창문 너머로 지나다니는 사람들의 발만 보인다―상황도 알게 되었다). 침실 창문을 조금 열어 둔 까닭은 더웠기 때문인데 헤일리에게 들었던 대로 이 아파트는 난방 방식이 구식 중앙난방이라서 관리인에게 부탁하지 않으면 온도를 조절할 수가 없었다. 긴 하루였는데도 이츠카는 좀처럼 잠을 이루지 못했다. 자신이 지금 여기에 있다는 사실도, 내일은 일자리를 얻기 위한 면접을 보기로 되어 있다는 것도 현실로 느껴지지 않았다. 미성년자에 외국인에 취업 비자도 없는 데다 영어도 자신 없는 이츠카로서는 정말로 일자리가 주어질지 여부도 물론 불안했지만, 그 이상으로 더 막연하고 큰 불안―자신들의 여행이 궤도를 벗어나 버린 듯한, 자신이, 무언가 돌이킬 수 없는 일을 하려 드는 것인지도 모른다는 불안―이 소용돌이치면서 가슴이 술렁거린다.

"나랑 같은 상태가 됐을 뿐이잖아. 끙끙댈 거 없어."

헤일리가 했던 말을 다시 떠올려 본다.

"너희 두 사람을 자랑스럽게 생각해."

크리스의 그 말도.

물소리는 들리지 않지만, 창밖을 흐르는 컴벌랜드 강의 기척에 이츠카는 귀를 기울인다. 수면은 밤공기만큼이나 새까맣게 보일 것이다. 가로등 불빛이 곳곳에 비치고, 같은 장소에 떠오른 채 조그맣게 흔들리고 있을 터이다.

이튿날 아침 눈을 뜬 레이나는 옆에 사람이 서 있는 것을 깨닫고 흠칫했다. 하지만 그건 토르소였다. 성글게 짠 아이보리색 천을 씌운 자그마한 여성의 상반신. 하반신은 연철로 된 검은 스탠드다. 침실엔 레이나 혼자 있었고, 이츠카짱―맞춰 놓은 알람이 울리기 조금 전에 눈이 떠진다는 특수 체질―은 이미 하루를 시작한 모양이다. 어젯밤부터 내내 열어 놓은 창문 너머로 무겁게 내려앉은 흐린 하늘이 보인다.

이츠카짱은 거실 바닥에 앉아서 발톱을 깎고 있었다. 손톱깎이는 어제 청소하다 발견했는데 헤일리의 아파트 방에는 물건들이 정말 아무 데나 나뒹굴고 있었다.

"잘 잤어? 커피 내려 놨어."

딱, 딱, 하는 소리 사이로 이츠카짱은 말했다.

오전에는 거리를 돌아보고 장을 봤다. 물과 식료품, 화장실용 휴지(예비로 놓아둔 것이 하나밖에 없었다). 일단 짐을 놔두기 위해 아파트로 돌아와서, 장 봐 온 인스턴트 식품(렌지로 조리하는 마카로니 치즈)과 토마토, 콜라로 점심을 해결한 후, 다시 거리를 걷는다. 일기 예보대로 기온이 낮고 강가를 따라 난 길은 특히 바람이 차가웠지만, 보아 털이 달린 부츠와 털모자와 손모아장갑 덕택에 쾌적했다.

레이나가 놀란 건, 우선, 내슈빌 사람들의 친화성이었다. 굿모닝, 굿애프터눈 따위의 인사뿐만 아니라, 아는 사이였던가? 하는 생각이 들 만큼 개인적인 느낌으로 느닷없이 이야기를 시작하곤 한다. '동부엔 눈이 오는가 본데 교통 상황에 어느 정도로 영향이 미칠지 모르겠다.'라든가, '나는 바로 저기 있는 약국을 옛날부터 신뢰했는데, 새 직원이 들어오고부터 신뢰할 수 없게 되었다. 그 직원은 목캔디와 구내정도 구별을 못 한다.'라든가. 아기를 아기 띠로 가슴에 동여맨 남자를 보고, 애를 저렇게 안으면 안 된다며, 어째서인지 이츠카짱에게 역설하는 할머니도 있었다. 모음이 강조된 발음은 알아듣기 어렵지만, 그 또한 신선해서 레이나는 빨리도 이 거리 사람들을 '좋음'으로 분류해 버린다.

"꽤나 말하기 좋아하는 사람들이네."

이츠카짱은 그렇게 말하며 성가시다는 듯이 얼굴을 찌푸렸지만.

Victory Park라고 표시된 언덕에 오르자 거리가 멀리까지 내다보였다. 고가 철교를 오래돼 보이는 화물열차가 지나가는 것도.

"헤일리네 아파트는 저쪽 부근이야."

지도와 풍경을 견주어 가며 이츠카짱이 가르쳐 주었지만 레이나는 대답하지 않았다. 화차의 개수를 헤아리고 있어서였는데 줄지어 가는 화차의 행렬이 재미있으리만치 계속 이어졌다.

"이츠카짱도 같이 세어 봐."

그 대열에서 눈을 떼지 않으며 레이나는 말했다.

"저 노란 애가 스물다섯 대째야."

26, 27, 28, 29……. 네모난 하늘색 화차가 네 대 연속, 원통형 검은 화차가 열 대 연속으로 지나간 후, 네모난 연지색 화차가 네 대, 다시 하늘색이 여덟 대, 계속해서 하얀색으로 이어지고, 52, 53, 54……. 행렬은 이따금 멈췄다가 천천히, 천천히, 하지만 끝도 없이 후속 차량이 모습을 드러내며 나아간다. 68, 69, 70…….

"말도 안 돼. 너무 길어."

이츠카짱이 중얼거린다. 선로는 언덕 주위를 에워싸듯이 커브를 그리며 이어져 있기에 거의 풍경의 끝에서부터 끝까지 화물 열차가 한줄기 선을 이룬다. 저절로 목이 쏙 움츠러들 만큼 커다란 경적 소리.

"굉장하다."

레이나도 무심결에 목소리를 흘렸다.

"용케 탈선하지 않네."

97, 98, 99,

"100!"

한목소리가 나왔다. 마지막 화차였다. 전부 합쳐 100량의 화물 열차. 레이나는 왜인지 기뻤다.

"치—크!"

사촌 언니의 뺨에 뺨을 맞댄다.

"좋은 걸 봤네."

그렇게 말한 이츠카짱도 기뻐 보였기에 레이나는 더더욱 기뻤다.

아파트로 돌아와 기다리고 있자, 약속 시간인 다섯 시보다 조금 일찍 채드(오늘도 러시아 병정 같은 코트를 입고 있다)가 이츠카짱을 데리러 왔다.

"긴장돼."

이츠카짱이 일본어로 말해서,

"긴장된대."

하고 레이나가 채드에게 통역해 주었다.

두 사람이 가 버리자, 레이나는 리세스 초콜릿과 함께 입술 모양 소파에 자리를 잡고 앉아 TV를 켠다. 뉴스, 만화, 일반인들이 나와서 언쟁하는 프로그램(마지막엔 어김없이 드잡이질이 시작되면서 경비원이 떼어 놓는다) ─. 그다지 재미있어 보이지도 않는 것들뿐이었지만, 1인용 비닐 소파는 그 기괴한 외관과는 달리 편안했다.

입구 바로 옆, 유리 너머로 길에서 잘 보이는 자리에 작은 무대가 있기는 하다. 하지만 그것을 제외하면 그곳은 라이브 하우스라기보다 아직 문을 열지 않은 그저 평범한 바Bar로 보였다. 입구에서부터 안쪽을 향해 긴 카운터가 있고, 카운터 뒤 선반에는 술병들이 주르륵 늘어서 있다. 상표가 표시된 생맥주 탭도. 나무 바닥은 무서울 정도로 흠집투성이고, 마찬가지로 나무로 된 벽에는 유명한 듯싶은(하지만 이츠카는 알지 못하는) 뮤지션들의 사진이며 사인이며, 사인이 들어간 기타들이 즐비하게 장식되어 있다. 가게 안에 세 개 있는 둥근 테이블(다만 의자는 없음) 중 하나에 지금 이츠카는 프레드 뭐시기(성도 가르쳐 주었는데 미처 알아듣지 못했다)와 마주 보고 서 있다.

"근무는 오후 7시부터 11시까지. 가게 영업은 새벽 2시까지이지만, 심야 근무는 다른 사람이 있으니까 됐어. 시급은 9달러, 플러스 팁. 휴일은 일요일만. 수습 기간이 일주일, 문제가 없으면 적어도 연말까지는 일할 수 있어. 그 후의 일은, 누가 알겠어?"

프레드 뭐시기가 빠른 어투로 말한다. 피부가 가무잡잡하고 땅딸막한 남자다. 검은 셔츠에 청바지, 검은 카우보이 부츠. 은 목걸이를 하고 있고, 벨트에도 반지에도 터키석이 박혀 있다.

"당연히 비정규직이야. 그건 알지?"

"네."

이츠카는 천천히 고개를 끄덕인다. 정보량이 너무 많아서 머릿속이 혼란스럽다.

"저어, 펜 좀 빌려도 될까요?"

"물론이고말고."

프레드는 대답하고, 체형에 어울리지 않게 우아하고도 민첩하게 움직여 카운터에서 볼펜을 가져온다.

"그리고, 너는 어디까지나 스물한 살이야."

이츠카의 여권을 테이블 너머로 돌려주면서 말한다.

"만약 그게 거짓으로, 가령 열일곱 살이었다는 사실이 드러나면, 속인 건 그쪽이고, 속은 건 이쪽이야. 알겠지?"

"네."

이츠카는 다시 고개를 끄덕였다. 근무시간, 시급, 적어도 연말까지 ─. 필요한 사항을 지도의 여백에 메모하는 동안, 프레드는 참을성 있게 기다려 주었다.

"좋아. 그럼, 잘 부탁해."

손을 내밀기에 반사적으로 악수에 응하기는 했지만, 이츠카는 무언가가 결정되었다는 실감이 나지 않았다. 이게 다야? 하고 생각한다. 면접 비슷한 거라고 채드한테 들었는데 프레드는 이츠카에게 아무것도 묻지 않았다. 미국에서 무얼 하고 있는지도, 이런 일에 경험이 있는지 여부도.

"우선, 뭔가 먹고 오는 게 좋아."

프레드가 말했다.

"종업원 식사 같은 건 여기엔 일절 없으니까."

"저어,"

이츠카는 당황한다.

"그 말씀은, 오늘 밤부터 일한다는 겁니까?"

순간, 거북한 침묵이 내려앉는다.

"저어,"

이츠카가 입에 담았던 것과 똑같은 말을, 이번엔 프레드가 입에 담았다.

"대체 언제부터면 일할 수 있으신지요?"

이츠카는 말문이 막히고—구체적인 것은 전혀 생각해 보지

않았던 거다―, 결국,

"오늘 밤이요."

하고 대답한다.

"오늘 밤부터 일하겠습니다. 일곱 시에 돌아오겠습니다."

선언하듯 단호히 말하고 가게를 나왔다. 바깥은 사람도 차도 많고 북적이고, 밤의 시작을 알리는 빛을 띤 공기 속에서 네온사인이 화려하게 반짝이고 있다. 라이브 하우스, 라이브 하우스, 라이브 하우스. 레스토랑, 라이브 하우스, 옷 가게, 신발 가게, 라이브 하우스. 브로드웨이는 라이브 하우스투성이다. 얼른 아파트로 돌아가 레이나 얼굴을 보고 싶었다. 일자리를 구했다고 말하면 레이나는 뭐라고 할까.

딸에게 쥐여 준 신용 카드를 정지한 것을, 신타로는 이미 후회하기 시작했다. 그로부터 벌써 일주일이 지났는데 딸들은 물론 누이동생 부부한테서도 아무런 연락이 없다. 요전번까지는 카드 회사에 전화하면 둘의 경로를 꽤 세세하게 파악할 수 있었는데 지금은 그마저도 불가능하다.

흐린 하늘이다. 사무실 용도로 임차하고 있는 건물 베란다로 나와 담배를 물고 불을 붙였다. 신타로가 사업주임에도 작업 환경에 엄격한 젊은 스태프들에 의해 몇 년 전부터 실내 흡연이 금지되었다. 스웨터 한 장으로는 추웠지만, 에어컨이 도는 실내에 오래 있다 보니 차가운 바깥 공기가 기분 좋기도 했다. 제도대 앞에서 내내 구부리고 있던 허리를 편다. 고속도로 고가가 보인다. 난간 너머로 아래를 보면 아스팔트 길과 횡단보도, 가로수, 맞은편 건물 1층의 인도 요릿집.

카드가 마지막으로 사용된 곳은 오하이오주 클리블랜드의 슈퍼마켓이었다. 그 전엔 같은 도시의 레스토랑이었으니, 적어도 카드를 정지시킨 시점에는 그 아이들은 그 도시에 있었을 것이다. 카드를 쓸 수 없다는 사실을 깨달은 건 언제였을까. 호텔에서 체크아웃 할 때였을까, 아니면 레스토랑에서 계산할 때? 어찌 됐든 놀랐을 게 틀림없다. 당황했을 것이다. 아직 어린 여자아이 둘이 동요했을 것을 상상하니 가슴이 아팠다. 풀이 죽었을까, 아니면 화를 냈을까?

교통수단과 관련된 결제로는 2주 전에 시카고행 버스 티켓을 구입했다. 알고 있는 건 거기까지였다. 버스로 시카고까지 이동하고, 그리고 어떻게 됐을까. 또 어딘가로 이동했을까, 아니면 지금도 아직 그곳에 있는 걸까―.

신타로는 담배를 비벼 끈다. 공사 현장에 곧잘 있는 빨갛고 네모난 스탠드식 재떨이. 금연을 해 볼까 하는 생각이 문득 머리에 떠올랐다. 누군가의 무사 무탈을 기원할 때 좋아하는 것을 끊으면 효험이 있다는 이야기를 어디선가 들은 적이 있었다. 하지만 바로 자조 섞인 미소를 띠며 그 생각을 물리친다. 신타로는 자신을 이성적인 인간이라 여기고 있다. 이성적인 인간은 미신에 현혹된다든지 해서는 안 된다.

그래서 두 개비째 담배를 꺼내 불을 붙이고 깊이 빨아들였다.

패트릭—신부님이지만, 이름으로 부르고 있다. 싹싹한 사람이다. 40대이고, 큰 체구에 피부가 항상 붉다—은 교회의 활짝 열어 놓은 문 안쪽, 팸플릿을 비치해 놓은 책장 앞에 서서 신자들을 배웅한다. 한 사람 한 사람에게 일일이 말을 건네며. 서서 이야기하고, 악수하고, 등에 살며시 얹히는 손—. 미사 시간 자체보다 미사 후에 이렇듯 그에게 인사할 순서를 기다리는 시간이더 길 때가 있고, 리오나는 그것이 질색이지만, 그렇다고 피해서 지나갈 수는 없다. 지역 사회라는 것을 생각해야 하고, 인사 순서를 기다리는 시간은 신자들 간의 사교의 시간이기도 하다. 근처 사람들, 근처라고 하기에는 너무 먼 곳에서 매주 일부러 오는 사람들. 그중에는 유즈루가 소속되어 있는 아이스하키 팀의 '엄마

동료'도 있고, 리오나가 매주 화요일 밤에 성서 공부 모임에서 얼굴을 마주 대하는 멤버도 있다. 물론 모르는 얼굴도 있지만, 아는 사람들은 모두 레이나 일을 걱정해 주고 있다. 갑자기 딸이 사라져 버린, 딱한 어머니인 리오나도ー. 걱정을 표현하는 방식은 저마다 제각각이다. 걱정하는 표정이나 말투, 질문, 과도하게 밝게 웃는 얼굴, 농담, '서로 아이들 때문에 고생이네요'라는 의미가 담긴 격려, '자기 자신을 책망해선 안 돼'라는 의미가 담긴 위로, 혹은 그 일에 대해 일절 언급하지 않는 것ー.

그 하나하나를 리오나는 받아들인다. 대답을 하고, 고맙다는 말을 전하고, 필요에 따라 웃는 얼굴을 한다. 혹은 심각해 보이는 얼굴을. 하지만 그러면서도 결국, 딸에 대해서는 잘 알고 있다는 척을 한다. '여행'은 아이에게 필요한 성장 과정의 하나이며 소란 떨 일은 아니다, 라고 여기는 척을.

"알아?"

옆집의 앨리스가 귓가에 대고 말한다.

"당신한테 필요한 건, '나는 괜찮습니다. 당신은요?'라고 대문짝만하게 쓴 티셔츠야."

리오나는 쓴웃음을 지으며 동의했다. 70년대에는 히피였다는 앨리스. 경건한 크리스천이지만 반골 정신도 풍부하다. 나는 괜찮습니다. 당신은요? 그런 티셔츠를 입은 자기 자신을 리오나는 상상해 본다. 여기 있는 모두가―앨리스와 그 남편인 에드워드를 제외하고―흠칫하겠지만, 가장 놀랄 사람은 보나 마나 우루우일 것이다. 아내의 머리가 어떻게 돼 버린 게 아닐까 생각하겠지. 눈을 돌리며 못 본 걸로 할지도 모른다. 우루우에게 있어, 보이지 않는 것은 없는 것이다.

그런 생각을 하는 동안 드디어 인사 순서가 돌아온다. 리오나를 보자, 패트릭은 두 팔을 벌리고,

"료―나!"

하고, 그로서는 정확한 발음으로 리오나의 이름을 부른다.

"와 주어서 기뻐요. 지난주에는 모습을 보여 주질 않았지요. 공부 모임에도 결석하고."

리오나는 아들이 감기에 걸렸었다고 설명하고, 이번 주 공부 모임에는 출석하겠다고 덧붙인다. 패트릭은 레이나에 관한 것은 언급하지 않는다. 그 일에 대해서는 이미 충분히 이야기를 나누었기 때문이다. 하느님이 지켜 주실 것이다. 결론을 말하자면 그런 거다.

"그럼, 화요일에 뵙겠습니다."

리오나가 말하자, 패트릭도 같은 말로 답해 준다.

"Right, see you on Tuesday."

라고, 자못 싹싹한 신부에 어울리게, 가볍게 한 손을 들어.

자신의 차로 돌아오자, 리오나는 빨간 손가방—작년 생일에 아이들이 선물해 준 것이다—에서 물병을 꺼내 쭉 들이켰다. 교회라는 장소는 좋아하고, 미사도 마음을 가라앉혀 주지만, 사교 활동은 좋아하지 않는다.

안전벨트를 매고 시동을 건다. 창문을 내리고 앨리스와 에드워드에게 손을 흔들었다.

나는 괜찮습니다. 당신은요? 티셔츠를 떠올리며 리오나는 다시 쓴웃음을 짓는다. 집을 향해 차를 몰면서 생각했다. 만약 그런 티셔츠가 있다면 교회보다는 오히려 집에서, 우루우의 눈앞에서 입어 보고 싶다고.

공부 모임에 결석하고 과제도 읽지 않았지만, 대신 리오나는 지난주에 출애굽기를 다시 읽었다. 지금의 자신에게 필요한 장이라고 생각했기에 식구들이 잠든 고요한 밤, 부엌에서 천천히 읽었다. 리오나가 해석하기로는, 거기엔 '믿고 기다리는' 일의 중요함이 쓰여 있다. 모세의 부재를 견디지 못한 사람들이 불안을 떨치고 싶어서 금송아지 상에 기도를 올린다. 십계명을 들고 산에서 돌아온 모세는 그것을 보고 실망한다. 우상 숭배이기 때문이다. 우상 숭배는 십계명 중 두 번째 계명으로 금지되어 있다.

거기까지는 기억하고 있었다. 기억하고 있었고, 그래서 다시 읽어 보려 했던 것인데 지난주 리오나가 새로이 흥미를 느낀 것은 아홉 번째 계명이었다. 타인에 대해 거짓말을 해서는 안 된다─.

타인에 대해, 라고 굳이 밝힌 이상, 자기 자신에 대해서라면 괜찮은 걸까. 어쩔 수 없으니까? 리오나에게는 그렇게 이해된다. 괜찮지 않아도 괜찮은 척하거나, 슬프지 않아도 슬픈 얼굴을 해야 할 필요가 인생에는 많이 있다. 성서를 쓴 사람들이 현대 생활의 그런저런 면을 고려해 주었다고는 볼 수 없지만, 그래도 어느 시대나 인간은 자기 자신을 부분적으로 속여 가며 어떻게든 주위와 공존해 온 것은 아닐까. 주위와, 혹은 예를 들면 남편과─.

레이나로서는 놀랍게도, 이츠카짱은 눈 깜짝할 사이에 일을 구해 낮 시간에도 나가 일하기 시작했다. 큰길 모퉁이에 있는 '포켓'이라는 가게에서 오전 11시부터 오후 3시까지, 런치 근무 조에 들어갔다. 짧은 기간에 될 수 있는 한 많은 돈을 모으기 위해서이며, 이츠카짱에 따르면 티파니라는 웨이트리스 동료도 생겼고 밤에 하는 라이브 하우스 일보다 어렵지 않아서 즐거운 모양이다. '포켓'에는 레이나도 한 번 가 보았는데, 벽 한 면이 모두 유리로 된 넓고 밝고 드나들기 좋은 가게라서 평일 낮에도 혼잡했다. 학생, 관광객, 정장은 입지 않았지만 목에 ID 카드를 걸고 있어서 비즈니스맨임을 알 수 있는 사람들, 커플, 가족―. 다종다양한 사람들이 있었다. 이츠카짱은 그 가게 사람이 다들 입고 있는 짙은 녹색 폴로셔츠를 입고 시원시원하게 일하고 있었다. 그날 본 모습에 한정해서지만 붙임성도 좋았다.

티파니는 레이나를 보더니 "귀여워."를 연발하며 가게의 명물이라는 프라이드 그린빈을 서비스해 주었는데 그건 강낭콩 프리터였고, 맛은 있지만 양이 엄청 많아서 레이나는 결국 거의 대부분을 종이봉투에 담아 가지고 돌아오는 처지가 되었다. 그렇지 않아도 이츠카짱이 매일 무언가를 싸 갖고 돌아오는 바람에 저녁 메뉴가 노상 그 집 음식인데.

채소며 과일이며 요구르트는 직접 사 먹지만, 그 외의 식비를 절약할 수 있다는 사실을 이츠카짱은 기뻐하고 있다. '저축 모드'인 것이다. 매일 밤 일터에서 돌아오면 그날 받은 팁의 총액을 가르쳐 준다. 이츠카짱의 계산에 따르면, 두 가지 일의 급여에 팁을 합쳐 한 달에 2,800~3,000달러를 버는 모양이다.

상황이 그렇다 보니 여기에 온 후로 벌써 며칠 넘게 레이나는 낮 시간에 혼자서 거리를 돌아다니고 있다.

여기는 정말 음악의 거리다(맨해튼에 '빅애플'이라는 애칭이 있듯이 내슈빌에는 '뮤직 시티'라는 애칭이 있다고 가르쳐 준 사람은 피트였는데, 레이나는 이츠카짱이 야간 일을 하러 나가 있는 동안 아파트에 있기도 따분해서 대체로 피트네 가게에 있다). 온통 라이브 하우스 천지이고, 그렇지 않은 가게의 간판도 무슨 영문인지 기타 모양 아니면 음표 모양이다. 여럿 있는 뮤지엄은 죄다 음악과 관련된—컨트리 뮤직의 전당이라든지, 록 음악 박물관이라든지, '남부의 카네기 홀'이라 불리는 공회당이라든지—곳들뿐이다. 가장 놀란 건, 거리 여기저기(주로 교차점)에 커다란 상자형 스피커(비를 맞게 놔두다니!)가 설치되어 있고 하루 종일 음악이 흘러나온다는 사실이었는데, 음량이 작아서 귀를 기울이지 않으면 잘 들리지 않는다. 대체 무엇 때문에? 레이나는 그런 생각을 하고 말았지만, 피트 왈, "음악은 이 도시 사람들의 긍지"란다.

그 밖에 레이나가 관찰한 바에 따르면, 이 도시에는 세련된 가게라는 것이 아예 없다. 가령 옷 가게에서 파는 건 가슴팍이 넓게 파이고 프릴이 마구잡이로 달린 붉은 블라우스라든지, 표범 무늬 미니스커트라든지, 새틴 재킷 따위의 누가 입는지 의문스러운 옷들뿐인 데다 신발 가게에서 파는 건 중고인가 싶을 정도로 예스러운 신발들뿐이다.

조금 따분함.

레이나는 노트에 그렇게 쓴다. 강을 따라 난 길을 걷는 건 기분 좋고, 맛있는 프랄린(즉석에서 바로 만들어 팔기 때문에 시식품을 먹어 보면 따뜻하다)도 발견했지만, 그래도—. 입술 모양 소파에 앉은 레이나는 노트를 덮고, 리모컨을 집어 TV를 켠다. 이제 곧 이츠카짱이 돌아올 테지만, 이른 저녁 식사를 마치면 다시 밤 근무를 하러 가 버린다. 오늘 저녁 메뉴도 '포켓'의 요리이지 싶다.

손님은 좌석의 4할 정도를 채우고 있고, 무대에서는 지금 '와일드 셉템버'라는 밴드가 연주 중이다. 여기 '서드 피들'에서는 매일 밤 다섯 차례 라이브 공연이 있다. 같은 밴드가 여러 번 무대에 설 때도 있고, 다섯 번 모두 각기 다른 밴드가 나올 때도 있다. '와일드 셉템버'는 베이스와 드럼, 키보드, 트윈 기타(한쪽이 메인 보컬)로 구성되어 있는데 잘하는 건지 못하는 건지 이츠카로서는 잘 모르겠다. 다만 손님들의 반응을 보아하니, 그리 대단하지는 않은 듯하다. 이츠카는 저도 모르게 안도한다. 공연의 완성도가 높으면 손님들은 갑자기 흥이 오른다. 마시는 속도도 빨라지고, 뮤지션에게 한턱내려는 사람도 나와서 주문이 혼란스럽고, 손장단 발장단뿐만 아니라 춤까지 추는 사람들도 생기다 보니 소란스러워서 주문받을 때 영어를 알아듣기가 어려워진다. 게다가 그렇게 되면 유리 너머로 보이는 가게 안의 열광에 이끌려 새로운 손님이 또 꾸역꾸역 들어와 버린다. 좌석 수와 상관없이 손님을 들이기 때문에 만원 지하철 못지않게 혼잡해진다. 가게 입장에서는 좋은 일이 틀림없지만, 그런 상태의 가게 안에서 한 사람 한 사람의 주문을 듣고, 내용과 동시에 주문한 사람의 얼굴도 기억하고, 각각의 음료를 올바른 상대에게 건넨다는 건 지극히 어려운 일이다. 뭐, 그렇다고 해서 오늘 밤처럼 너무 조용해도 (팁이 줄어드니까) 곤란하지만.

테이블석에 한 팀 있던 일행 셋이 나가고, 이츠카는 '나설 차례'라는 듯이 잔을 치우고 테이블을 닦았다. '와일드 셉템버'는 아직 연주 중이다. 남성 보컬이 촉촉한 목소리로 "내 결혼반지를 누군가 다른 사람이 끼고 있네."라는 이상한 가사를 노래하고 있다.

"최소한 곡이 하나 끝났을 때 나가면 좋을 텐데."

이츠카 말에 이샴은 조용한 미소를 머금었다.

"그들에게는 마음 내키는 대로 돌아갈 권리가 있어."

"그야 그렇지만."

한창 노래하는 중에 손님이 자리를 떠 버리면 뮤지션은 슬플 것이다.

"나이브하네, 아이티IT는."

이샴은 그렇게 말하고, 이번엔 또렷하게 웃는다. 여전히 소리 없이 입술만 크게 움직이는 웃음이다. 바텐더인 이샴은 모로코 사람으로 말수는 적지만 입을 열면 목소리가 부드럽다.

"노."

이츠카는 부정했다. 아무리 부드러운 목소리로 말한다 해도, '나이브'라는 표현이 칭찬이 아니라는 건 알고 있었다.

"내가 나이브한 게 아니라, 손님의 양식 문제라고 생각해."

이샴은 말없이 고개를 갸웃하며 찬성할 수 없다는 뜻을 전해 온다.

입구 쪽이 시끌시끌해서 돌아보니, 딱 봐도 단체 여행 중 자유 시간을 즐기고 있는 듯한 미국인 일행 여섯이 들어온다. 부부지간인지, 남녀 각 세 명씩 모두 예순 살 정도로 보인다. 손님이 와도 자리로 안내하지는 않는다. 각자 마음에 드는 자리에 서거나 앉거나(의자는 카운터석에만 있지만) 한다. 여섯 명 중 넷이 한 테이블에 자리를 잡고, 둘이 카운터석을 골랐다. 이츠카는 곧장 테이블로 향한다.

"하이 가이즈. 무엇을 드시겠습니까?"

할아버지 할머니뻘인 사람들을 '가이즈' 취급하려니 주눅이 들었지만, 상대가 몇 살이든 남녀가 섞여 있으면 그렇게 말하도록 프레드에게 지도받았다("교과서 영어는 잊어버려. 일본식 예의범절도 잊어버려."). 여성들만 있으면 레이디스나 걸즈, 남성들만 있으면 젠틀맨이나 보이즈.

"위스키소다요."

남성들 중 한 명이 대답해 주었지만, 나머지 셋은 수다를 떠느라 정신이 없다.

"브랜드는 어떻게 하시겠습니까?"

대답해 준 남성에게 묻는다. 하지만 이츠카의 목소리는,

"저 애, 제이미랑 닮지 않았어?"

라고 말한 여성의 목소리에 묻혀 버린다. 그 여성이 울려 퍼지는 음악에 지지 않으려 목청을 돋운 데다 위스키소다 씨 팔에 반지투성이 손을 얹었기 때문이다.

"어떤 애."

"노래하는 애 말야. 가운데 애."

위스키소다 씨는 무대를 몇 초 응시하더니, "글쎄."라고 말했다. "제이미는 키가 좀 더 크지 않나?"라고.

"저, 위스키 브랜드는 어떻게 하시겠습니까?"

"난 맥주로 줘요."

다른 한 남성이 말한다.

"어떤 맥주로 하시겠습니까?"

이츠카는 조바심이 나서 테이블 위의 메뉴를 펼친다. 맥주도 세 종류가 있다.

"내 말은 얼굴이야, 얼굴. 잘 봐. 옆모습이 특히 닮았어."

"제이미라면, 옛날에 물에 빠질 뻔했던 애?"

다른 한 여성이 묻는다.

"왜 있잖아, 옛날에 다 같이 라스보스 해변에 갔을 때."

여보세요ㅡ. 이츠카는 마음속으로 말한다. 여러분 뭘 드실 겁니까아ㅡ? 하지만 그 말을 입 밖으로 낼 수는 없고, 그러니 물론 어느 누구의 귀에도 닿지 않는다.

이츠카짱의 일이 끝나기를 기다리면서 레이나는 지금 가족에게 보낼 엽서를 쓰다 말다 하고 있다. 24시간 영업하는 허미티지 카페는 밤에도 낮처럼 밝다. 들어와서 햄버거를 뚝딱 먹어 치우고 나가는 노동자풍 아저씨며, 공부하면서 커피를 마시느라 오래 머무는 학생, 늦은 밤 첫 끼니를 사이에 두고 마주 앉은 커플,

피트를 상대로 온갖 이야기를 해 대는 아주머니(늘 만난다. 단골 손님이다). 여기는 현지 사람들을 위한 가게다.

피트의 일하는 모습이 잘 보이는 카운터석에 앉아서, 콜라를, 이츠카짱이 오기 전에 다 마셔 버리지 않게 조금씩 홀짝이면서 레이나는 조금 이상하다는 생각을 한다. 노동자풍 아저씨는 이제부터 일하러 가는 참이거나, 일을 마치고 돌아오는 길이거나 할 테니 알겠다. 하지만 다른 사람들은, 이렇게 밤늦도록 왜 여기에 있는 걸까. 어째서 자기 집으로 돌아가지 않을까. 레이나와 달리 돌아가지 못할 정도로 집이 멀리 있는 것도 아닐 텐데.

엽서를 쓰다 말다 하는 까닭은, 당분간 이 거리에 있게 될 거라서, 소재지가 알려지지 않도록 이 거리를 떠나기 전까지는 부치지 않을 작정이기 때문이다. 이츠카짱과 둘이서 그렇게 결정했다.

아빠, 엄마, 유즈루, 잘 지내요? 레이나는 잘 있습니다. 여기 사람들 영어는 뉴요커의 영어와는 전혀 달라요. 프랄린을 플라리인이라고 발음한다니까요! 게다가 남자들 절반이 카우보이 부츠를 신고 다녀요.

LOVE 레이나

엽서 한 장에 레이나는 그렇게 썼다.

아빠, 엄마, 유즈루, 잘 지내요? 레이나는 잘 있습니다.

다른 한 장에도 그렇게 쓰고, 달리 뭘 써야 할지 알 수 없어서 피트의 초상화를 그린다. 머리숱이 적고, 프레임이 가느다란 안경을 쓰고 있으며, 야위고 두 뺨이 움푹 팬 피트.

완성한 그림에 화살표를 그려 넣고 피트, 라고 썼을 때 이츠카 짱이 들어온다.

"추워."

그렇게 말하면서, 바깥의 냉기를 이끌고.

"오늘은 어땠나?"

피트가 묻고,

"그냥 그래요. 이제부터 붐빌지도."

하고 이츠카짱이 대답한다. 레이나는 엽서와 펜을 천 가방에 넣고 일어선다.

"잘 가. 조심하고."

피트가 목소리로 배웅해 주는 가운데 둘은 바깥으로 나간다. 밤공기는 뺨이 아플 정도로 차갑다.

"잘 다녀왔어. IT?"

레이나 말에 이츠카짱은 재미없어하는 얼굴을 한다.

"그만해."

IT란 라이브 하우스 사장이 정해 준 이츠카짱의 닉네임인데 그 사람에게는 이츠카가 '일일이 발음하기 번거로운' 이름이란다.

돌아가는 길에 레이나는 항상 이츠카짱과 팔짱을 꼭 끼고서 걷는다. 밤이라서 무섭다거나 추워서도 아니고(그런 면도 조금은 있지만), 온종일 이 동네 사람들에게 '빌려준' 기분이 드는 이츠카짱을 되찾아서 기쁘기 때문이다. 그리고 스피커가 설치되어 있는 장소에서는 반드시 발을 멈추고, 불안한 음량으로 흘러나오는 옛날 록 음악을 조금만 듣는다.

오후, 혼잡한 런치 타임이 지나고 나면 가게 안의 공기가 문득 가정적으로 바뀐다. 마치 어딘가 가정집의 볕 잘 드는 거실 같은 분위기가 되는 것이다. 여러 테이블에 식기며 요리의 잔해들이 방치되어 있고, 엉덩이가 질긴 손님이나 런치 타임이 다 끝나갈 즈음에 들어온 손님이 아직 드문드문 남아 있기는 해도 혼잡할 때의 가게와는 풍경이 확연히 다르고, 시간이 느슨해진 듯한,

가게 그 자체가 낮잠에 들려 하는 듯한 분위기가 된다. 매일 있는 일인데도, 이츠카는 그때마다 소소한 달성감—오늘도 무사히 이곳에서의 일을 (거의) 마치고, 피크 타임의 떠들썩함과 분주함과 영어의 폭풍을 빠져나왔다—과, 설명하기 어려운 친화감—나는 가게의 일부이며, 그러므로 가게가 한시름 놓으면 나도 한시름 놓는다, 와 같은—을 느낀다. 허리에 맨 작고 까만 앞치마 주머니에는 팁—. 이츠카는 웨이트리스라는 직업을 자신이 싫어하지 않는다는 사실을 발견했다. 손님들은 모두 공복 상태로 가게에 들어온다. 어른도 아이도, 남자도 여자도 전부 다. 그리고 여기서 한 끼 식사를 즐기고, 배부르게 돌아간다(손님들이 돌아갈 때면 이츠카는 그만 그들의 배를 보고 만다. 가게에 들어올 때보다 조금이나마 커져 있을 거라 여기면서). 주문을 받는 건 특히 좋아하는 일이다. 누가 무엇을 고르는지, 관찰하는 건 재미있다. 추천 메뉴가 무어냐고 물어 오면 이츠카는 의욕이 넘친다. 대답의 기본—매주 바뀌는 '스페셜 요리'나 티본 스테이크를 추천한다—은 정해져 있지만, 손님의 기호나 희망에 따라 다른 것을 제안해도 상관없다는 말도 들었기에 이츠카는 자기가 먹고 맛있다고 느꼈던, 사과 소스를 끼얹은 돼지고기 요리를 추천할 때가 많다.

난처한 경우는 상세한 질문을 받았을 때인데, 메뉴에 포함된 요리에 대해 얼추 배웠다고는 해도 영어로 설명하기가 곤란할 때도 더러 있어서, 그럴 때면 누군가 다른 웨이트리스나 웨이터에게 도움을 구해야 한다. 이츠카는 그게 속상해서 나중에 반드시 그 설명을 가르쳐 달래서 메모하고 다음번엔 꼭 직접 말할 수 있게 준비해 두지만, 같은 질문을 다시 받은 적은 아직 한 번도 없다.

오후 3시, 어딘가 가정집 거실처럼 느긋한 가게 안에 서 있다가 슬슬 옷을 갈아입으러 라커룸으로 가려는데,

"수고했어. 일솜씨 좋던데."

하는 목소리가 들려왔다.

"고마워."

대답하면서 가슴의 명찰을 확인하고,

"로버트."

하고 덧붙였다. 얼굴은 익히 알고 있고, 예의 곤란한 질문을 받았을 때 도와준 적도 있는 웨이터이지만 이름은 외우지 못했다. '포켓'은 큰 가게이고, 플로어에만 항시 열 명 안팎의 종업원이 있다. 그중 절반 이상이 이츠카와 마찬가지로 아르바이트생인데 일주일에 이틀이나 사흘만 일하는 사람도 있어서, 낮 근무로 한

정해도 도대체 전부 몇 명인지 파악할 수가 없다. 이츠카로서는 원래 파악할 마음도 없었다. 일이 마음에 든다고는 해도 단기간만 일하는 임시 고용이니까.

"오늘 밤, 시간 있어?"

로버트가 말했다.

"아니면, 내일 밤에라도."

20대 초반, 갈색 머리에 갈색 눈, 중키에 적당한 체격, 진지해 보이는 남자다.

"노."

이츠카는 대답하고, 밤에도 일을 해서, 라고 설명했다.

"쉬는 날은 언제야?"

로버트는 기분 상한 기색도 없이,

"그래도 쉬는 날은 있겠지. 어떤 일이든 간에."

하고, 상냥하게 말한다.

"좋은 가게가 있어. 관광객들은 안 오는 작은 가게인데, 네이키드 치킨 윙을 맛볼 수 있어. 혹시 둘이 가는 게 좀 그러면, 티파니도 부르면 되고. 사이좋잖아, 너희."

이츠카는 생각하는 척했다. 척하고 나서 '생각해 봤지만, 역시'라는 분위기가 풍기길 바라면서 대답한다.

"노. 미안해."

눈앞의 남성은 동료이고, 나쁜 사람 같지는 않지만, 그렇다고 해서 왜 함께 식사를 해야 하는지는 알 수 없었다. 나가 봤자 거북할 게 틀림없다. 그건 두려운 일이다. 네이키드 치킨 윙이라는 것이 뭘 말하는 건지 신경은 쓰였지만, 지금 그걸 물어봐선 안 되겠지.

로버트는 실망한 얼굴을 한다(미국인이, 어떤 종류의 감정을 너무나도 뚜렷하게 얼굴에 드러낸다는 사실에 이츠카는 항상 놀란다. 그것은 대체로, 자신이라면 숨기고 싶은 종류의 감정이기 때문이다). 그리고 어쩔 수 없지, 라는 듯이 어깨를 으쓱해 보였다.

라커룸으로 들어가 자신의 로커 문을 열었을 때 비로소 이츠카는 자신의 심장이 빠르게 뛰고 있다는 것을 깨닫는다. 방금, 나는 데이트 신청을 받았던 걸까. 그 진지해 보이는 미국인한테? 왜? 그보다, 정말로?

140량!

빅토리 파크 중턱에 있는 계단에서 레이나는 눈이 휘둥그레졌다. 오늘 화물열차는 전부 합쳐 140량이었다. 얼어붙을 것 같은 추위에도 지지 않고 계단 중간에 멈춰 서서 진지하게 세었으니까 확실하다. 빨리 이츠카쨩에게 전해 주고 싶다고 레이나는 생각한다. 낡고 지저분한 화차도 있지만, 컬러풀하고 새것 같아 보이는 화차도 있었다. 140량!

파란 겨울 하늘이다. 계단을 내려와 언덕 기슭을 한 바퀴 도는 형태로 걸으면서 레이나는 생각한다. 이곳 하늘의 푸른빛은 뉴욕의 그것과는 전혀 다르다고. 이렇게 날씨가 좋은 날, 뉴욕의 하늘은 좀 더 파란색이 짙고 선명하지만, 이곳은 흰색을 살짝 머금은 듯 부드럽다. 이 도시 사람들의 조금 촌스러운 복장이나 이야기하기 좋아하는 모습(특히 노인), 모음이 강조된 느긋한 발음에 어울리는 색깔이라는 느낌이 들었다.

귀청을 찢는다는 표현이 정말이지 딱 어울리는 새된 어린아이 목소리가 들려 레이나는 발을 멈췄다. 비명과도 닮은 그것은 웃음소리였고, 초등학생으로 보이는 아이들이 비탈진 언덕을 차례차례 미끄러져 내려오고 있었다. 빨갛고 파란 플라스틱 썰매에 걸터앉은 아이가 있는가 하면, 골판지 상자 조각 같은 것을 타고 앉은 아이도 있다. 배를 깔고 엎드린 채 미끄러져 내려오는 아이도—. 웃고 소리치고 서로의 이름을 부르기도 하면서 기슭에 도착하면, 각자 자신의 썰매(나 골판지 상자)를 질질 끌고 다시 비탈을 올라간다.

세어 보니 아홉 명이었다. 남자아이가 다섯, 여자아이가 넷. 가장 어려 보이는 아이는 금발의 백인 소년이고, 가장 커 보이는 아이는 드레드 헤어를 한 흑인 소녀다. 형형색색의 다운 점퍼와 플리스 점퍼, 장갑에 머플러에 부츠로 저마다 추위를 대비하고 있다.

깨닫고 보니, 레이나의 눈은 가장 어려 보이는 아이를 쫓고 있었다. 아마도 네 살이나 다섯 살, 동생 유즈루보다는 확실히 어리지만 무리 중에서 가장 어리다는 이유로 유즈루와 오버랩 되어 걱정 반 응원 반으로 지켜보았다. 그 아이는 파란 썰매를 타고 있었다. 다른 아이들과 달리 웃지도 소리 지르지도 않고 그저 묵묵히 미끄러져 내려오는데, 겁이 나는지 끈을 꼭 쥐고 몸을 뒤로 젖힌 채 두 다리로 버티는 바람에 발뒤꿈치가 브레이크 역할을 해서 좀처럼 앞으로 나아가지를 않는다. 아주 조금씩 전진하고 있기는 하지만 거의 엉덩이로 걷는 수준이다. 힘을 빼야지. 레이나는 마음속으로 말한다. 경사면의 거의 대부분을 그 아이는 엉덩이걸음으로 전진하고, 마지막 1미터 정도를 남겨 두었을 때 겨우 두 다리를 띄우고 평범하게 미끄러져 내려온다. 다른 아이가 세 번 왕복하는 동안 겨우 한 차례 내려온다. 끈을 좀 더 느슨하게 잡아야지, 하고 레이나는 생각한다. 누군가가 가르쳐 주면 좋을 텐데, 하고.

다운재킷 자락을 누가 잡아당기기에 보니, 일곱 살쯤 되어 보이는 백인 여자아이가 서 있었다. 하늘색 니트 모자에 핑크색 다운재킷. 홍조 띤 뺨을 하고서 레이나를 올려다 보며 묻는다.

"해 보고 싶어 Wanna try?"

어린아이를 신경 쓰게 만들었다고 생각하니 부끄러웠지만, 실제로 해 보고 싶었기에,

"해도 될까 May I?"

하고 물었다.

"물론이지 Sure."

여자아이가 빨간 썰매를 내밀고, 모자 아래 금발을 귀 뒤로 넘긴다.

"더워졌어."

그렇게 말하면서 손으로 자기 자신에게 부채질하는 몸짓을 한다.

"더워졌어? 이렇게 추운 날?"

레이나는 웃고, "그럼 이거, 잠깐만 빌릴게." 하고 확인한 후 비탈을 올라갔다. 군데군데 마른 잔디가 남아 있기는 하지만 전체적으로 검은 흙이 드러나 있고 축축하다. 고전 중인 소년 옆에 썰

매를 놓자, 소년은 보고도 못 본 척했다.

"하이."

레이나는 말해 본다.

"나는 레이나야. 너는?"

소년은 그 말에는 대답하지 않고,

"그거, 누나 썰매야."

하고 말한다.

"남매야?"

물어보자, 소년은 어쩐지 허탈한 표정으로 무겁게 고개를 끄덕였다.

'포켓'에서 나오는 종업원용 요리를, 이츠카는 항상 가지고 돌아온다. 종업원용 요리에는 매일 샐러드가 함께 나와서, 낮에는 그걸로 충분하다. 오늘의 요리는 가난뱅이 스테이크—볼로냐소시지를 끼운 햄버거를 그렇게 부른다는 걸, 이츠카는 이 가게에서 일하게 되면서 처음 알았다—인데 크기가 커서 두 사람분 저녁거리가 된다.

"그럼, 내일 봐요."

누구에게랄 것도 없이 중얼거리고 라커룸을 나가려고 하는데 아직 한창 옷을 갈아입던 티파니가 '잠깐만' 하고 커다란 입 모양과 몸짓으로 말했다. 유니폼인 폴로셔츠와 슬랙스를 벗은 티파니의 브래지어에 감싸인 풍만한 가슴과, 팬티에서 비어져 나온 부드러워 보이는 엉덩이. 이츠카는 그만 물끄러미 보고 만다. 자신 이외의 인간의 몸은 흥미롭다. 다시금 뭔가 몸짓으로 말하기에 의미를 알 수 없어서 우뚝 서 있자, 다가온 티파니가 이어폰을 귀에서 빼냈다. 귓속에서 울리고 있던 요트의 '사이킥 시티'가 갑자기 끊긴다.

"그걸 빼라고 말한 거야."

티파니가 말한다.

"미안. 못 들었어."

이츠카는 대답하고서 iPod의 스위치를 끈다.

"그럴 수밖에."

쓴웃음을 지으며 그렇게 응수한 티파니는 스웨터를 걸치고 바지를 입는다. 그러면서 가까운 시일 내에 영화를 보러 가자고 이츠카에게 제안했다. 에단 호크가 트럼펫 주자인 쳇 베이커를 연기하는 전기 영화가 있단다. 아침 첫 회라면 일을 시작하기 전에 볼 수 있고, 물론 '너의 귀여운 사촌 동생'도 함께ㅡ.

"미안하지만, 못 갈 것 같은데."

오늘 들어 두 번째 권유라고 생각하면서 이츠카는 대답하고,

"그래도, 같이 가자고 해 줘서 고마워."

라고 덧붙였다. 영화를 보려면 돈이 든다. 물론 그 정도 돈이 없는 건 아니지만, 여행 자금을 가능한 한 많이 모으려 하고 있는 지금은 쓸데없는 지출을 피하고 싶었다.

"어머, 어째서?"

연극조로 보일 만큼 걱정스럽게, 여자아이다운 어조로 티파니는 물었다. 하지만 이것이 이 사람의 평소 말투라는 걸 이츠카는 이미 알고 있다. 내슈빌 토박이라는 것도, 스물두 살이고, 부모님과 함께 살고 있으며, 대학원에 다니는 남자 친구가 졸업할 때까지 기다렸다가 결혼할 예정이라는 것도, 그 자금("시시하다고 할지 모르겠지만, 성대한 결혼식을 올리고 싶거든.")을 모으기 위해 이츠카와 마찬가지로 아르바이트를 여러 개 하고 있다는 사실도.

"돈이 없으니까."

단도직입적으로 대답했다.

"하지만, 학생증이 있으면 겨우 10달러야."

"그래도 안 돼."

이츠카는 고집스레 말하고 이어폰을 다시 귀에 꽂는다. 티파니는 목을 움츠렸다.

"그럼 어쩔 수 없지. 하지만, 우리 집에는 언제 한번 밥 먹으러 와. 안 오면 엄마가 실망하니까."

그녀의 말을 거기까지 듣고 iPod의 스위치를 켠다. See you 하고 중얼거리고서, 한 손을 들어 올리고 통로로 나온다. 만난 지 아직 얼마 되지도 않았는데 티파니는 자꾸만 이츠카를 자기 집으로 초대하려 든다. 엄마가 보고 싶어 한다면서. 고맙게 여기는 반면, 이츠카로서는 조금 성가시다. 두 가지 일을 병행하는 것만으로도 적잖이 피곤해서 이 이상 영어를 써야 하는 사교 활동은 하고 싶지 않았다.

'포켓'이 있는 처치 스트리트에서 강을 향해 곧장 걷는다. 강을 맞닥뜨리면 오른쪽으로 간다. 그 길은 1번가이긴 한데 퍼스트 애비뉴 노스에서 퍼스트 애비뉴 사우스로 도중에 이름이 바뀌고, 더 나아가면 이번엔 허미티지 애비뉴로 또다시 이름이 바뀐다. 같은 길인데 호칭이 바뀌어서 처음엔 헷갈렸지만, 이제는 안 봐도 훤한 통근길이라서 이츠카는 현지 사람들처럼 성큼성큼 빠르게 걷는다. 그렇게 걸을 수 있다는 것이 기쁘다. 새하얀 페인트를 칠한 허미티지 카페가 보이면 헤일리의 아파트는 이제 코앞이다. 벽돌 외벽이 거무튀튀한 오래된 건물, 자물쇠가 없는 공동 현관. 돌아왔다고 느낀다. 어둑어둑한 계단을 이츠카는 3층까지 올라갔다. 벨을 누르고, 몇 초 기다리자 문이 열렸다.

하지만 열어 준 사람은 레이나가 아니었다. 백인 여자아이다. 집을 착각했나 싶어 이츠카는 하마터면 사과할 뻔했다. 그런데 여자아이가,

"레이나, 누가 왔어!"

하며, 어린아이 특유의 짜랑짜랑한 목소리로 외치고(흠칫 놀랄 만큼 짜랑짜랑한 목소리라서, 이어폰을 끼고 있어도 들렸다), 곧바로 레이나가 나왔다. 그 뒤를 이어 백인 남자아이 두 명도. 집을 얼마나 뛰어다녔으면 두 아이는 웃으면서 숨을 헐떡이고 있다. 상황 파악이 안 되어, 이츠카는 어떻게 반응해야 좋을지 알 수 없었다. 우선 음악을 끈다.

"찾았다!"

안쪽에서 또 다른 목소리가 들리고, 흑인 남자아이가 튀어나왔다. 손에 피에로 인형을 들고 있다. 헤일리의 인형이다.

"이 사람이 내 사촌 언니인 이츠카야."

레이나가 아이들에게 말하자, 처음에 문을 열어 주었던 여자아이가 이츠카의 얼굴을 올려다보며,

"만나서 반가워, 이츠카."

하고 이쪽의 이름을 붙여 예의 바르게 인사했다. 남자아이들

은 도로 실내로 뛰어간다.

"저 아이들, 지금 보물찾기하는 중이야."

레이나가 말한다.

"아니, 그보다, 이 아이들, 누구야?"

그렇게 묻자, 레이나는 여자아이를 아만다라고 소개하고, 아까 언덕길에서 알게 되어 함께 썰매를 타고 놀았다고 설명했다. 그 후 다 같이 아이스크림을 먹으러 갔고, 더 놀고 싶었지만 이츠카쨩이 돌아올 시간이라서 여기 없으면 문을 열어 줄 수 없다는 생각에 ─.

남자아이들이 거실이건 부엌이건 욕실이건 가리지 않고 뛰어다니며 찬장 문까지 온갖 문이란 문은 죄 열었다 닫았다 하고 있는(보물찾기라기보다 술래잡기를 하고 있다고밖에 생각할 수 없는) 소란스러운 실내에 들어서자, 입술 모양 소파에 흑인 여자아이가 앉아서 TV를 보고 있었다.

"하이."

묘하게 낮은 목소리로 이츠카에게 말한다.

"이 아이는 한나. 열두 살이야."

그렇게 말한 레이나를 남자아이 중 하나가 웃으면서 부딪치듯 끌어안는다.

"아파―. 그랬겠다―?"

레이나가 화를 내보이자, 남자아이는 더더욱 요란스러운 웃음소리를 내면서 도망쳤다.

"방금 그 아이는 카일. 카일이랑 아만다는 남매야. 카일이 다섯 살이고, 아만다는 일곱 살. 그래서 그 애가―."

"대체 몇 명이 있는 거니? 제발 좀."

레이나의 설명을 가로막으며 말했다.

"다섯 명. 언덕에서는 더 많았는데, 나머지 애들은 일이 있어서 돌아갔거든."

"어째서 여길 데려온 건데?"

믿을 수가 없었다. 레이나는 어쩌면 이리 무방비하단 말인가.

"이 아이들 부모가 걱정돼서 찾으러 다니면 어쩌려고? 경찰에 신고하면? 유괴한 게 돼 버릴지도 모르거든?"

"유괴는 아닌걸."

"그야 알지만―."

"오케이."

낮은 목소리가 나고, 여자아이가 입술 모양 소파에서 일어선다.

"우린 돌아갈 테니까, 레이나 야단치지 마."

지친 듯한 표정과, 아이답지 않은 쉰 목소리. 이츠카와 레이나는 일본어로 대화했지만, 부드럽다고는 할 수 없는 분위기를 민감하게 알아챘으리라. 이츠카는 부끄러운 생각이 들었지만 이제 와서 어떻게 할 수도 없다.

"다들, 이 근처에 사니?"

여자아이에게 그렇게 물어보았다.

"집까지 바래다줄게. 아니면, 적어도 빅토리 파크까지."

"그럴 필요는 없어."

여자아이 ─한나─는 딱 잘라 말한다.

"아직 4시이고, 이 근처는 당신들you guys보다 우리가 더 잘 아니까."

· · · · · · ·
you guys

한나가 불러 모으자, 저마다 웃옷을 입고 신발을 신는다. 풀 죽어 돌아가는 아이들을 이츠카는 레이나와 함께 현관에 서서 배웅했다.

저녁은 스팸 같은 것을 끼운 햄버거(별로 맛은 없다)와 오이 샐러드였다. 이츠카짱은 기분이 좋지 않다. 아이들을 여기 불러들인 것을 두고 아직 화가 나 있다.

"있잖아, 오늘, 화물 열차를 140량 봤어."

레이나는 말해 본다.

"전에 봤던 것보다 40량이나 더 길었어. 커브에서는 계속 멈춰서 있고, 멈췄다가 움직였다가, 엄청 천천히 움직여서 끝까지 확인하는 데 시간이 걸리긴 했지만, 레이나가 제대로 셌어, 계단 중간에 서서."

낮에는 그 광경에 눈이 휘둥그레져서는 빨리 이츠카짱에게 보고하고 싶은 마음이 굴뚝같았는데, 이렇게 막상 말로 해 보니 대단한 일이 아닌 듯 느껴졌다.

"흐음."

이츠카짱의 대답도 쌀쌀맞다.

"아. 설거지, 오늘은 레이나가 할게."

싱크대 앞에 선 이츠카짱에게 그렇게 말한 까닭은 아까 아이들에게 코코아를 타 주었기 때문이다. 컵이 모자라서 시리얼 볼에 수프 볼까지 꺼내 쓰고 그대로 다 방치되어 있었다.

"됐어, 이 정도야 크게 힘든 일도 아니니까."

하지만 이츠카짱은 그렇게 말하고서 혼자 척척 씻어 버린다.

"오늘도 피트네 가 있을 거야?"

그 물음에 레이나는,

"오늘은 여기 있을게."

하고 대답했다.

밴드가 오리지널 곡을 선보이면 기본적으로 손님들의 반응이 시원찮다. 그건 이츠카가 '서드 피들'에서 깨달은 것 중 하나다. 손님들이 선호하는 건 왕년의 히트곡 커버이고, 노랫소리보다 악기의 테크닉을 중요시하는 듯하다. 하지만 손님들이 휘익 하고 휘파람을 불거나 유쾌하게 소리를 지르는 그런 곡들은 랩이나 레게에 익숙한 이츠카의 귀에는 하나하나의 악기 소리가 전혀 가공되지 않은 것이어서 오히려 생생하고 난폭하게 들린다.

현지인일수록 뮤지션에게 더 엄격하다는 것도 이츠카가 깨달은 것 중 하나이다. 핑크색 페이크 퍼 코트를 입은 할머니라든지, 꽉 끼는 레깅스를 입고, 남편으로 보이는 남성과 춤추러 오는 긴 머리 중년 여성이라든지, 매일같이 오는 사람들은 가게에 들어서면 일단 멈춰 서서 30초 정도 음악을 들어 보고 마음에 들지 않으면 나가 버린다. 라이브 하우스는 넘쳐나니까, 좀 더 자기 취향의 밴드가 나오는 가게를 찾으러 가는 것이다. 그렇게 하면서까지 음악을 들으며 술 마시고 싶은 심리를 이츠카는 이해할 수 없지만, 그것이 이 도시 사람들의, 옛날부터 내려오는 전통적인 오락이라고 프레드가 말했다.

다만, 돈을 많이 써 주는 건 관광객들이기에 현지 손님들도 그들에게는 은연중에 조심하는 경향이 있어서 만석이면 자리를 양보하거나 아무 말 않고 슬그머니 돌아가곤 한다. 뮤지션도 팁을 염두에 두고 관광객을 기쁘게 하려 드는지라 이 가게에서는 여행자들이 더 주인 행세를 한다. 오늘 밤도 그렇다.

"여러분은 어디서 오셨습니까?"

스테이지 토크 때 보컬리스트가 각 테이블을 향해 묻자, 덴버라고 대답한 손님이 한 팀, 사우스다코타가 한 팀, 캐나다가 한 팀 있었다.

"두 분은 어디서?"

이삼이 카운터석에 앉은 커플에게 묻는다. 40대 초반쯤 됐을까. 이 가게 손님들 중에서는 젊은 부류에 속하고, 남녀 모두 비즈니스 수트 차림에 둘 다 레드 와인을 두 잔째 마시고 있다.

"런던."

남성이 대답했다.

"멀리서 와 주셔서 정말 감사합니다."

이삼의 목소리는 따스하게 울린다. 음악이 울리는 와중에 소리 높여 외치지 않아도 제대로 들리는 불가사의한 목소리다.

사우스다코타 테이블에 있던 남성이 이츠카의 시선을 붙잡고 말한다.

"한 잔 더."

이 남성이 마시던 것은 위스키 온 더 록인데, 와일드 터키였던가, 아니면 메이커스 마크?

"이쪽에 전원 다 데킬라로."

덴버 팀 중 한 사람이 말한다.

"그리고, 그것과 별도로 나한테는 블러디 메리를."

"지금 갑니다."

이츠카는 응대를 하고, 첫 번째 남성에게 확인한다.

"와일드 터키 온 더 록이셨죠?"

같은 테이블에 앉은 다른 두 사람의 잔도 비어 있다.

"뭐 좀 가져다 드릴까요?"

물어보니, 한 사람은 밀러 맥주, 또 한 사람은 진 앤 토닉이라고 대답했다. 덴버 팀은 접어 두고 지금 주문을 우선 처리한다. 머릿속으로 총금액을 계산한다. 덴버 팀 자리로 가서 아까 한 주문을 다시 한번 확인하고 돌아오니 캐나다 팀 테이블의 머릿수가 단번에 늘어나 있었다. 하이 가이즈, 라고 말하러 가야 하지만, 그 자리에서 주문을 받아 버리면 사우스다코타 팀의 금액을 잊어버릴 게 틀림없었다. 이츠카에게 성가신 건 주문을 기억하는 게 아니라 금액을 계산하는 일이다.

"하이, 가이즈. 곧 돌아올 테니 잠시만 기다려 주세요."

이츠카는 우선 가서 거품 이는 맥주와 투명한 진 앤 토닉, 그리고 와일드 터키 온 더 록을 내왔다. 캐나다 팀의 주문을 받고, 덴버 팀에 데킬라 여섯 잔과 블러디 메리 한 잔을 가져다준다. 캐나다 팀의 버번 소다(브랜드는 잭 다니엘)와 럼 소다, 화이트 와인 둘에 코로나 맥주 서빙을 마치자, 사우스다코타 팀의 잔이 또 비어 있었다. 이츠카는 다시 맥주를 나르고, 위스키를 나른다. 금액을 계산하고, 거스름돈을 건넨다. 이쪽에도, 저쪽에도.

"다음 곡은 뭘로 할까요. 누구 신청하실 분?"

"딥 퍼플!"

손님 한 사람이 외치자 여기저기서 동조하는 목소리가 나온다. 그리고 매일 밤 한 번은 반드시 연주되는(그래서 이츠카도 외워 버린), 현란한 기타 사운드로 시작되는 곡이 흐른다. 환호성이 터져 나오는 동시에 캐나다 팀 중 누군가가 실수로 화이트 와인 잔을 떨어뜨려 깼다. 이츠카는 수건을 집어 들고 달려간다. 우선 손님의 옷, 이어서 테이블. 일단 안쪽으로 돌아가, 벽에 기대어 세워 놓은 대걸레와 쓰레받기를 손에 든다.

낮에 걸어 본 적은 있지만, 밤에 브로드웨이를 걷는 건 처음이었다. 네온, 네온, 네온. 핑크, 노랑, 초록, 파랑. 이 길은 시야가 미치는 한 이쪽 끝에서 저쪽 끝까지 온통 빛과 색으로 넘쳐난다. 그리고 사람—. 좌로 우로 피하면서 걷지 않으면 부딪힐 것만 같다. 이 많은 사람들이 낮에는 다 어디에 있었던 걸까, 하고 레이나는 생각한다. 낮의 거리는 조용하다 못해 오히려 쓸쓸해 보이는데.

걷고 있는 사람보다 몇 명씩 무리 지어 멈춰 서 있는 사람이 더 많다. 이야기를 하거나 담배를 피우기도 하면서. '휠', '크로스로드', '투씨즈 오키드 라운지', 레이나는 라이브 하우스의 간판을 하나씩 읽으며 걸었다. 이츠카짱한테는 그렇게 말하긴 했지만, 내내 아파트에서 기다리고 있기도 지루했기에 아주 잠깐 견학하러 나왔다. 일하고 있는 이츠카짱의 얼굴만 보고 바로 돌아갈 생각이다.

어느 라이브 하우스나 커다란 음악 소리가 길가까지 새어 나온다. 문이 활짝 열어젖혀져 있기 때문이고, 어느 문 앞이든 남자들이 몇 사람 서 있거나 의자에 앉아 있다. 호객꾼이나 문지기 같은 것이리라. 딱 봐도 알 수 있게 다들 외모부터가 험상궂다. 모히칸 머리라든지 가죽점퍼에 체인이라든지, 목덜미며 손

등에서 엿보이는 타투라든지, 눈썹이며 코며 입술에 달린 피어스라든지.

토해 내는 입김이 하얗다. 방한은 철저히 하고 왔기에 피부가 노출된 부분은 얼굴뿐이지만, 그 얼굴 피부는 차갑다기보다 아프다. TV 일기 예보에서는 오늘 밤 늦게부터 눈이 내릴 거라고 했다. '라이프 오렌지', '부츠', '레오나드', 여긴 대체 라이브 하우스가 몇 개나 있는 걸까. 아직 눈은 내리지 않지만 길바닥에는 제설제가 흩뿌려져 있고, 그 하얀 알갱이는 마치 이미 눈이 얇게 쌓여 있는 것처럼 보였다.

그리고 드디어 레이나는 '서드 피들'을 발견한다. 좁은 전면, 통유리. 유리창 안쪽이 바로 무대라서 4인조 밴드의 연주하는 모습이 보인다. 가게 안쪽까지는 보이지 않지만, 음악과 함께 바깥으로 비어져 나오는 환성과 웃음소리로 보아 북적이는 모양이다. 레이나는 유리에 두 손을 대고 얼굴을 바싹 붙여 어떻게든 안을 보려고 했다. 거기에 있을 이츠카짱을. 무대 불빛이 너무 밝아서 어두운 가게 안은 전혀 보이지 않는다. 유리에는 커다란 글씨로 WELCOME이라고 쓰여 있다. 기분 좋은 라이브 음악과 최고급 술, 이라고도. 레이나는 음악에도 술에도 흥미가 없지만, 적어도 저 안은 따뜻할 게 틀림없었다.

"헤이,"

굵직한 목소리가 들려서 돌아보니, 얼굴도 몸도 네모진 남자가 문 앞에 놓인 스툴에 앉은 채 레이나 쪽으로 몸을 쑥 내밀고 있었다.

"창에서 떨어져."

엄지손가락을 바깥쪽으로 움직이며 말한다. 백인. 서른 살 정도. 크루컷 머리, 울 코트에 청바지와 카우보이 부츠, 목도리를 한 평범한 차림새였지만, 양손 모두 악취미적인 반지투성이다.

"왜요?"

물었지만 대답은 없고,

"아무튼 다른 데로 가."

하고, 귀찮다는 듯이 말했다.

"잠깐만 안에 들어가도 돼요?"

레이나는 남자에게 다가가서 물었다.

"노."

남자는 쌀쌀맞다.

"부탁이에요. 3분이면 되니까."

이번에도 대답해 주지 않았다. 그러는 동안에도 노인이 세 사람 가게 안으로 들어갔다. 스툴에 앉은 남자에게 ID 카드를 보이고 손에 스탬프를 찍고서.

"그럼, IT 잠깐만 불러 주면 안 돼요?"

남자는 그제야 레이나의 얼굴을 똑바로 본다.

"너 그 아가씨의……?"

어정쩡한 의문문으로 묻는다.

"사촌 동생이에요."

레이나는 또렷하게 대답했다.

"바쁜 밤이네. 당신도 한잔 하지?"

화이트 와인의 잔해를 정리하고 카운터 옆으로 돌아오자, 단골 할머니가 말했다.

"감사합니다."

이츠카는 대답한다. 손님들이 술을 사겠다고 하는 경우에는 가능한 한 받아 주라는 이야기를 들었다. 받아 주면, 이샴이 럼을 뺀 럼 코크를 만들어 준다. 혹은 보드카를 뺀 보드카 소다를. 계산은 물론 알코올이 들어간 금액을 적용한다.

오늘 밤은 보드카 소다 쪽이었다. 술답게 보이도록 라임을 짜서 뿌리고 잘 섞어서 내준다. 하지만 그 특제 음료를 입에 댈락 말락 하는 사이, 새로운 손님이 또 세 사람 들어온다. 할아버지

둘에 할머니 하나. 하이 가이즈, 하고 말하러 가려 했을 때였다.

"IT!"

입구에서 브라이언이 불렀다. 브라이언은 이 가게의 문지기인데, 진짜인지 아닌지는 모르겠지만 유도 유단자란다. 선 채로 몸을 흔들며 술을 마시고 있는 손님들을 헤치며 입구로 가 보니, 레이나가 있었다.

"네 사촌 동생이야."

말하지 않아도 아는 사실을 브라이언이 가르쳐 준다. 네온에 비추인 길 위에서, 레이나는 몹시도 작아 보였다.

"뭐 하는 거야?"

얼빠진 질문이었다.

"어째서 이런 데에 있어?"

그럼에도 달리 무슨 말을 해야 좋을지 몰라서 이츠카는 연거푸 말했다.

"위험하잖아, 이런 시간에."

"잠깐 보러 왔을 뿐이야."

레이나는 작은 목소리로 대답하고,

"추워."

하고서, 양가죽 부츠를 신은 발로 길바닥을 문지르는 듯한 동작을 한다.

"제설용 가루는 꼭 눈 같지 않아? 하얗고. 밟으면 사각사각거려."

"그것보다, 아파트에 있어야 하잖아."

힘없는 목소리가 나온 건, 어쩐지 슬퍼졌기 때문이다. 아파트에 혼자 있으면 수많은 사람들 속에서 일하는 것보다 마음이 허전할 것이다. 레이나가 여기까지 자신을 보러 혼자 걸어왔을 것을 생각하니, 지금 당장 함께 돌아가고 싶어졌다.

"안에 들여 줄 수 있으면 좋겠지만,"

이츠카가 말하자,

"괜찮아."

하고, 레이나가 대답했다.

"아이는 들어갈 수 없다는 거, 처음부터 알고 있었으니까."

"피트네 가 있을래?"

그렇게 묻자 레이나는 고개를 끄덕였다. 손목시계를 보니 9시 50분이었다.

"앞으로 한 시간쯤 남았으니까. 거기 가 있으면 바로 갈게."

가게 안에서 손님들이 기다리는 건 알고 있지만, 레이나의 뒷모습―암녹색 니트 모자, 어깨에 비스듬히 멘 항상 가지고 다니는 천 가방—이 인파에 섞여 보이지 않게 될 때까지 이츠카는 그 자리에서 움직일 수가 없었다.

아침이면, 레이나는 대체로 9시 즈음에 눈이 떠진다. 이츠카짱은 이미 일어났고, 옆에는 토르소가 있다(어지간히 익숙해졌을 법도 한데, 레이나는 익숙해지지 않는다. 항상 조금 흠칫한다. 이내 토르소였다는 걸 떠올리기는 해도).

하지만 오늘 아침은 달랐다. 스스로 눈을 뜨기에 앞서 이츠카짱이 흔들어 깨웠기 때문이다.

"레이나, 일어나. 눈이야. 굉장해, 새하얘."

라고 말하면서.

옛날부터 레이나는 눈이라는 말을 들으면 자다가도 벌떡 일어난다. 빨리 보지 않으면 눈이 녹아 버리거나 더러워질 것 같아서. 게다가 방 안의, 여느 때와는 다른 밝기와 추위와 조용함을 자기 자신이 얼른 확인하고 싶어서.

이 아파트는 난방이 아주 세서 추위는 전혀 느끼지 못했다. 하지만 압도적으로 밝고 조용해서 이츠카짱의 말이 진짜임을 바로 알았다. 벌떡 일어나 창문으로 달려간다.

"！"

말도 안 되게 내리고 있었다. 온 천지가 새하얗다. 게다가 쉴 새 없이 펑펑 내리고 있다. 소리도 없이, 끝도 없이. 유리로 가로막혀 있지만 지금 당장에라도 눈이며 입에 들어올 것만 같은 기분이 든다.

"일기 예보가 맞았네."

옆에 선 이츠카쨩이 말했다.

"그런데, 하룻밤 새에 이렇게 쌓이는 건가?"

"쌓이고 있어."

레이나는 대답하고, 바깥 공기를 들이쉬고 싶어서 창문을 연다. '춥다!'와 '기분 좋다!'가 한꺼번에 느껴지고, 하지만 공기 그 자체가 얼음 알갱이를 머금고 얼굴을 때리는 바람에 순간 숨을 쉴 수가 없어서 황급히 창문을 닫았다.

"깜짝 놀랐네!"

레이나는 그렇게 말하고, 몸속에서 웃음이 치밀어 올라 키득거린다.

"깜짝 놀랐네!"

이츠카쨩도 그렇게 말하며 창문에서 한 걸음 물러났다.

"괜찮아? 다시 한번 연다."

각오를 한 덕분인지, 이번에는 숨이 막히는 일은 없었다. 그저 기분이 좋다. 그저 넋을 잃고 본다.

"조용하네."

거리에 사람의 모습은 없고, 노상 주차된 차량 위에도 이웃집 베란다에도 뜰에도 담에도 눈이 두텁게 쌓여 있다.

"아침 먹고 나서 산책 가자."

이츠카쨩이 말했다.

달걀 요리와 토스트와 홍차를 배 속에 넣고, 바깥으로 나갔다. 주위는 괴괴하다.

"왜 아무도 없지?"

레이나는 의아하게 생각한다.

"눈 치우는 사람도, 나와 노는 애들도 없어."

"추워서 다들 집에 틀어박혀 있는 거 아닐까. 아직 이른 아침이고. 오늘은 학교도 휴교일 거라고, 어젯밤에 이샴이 그랬어."

이츠카쨩이 말했다. 우산 없이 나오는 바람에 둘 다 금세 머리(레이나는 모자)와 팔이 눈투성이다. 눈을 사박사박 밟으며 걷는다. 쉼 없이 내리는 눈 저편에 외눈박이처럼 매달려 있는 상자 모양 신호등의 녹색이 예쁘다.

"이 근처 사람들은 눈이 내리면 가게도 닫아 버린대. 이샴이 그랬어. 하지만 '서드 피들'은 절대 닫지 않는대. 가게들이 문을 닫으면 관광객들에게는 선택지가 줄어들기 마련이고, 그러니 그때가 바로 돈을 벌 때라는 게 프레드 생각이래."

"흐음. 억척스럽네."

레이나는 감상을 피력한다. 말을 하니, 차가운 공기가 입과 코 주변에 집중적으로 와서 부딪치는 것처럼 느껴진다.

"강까지 가 볼래?"

이츠카짱이 묻는다. 가 보고 싶었지만, 과연 그렇게 걸을 수 있을지 알 수 없었다. 눈이 너무 많이 내려서 앞이 잘 안 보이고, 한 걸음씩 내딛을 때마다 푹푹 빠지는 발을 빼내야 하니 넓적다리가 피로하다. 게다가 숨을 들이쉬기만 해도 몸이 얼어붙는 것 같았다.

"무리일지도."

지나치게 아무도 없다는 사실이 조금 무섭기도 했다. 마치 거리에 레이나와 이츠카짱 두 사람밖에 없는 것 같다.

"그치."

이츠카짱도 동의하고,

"그럼, 돌아갈까."

하고 말했다. 다행인 건 지나다니는 차가 한 대도 없어서 어디서든 신호등 색과 상관없이 자유롭게 건너도 된다는 것이었다.

아파트에 돌아와서는 욕조에 들어가(욕조 안에서 레이나가 콧노래를 부르자 이츠카쨩이 가르쳐 달라기에 가르쳐 주었다. 미국 초등학교에서 배운 '빨간 사과와 우체부 아저씨'라는 노래다) 몸을 데웠다. 헤일리네 욕실은 지극히 헤일리다워서 케이크 모양 스펀지도 있고 욕조 마개는 오리 모양이고, 쓰다 만 샴푸는 세 종류나 되는데 트리트먼트는 하나도 없다(그래서 여기에 오자마자 둘이서 사 왔다).

욕실에서 나오자 온몸이 따끈따끈해지고 둘 다 똑같이 좋은 냄새가 났지만, 머리를 드라이어로 말리자마자 이츠카쨩은 일하러 나갔다. 만약 '포켓'이 눈 때문에 임시 휴업이면 곧장 돌아올 테니까, 라고 말하고서.

TV는 온통 대설 뉴스뿐이다. 동부에서 중서부까지 눈, 눈, 눈인 모양이다. 가슴이 커다란(그리고 그것을 강조하는 듯한 옷을 입은) 여성과, 수트를 말쑥하게 차려입은 남성(어느 방송국이나 죄다 이 조합이다)이 외출은 삼가도록 경고하고 있다. 매일 있는 일이지만, 이츠카쨩이 나가고 혼자 남으면 방 안이 순식간에 휑해진다. TV 소리는 그 휑한 느낌을 메워 주지 못하고 오히려 두드러지게 한다. 이런 조용한, 눈 오는 아침에는 특히.

레이나는 두 사람분의 빨랫감을 들고 세탁실로 내려간다. 지하는 난방이 안 되니 다운재킷을 입고 갔다. 도중에 동구권 계통으로 보이는 남성과 스쳐 지났다.

"하이."

무표정하게 인사를 건넨다.

"하이."

레이나도 인사로 답한다.

세 대 있는 세탁기는 세 대 모두 비어 있었다. 하지만 건조기는 한 대가 가동 중이고, 남은 두 대에는 옷가지가 안에 든 채 방치되어 있다. 이럴 경우, 마음대로 꺼낼 수도 없고, 만일 레이나의 세탁이 끝난 시점에서도 건조기가 다 차 있으면 기껏 세탁한 옷가지들을 젖은 채로 방치하는 꼴이 되고 만다. 망설이고 있는데 가동 중인 건조기에서 이상한 소리가 났다. 모터 소리와는 명확하게 다른, 퉁탕거리는 소리다. 가까이 가서 살펴보니, 둥근 창너머로 커다란 운동화 한 켤레가 돌아가고 있는 모습이 보였다.

결국 빨래는 포기하고 방으로 돌아온다. 어둑어둑한 계단을 올라가니, 방문 앞에 사람 그림자가 보였다. 순간 이츠카쨩이 돌아왔나 싶었는데 그게 아니었다.

"헤일리!"

레이나는 외치며 달려갔다. 검은 코트, 검은 진 바지, 검은 배낭, 빨간 운동화, 단, 온통 눈투성이가 되어 있다.

"살았다Thank heavens!"

헤일리는 신음 소리 비슷한 것을 낸다.

"조안나네 집에 열쇠를 두고 나와 버렸어. 얼어 죽는 줄 알았네. 차가 다니질 않아서 클리블랜드에서 오는 데 스무 시간이나 걸렸다니까. 완전 느림보 운전으로. 마지막엔 걸어왔어, 한 시간이나."

헤일리의 얼굴은 거의 눈처럼 희고, 눈 주위의 짙은 화장이 젖어서 다 번져 있었다. 처음 만났을 때에도 이랬다고, 레이나는 기억해 낸다. 그때는 눈이 아니라 비였지만.

"지하에 내려갔었어. 그럴 때도 만약을 대비해 문을 잠가 두거든."

설명하면서 레이나는 서둘러 문을 연다.

"이츠카 휴대폰에 지금 간다고 메시지 남겨 놨는데, 못 들은 거야?"

헤일리는 납득이 가지 않는다는 목소리로 말했지만, 방에 들어서자마자 웃는 얼굴이 되었다.

"우리 집이다아."

기쁨에 찬 목소리를 냈다.

“헤일리, 헤일리, 헤일리.”

레이나는 이름을 연거푸 불렀다. 헤일리를 만나서 자신이 이 토록 기쁘고 반갑고 마음 든든해질 줄은 상상도 하지 못했다.

출근해서 옷을 갈아입으면 맨 먼저 청소를 하도록 되어 있지 만, 모든 걸 직원들끼리 해야만 하는 ‘서드 피들’과 달리, ‘포켓’ 에는 전문 업자가 들어와 있다. 시간을 정해 놓고 여러 가게를 돌 며 화장실과 플로어를 청소하고 쓰레기를 정리해 주는 사람들이 다. 그래서 매일 아침 이츠카와 다른 직원들이 하는 건 테이블과 의자를 닦는 일과, 가게 앞길을 쓰는 일(오늘 아침 같은 경우에는 눈 치우기), 그리고 유리창이 더러워져 있으면 닦는 일 정도여서 사람 수가 많으니 눈 깜짝할 사이에 끝나 버린다. 학교 다니던 무 렵의 청소 시간 같다고 이츠카는 생각한다. 플로어 매니저인 미 니(그녀만은 유니폼이 폴로셔츠가 아니라 검은 바지 정장이다)가 걱 정 많은 선생님처럼 돌아다니며 감독하는 모습까지 똑같다(하지 만 그때처럼 농땡이 치는 사람은 없다. 업무이다 보니 모두 정해진 일 을 척척 소화한다, 솔선해서).

학교에 다니던 무렵, 이츠카는 이런 공동 작업이 질색이었다. 어디까지 자신이 해야 하고, 어디서부터 남에게 맡겨야 하는지 알 수 없었다. 협력한다는 것이 구체적으로 어떻게 하는 건지 몰라서, 혼자 하는 편이 빠르다고 여겼다(그리고 실제로 대부분의 일을 혼자 했다).

여기서는 매사가 훨씬 수월하다. 이츠카에게 혼자 할 만한 능력이 없기 때문이다. "저는 뭘 하면 될까요?" 함께 일하는 멤버가 매일 다르니, 매번 그렇게 물어보지 않으면 안 된다. 누군가가 '항상 하는 일'을 자신이 무심코 빼앗아 버릴 수 없기 때문인데, 그렇게 물으면 "난 여기서부터 닦을 테니까, 당신은 그쪽부터 닦아요."라든가, "바닥이 깨끗한지 체크해 줘요."라든가, "미니한테 물어봐요." 따위의 말을 듣는다(오늘 아침엔 "데이브 팀을 도와줘요." 였고, 데이브 팀이 하던 일은 눈 치우기였다). 때로는 "아무것도."라거나 "영어 공부하세요." 같은 말도 듣지만, 그게 자신의 실력이니 어쩔 수 없다는 건 알고 있었다. 아무 말 않는 것보다 그렇게 말로 해 주는 편이 훨씬 낫다고 이츠카는 생각한다. 뒤에서 비록 험담을 할지라도.

청소가 끝나면 짧은 미팅이 있고, 영업이 시작된다. 오늘은 성가신 질문을 받지 않기를 이츠카는 빌고, 말이 지나치게 빠른 손님이 오지 않게 해 달라고도 빈다. 커다란 유리창 바깥은 설경이다.

"온 동네 사람이랑 다 아는 사이야?"

'죽을 것처럼 배고프다'는 헤일리와 함께 아파트 근처 레스토랑에 들어가 테이블에 자리를 잡자 레이나는 물었다.

"설마."

헤일리는 부정했지만, 여기까지 걸어오는 동안 스쳐 지난 할아버지도, 자리로 안내해 준 중년 웨이트리스도 헤일리를 보자마자 반색하며 언제 돌아왔느냐고 물었다.

"이 집, 느낌이 괜찮네."

주위를 둘러보면서 레이나는 말했다. 아직 먹어 보지 않아서 음식 맛은 알 수 없지만, 토마토소스며 허브며 마늘 따위의 좋은 냄새가 난다.

"이름대로, 굉─장히 오래된 가게야."

헤일리는 그렇게 말하고(두 사람은 지금 '올드 스파게티 팩토리'라는 가게에 와 있다), 플로어 중앙에 떡하니 자리 잡은 빨간 전차를 가리켰다.

"저거, 진짜 차량이야. 여기가 옛날에 역이었거든."

세 종류 있는 런치 파스타(수프 또는 샐러드 제공) 중에서 헤일리는 알리오 올리오를, 레이나는 아마트리치아나를 고른다.

미시즈 패터슨은 무사히 퇴원했고, 매일 와 주는 요양 보호사를 구했는데 두 사람은 성격은 맞지 않지만 좋은 콤비로 보인다고 헤일리는 말했다. 그 요양 보호사는 쾌활한 멕시코 여성인데 미시즈 패터슨의 빈정거림에도 쩔쩔매기는커녕 스페인어로 설교까지 한단다. "하지만 조안나는 스페인어를 모르거든." 그렇게 말하며 헤일리는 웃었다. 구르망도 잘 있다는 말을 듣고 레이나는 안심했다. 미시즈 패터슨의 아파트에서 매일 아침 레이나의 얼굴을 핥아 깨우러 오던 구르망ㅡ.

"이츠카짱은 두 가지 일을 다 열심히 하고 있어."

레이나는 보고한다.

"완전히 '저축 모드'에 들어갔다니까."

스파게티는 소박한 가정 요리다운 맛이 났다. 그동안 '포켓'에서 가지고 돌아오는 요리에 질려 있던 레이나에게는 갓 만들어져 나왔다는 것만으로도 아주 맛있게 느껴진다.

"채드는 이미 만났어?"

물어보니,

"아직. 하지만 아까 문자 왔는데, 나중에 여기로 오겠대."

헤일리는 그렇게 대답하더니, 이츠카짱이 전화를 받지 않았다는 데 대해 다시 불평했다.

"음성 메시지도 확인 안 하다니, 있을 수 없는 일이잖아, 보통."

"미안해."

레이나는 사과하고, 자신도 이츠카짱도 긴급할 때 외에는 휴대 전화 전원을 꺼 두기로 했다고 설명했다.

"GPS가 달려 있으면, 우리가 어디 있는지 아빠랑 엄마가 알아 버리니까."

"달려 있어? GPS."

"그건 모르겠지만."

헤일리는 눈썹을 치켜올린다. 그러고 나서 천천히 웃는 얼굴이 되더니,

"큰일이네. 가출하기 어려운 시대라서."

라고 말한다.

"가출은 아니야."

레이나는 힘주어 말한다.

"이건 여행이야."

그렇게 말했을 때 채드가 보였다. 가게 사람의 안내도 기다리지 않고 빠른 걸음으로 곧장 이쪽으로 다가온다. 옷깃의 모피에 눈이 붙어 있으니 한층 더 러시아 병정처럼 보인다.

"채디!"

헤일리가 퉁기듯 일어나 채드의 목에 팔을 감았다. 두 사람의

기나긴 키스를 레이나는 어안이 벙벙한 채 바라본다. 영화나 TV에서밖에 본 적이 없는 것 같은, 그런 열렬한 키스였다.

이츠카가 헤일리한테서 온 여러 통의 착신 이력과 음성 메시지를 알아챈 건 휴대 전화 전원을 켜고 나서였다. 전원을 켠 이유는 크리스에게 전화를 해야겠다고 생각했기 때문이다. 여기는 눈이야. 지난번 통화에서 크리스는 그렇게 말했다. 매년 첫눈이 내리면 자신은 어린 소년처럼 마냥 기쁘다고 말하고, 뉴햄프셔의 산에 눈이 내리면 어떤 모습인지 아마 너희는 상상 못할 거야, 라는 말도 했다. 느긋한 말투에 감정이 실리지 않은 단조로운 어조이지만, 어느 것 하나 거짓 없는, 진심 어린 말로 느껴졌다. 실제로 만날 당시에도 그랬던 것을 이츠카는 기억한다. 크리스와 있을 때면, 자신의 영어 실력이 부족하다는 사실을 이츠카는 까맣게 잊었다. 그건 지금 생각해도 기묘한 일이었다.

'포켓' 뒤뜰에 서서, 이츠카는 녹음된 헤일리의 목소리에 귀를 기울인다. 뒤뜰은 종업원들의 흡연 구역인데 지금은 달리 아무도 없다. 두 번 되풀이해 듣고 이해했는데, 첫 메시지에서 헤일리는 오늘 밤 돌아가겠다고 했다. 아마 8시나 9시에는 도착할 것 같다고. 두 번째 메시지에서는, 눈 때문에 도착이 늦어지고 있다,

몇 시에 도착할지 모르겠지만 도착하면 전화하겠다고 했다. 그리고 또 한 건 녹음된, 한 마디 한 마디 힘주어 발음한 그 메시지는 '지금 도착했어. 너희 어디 있는 거야? 전화해.'였다.

밴드 동료들과 일 때문에 회의를 해야 한다는 두 사람과 레스토랑 앞에서 헤어지자, 레이나는 다시 혼자가 되었다. 눈은 아직 내리고 있었다. 눈송이도 점점 작아지고 눈발도 약해졌지만. 하늘은 옅은 먹색이다.

아파트로 돌아가는 것도 생각해 봤지만, 생각난 김에 어제 그 장소에 가 보니, 멀찌감치에서부터 그것이 보였다. 눈 내린 비탈에 아이들이 잔뜩 흩어져 있는 모습이.

"헤이! 레이나!"

가까이 가자, 빨리도 레이나를 알아챈 한나가 낮은 목소리로 외치며 팔을 크게 흔들어 얼른 오라는 몸짓을 한다.

"레—나아아! 레—나아아!"

카일이 외친다기보다 부르짖었다. 지금 갈게, 하고 레이나가 소리쳐 대답해도 부르짖는 걸 멈추지 않는다. 레—나아아! 레—나아아! 레—나아아! 레이나가 아니라 눈 때문에 흥분했는지, 비탈 중간에 두 다리를 벌리고 서서 하늘을 향해 소리를 질러 대고 있다.

"카일, 시끄러워."

아만다가 귀를 막는다. 하지만 카일이 입을 다물어도 그 일대가 시끌벅적한 것은 변함이 없었다. 다들 썰매를 타면서 비명인지 환호성인지 모를 새된 소리를 질러 대고 있기 때문이다.

레이나는 오늘은 썰매 말고 골판지 상자를 빌려서 탔다. 이미한참 놀았는지, 골판지 상자는 물기를 잔뜩 머금고 흐늘흐늘해져 있었다. 하지만 썰매보다 속도가 난다.

"Yippee(야호)!"

정신을 차려 보니 어느새 레이나도 비명을 지르고 잇따라 웃음을 터뜨리고 있다.

오늘은 어제보다 더 아이들 수가 많고, 함석판을 타고 노는 아이도 있었다. 찌부러지지 않은, 상자 모양을 유지한 골판지 상자에 들어앉은 아이도.

"오늘은 이따가 우리 집에 놀러 갈래?"

아래에서 위로, 나란히 비탈을 올라가면서 한나가 그렇게 물었다.

"너희 집에는 무서운 사람이 있으니까."

진절머리가 난다는 투다.

"그녀는 무서운 사람 아니야. 이름은 이츠카고, 내 사촌 언니야."

레이나가 말했다.

"어제는 그저, 너희들 엄마가 걱정하실지도 모른다고 말했을 뿐이고."

한나는 우습지도 않다는 듯,

"그럴지도."

하고 대답한다.

"아만다네 같은 덴 그럴지도 모르지."

"너희 집은 아니야?"

"우리 집은 엄마도 아빠도 없어. 아니, 아빤 있는데, 거의 집에 안 들어오니까. 있는 건 할아버지랑 할머니뿐."

그런 가정도 있다는 건 레이나도 안다. 이혼이라든지, 이혼보다도 무서운 사별이라든지―.

"하지만, 그럼, 할아버지랑 할머니가 걱정하시잖아?"

레이나 말에 한나는 어깨를 으쓱해 보이고 나서,

"그럴지도."

하고, 또다시 시시하다는 양 대답했다.

우루우로서는 어처구니가 없게도, 회사에서 돌아와 보니 거실에 크리스마스트리가 장식되어 있었다. 금속대에 세워진 진짜 전나무, 매달아 놓은 반짝거리는 구슬, 유리로 만든 천사니 순록이니.

"언제 사러 갔었어?"

전나무는 지금껏 해마다 우루우가 사 왔다. 맨해튼에 잔뜩 늘어선 노점에서 가지가 잘 뻗은 것을 골라서.

"오늘."

소파에서 책—어차피 또 성경일 것이다—을 읽고 있던 모양인 리오나가 대답한다.

"기다려도 당신은 사 오지 않을 것 같아서."

"살 생각이 없었으니까 그렇지."

우루우는 말하고서 TV를 켰다.

"그런 걸 올해도 장식할 거라고는 생각 못했어."

"이 트리, 유즈루가 골랐어. 잎이 무성해서 다른 것보다 좋았대."

트리 장식은 해마다 레이나가 의욕적으로 도맡아 왔다. 작년에는 쿠키만 가지고 나무를 장식하겠다는 아이디어를 내고 엄청난 양의 쿠키를 손수 구웠다. 나무 아래에 예수님이 태어난 마구간을 인형으로 재현하려고 했던 적도 있었다(그 당시 우루우는 아마도 리오나가 넌지시 꾀를 일러 주었으려니 짐작했지만). 딸이 행방불명되었는데 '즐거운 우리 집'을 연출하려 드는 아내의 속을 모르겠다.

"Warm and Cozy Christmas인가?"

그래서 그만 빈정거림이 입에서 튀어나왔다.

"그럼 상복이라도 입을까?"

리오나가 말했다. 오싹해져서 우루우는 아내의 얼굴을 본다.

"방금 뭐라고 했어?"

"상복이라도 입을까?"

태연하게 되풀이하고,

"당신은 잊었는지 모르겠지만, 그 아이들은 무사히 돌아올 거야."

라고 말한다.

"허. 언제."

답변이 돌아오지 않을 것을 알면서 물었다.

"잘도 태연하게 그런 소리가 나오는군."

내뱉고 2층으로 올라간다. 나란히 붙어 있는 아이들 방을 지나 부부 침실에서 옷을 갈아입었다. 화장실에서 손과 얼굴을 씻는다. 오래간만에 일찍 귀가한 건 실수였다고 우루우는 생각한다. 크리스마스트리? 리오나는 양식이라는 게 없는 걸까. 걱정도? 엄마로서(혹은 고모로서) 자책하는 마음도? 그뿐 아니라 딸이 없어지고 난 후로 우루우에게 달라붙어 떨어지지 않는 온갖 감정—분노, 공포, 의문, 초조—도 리오나에게는 완전히 결핍되어 있는 것처럼 보인다(그렇다고 한다면, 우루우는 자신의 아내가 무섭다. 대체 언제부터 리오나는 그렇듯 감정이라곤 없는 냉혈한이 되어 버린 거지? 아니면 처음부터 그랬던 걸까, 내가 알아차리지 못했을 뿐?).

"다녀오셨어요."

뒤에서 유즈루가 말을 걸었다.

"밥 먹으래요."

"곧 갈게."

우루우는 대답하고, 역시 밖에서 식사를 해결하고 들어왔으면 좋았을걸, 하고 생각한다. 세 사람이 둘러앉은 식탁은 레이나의 부재를 확인하기 위한 의식으로밖에 느껴지지 않는다.

왜 이렇게 됐지?

의문이 다시 고개를 쳐든다. 달라붙어 떨어지지 않는 것들 중에서도 답을 알 수 없는 몇 가지 의문—왜 이렇게 됐지? 어떻게 하면 좋지? 그 애들은 어쩔 작정인 거지? 지금 어디에 있는 거지? 언제까지 이런 상태가 지속되려나? 이런 꼴을 당하다니, 내가 대체 뭘 어쨌기에?—이 특히나 우루우를 괴롭히는데, 우루우로서는 아내가 어째서 그러한 의문을 갖지 않고 살 수 있는지 알수 없었다.

　식사하는 내내 우루우는 무뚝뚝하게 입을 다물고 있었다. 그래서, 숙제가 많다고 유즈루가 늘 투덜거리는 역사 수업의 진도며, 요즘 풍조인 듯싶은 '2단계식 크리스마스 선물'(조금 일찍 받게 되는 첫 번째 선물은 신발이나 옷 같은 실용적인 것도 괜찮지만, 정식 선물—real one이라고, 유즈루는 그것만 영어로 말했다—은 게임이나 악기, 장난감 같은 아이들이 좋아하는 것이어야만 한다는 게 유즈루의 설명이었다)로는 각각 뭘 받고 싶으냐는 등 이런저런 것들을 리오나는 묻고, 아들의 대답에도 촌평을 해 가며 간신히 대화를 성립시켰다. 하지만 그것이 또 우루우의 심기를 건드렸는지, 우루우의 미간에 주름이 깊이 패 버린다. 주름이 그토록 선명하게 잡히다니, 마치 여분의 피부가 있는 것 같다고 리오나는 생각한다. 두껍고 부드럽고, 온도가 높은 우루우의 피부. 찌푸린 미간 아래 눈은 언짢아 보이는 동시에 거세게 리오나를 질책하고 있음을 알 수 있다.

"디저트는 거실로 가져갈게."

리오나는 자리에서 일어나 냉장고에서 딸기를 꺼내 씻는다.

"크림 거품 내는 거 도와줄래?"

유즈루에게 말했다.

우루우가 뭐라든, 멀쩡하게 잘 있을 딸아이들의 상복을 입을 생각은 리오나에게는 없다. 금송아지에게 기도를 바칠 생각도.

"잘 먹었어. 난 이제 배부르니까, 디저트는 둘이서 먹으면 되겠군."

우루우는 그렇게 말하고 부엌을 나갔다.

위스키, 보드카, 진, 럼, 데킬라, 약초 리큐르, 캄파리. 선반에 늘어선 술병과 그 앞에 서 있는 이샵, 손 주위만 비추는 조명, 볼에 든 얼음 덩어리. 뮤지션도 손님도 날마다 바뀌지만 카운터 안은 늘 변함없다. 어디를 가는지, 하룻밤에도 몇 번씩 가게를 들락날락하며 손님을 데려오기도 하고 되돌려 보내기도 하면서 바빠 보이는 프레드도, 전기 히터를 발치에 두고 밤새 문밖 스툴에 앉아 있는 브라이언도, 카운터 밖, 안쪽 벽 앞을 정위치로 삼고 있는 이츠카 자신도.

손님이 열광해도 가게 사람은 열광하지 않는다. 손님이 소란을 피워도, 술에 취해 잠이 들어 버려도, 화장실에서 나오지 않아도 가게 사람은 당황하지 않고 소란 떨지 않고 담담하게 대처할 뿐이다. 팔이며 등에 무람없이 손을 얹어도, "우리가 젊었을 적에는"이라느니, "플로리다에서는"이라느니, "우리 딸은"이라느니, 묘하게 친밀한 투로 말을 붙여 와도.

이츠카는 술을 나르고 돈을 받는다. 거스름돈을 건네고, 받아 두라는 말을 들으면 감사 인사를 하고 주머니에 넣는다. 말을 걸어오면 대답하고, 웃는 얼굴을 짓는다. 느리다느니 술맛이 밍밍하다느니, 하는 불평을 들으면 사과하고, 다시 웃는 얼굴을 짓고, 다음엔 아주 진하게 해 드리겠다고 대답하곤 하지만, 이샴에게 전달해도 그는 신경 쓰지 않는다. 그래서 농도는 아마도 똑같을 것이다.

연주를 마친 뮤지션들은 카운터에서 한동안 장황하게 수다를 떨거나 술을 마시기도 하고, 야반도주하듯 자신의 악기를 서둘러 챙겨 가지고 다음 일터로 향하는 경우도 있다.

이츠카는 플로어를 왔다 갔다 하고 한 시간마다 화장실을 점검하지만, 그런 후에는 다시 안쪽 벽 앞에 선다. 가게 전체가 한눈에 들어오는 위치에.

손님이 고함을 치며 불평하거나 뮤직 팁을 넣는 통에 침을 뱉는다든지 하는 경우에는 브라이언이 나설 차례다. 그는 예의 바르게 "Sir"라든가 "Madame" 하고 부르면서도 다짜고짜 손님의 팔을 잡아끌고 가게 바깥으로 쫓아낸다. 이츠카는 대걸레나 손걸레를 들고서, 그 손님이 저지른 난동의 흔적을 지우고 뒤처리를 한다. 하지만 그 후엔 대체로 무대 위의 누군가가 분위기를 누그러뜨릴 만한 말을 던지고, 손님 몇이 배려하며 웃고, 음악이 시작되고, 이츠카는 다시 벽 앞에 선다.

츄러스, 스위트 크림, 피스타치오&허니. 유리 케이스 앞에 서서 여느 때와 마찬가지로 레이나는 망설인다. 밀키스트 초콜릿, 토로네, 레몬 버터밀크 프로즌 요거트. 이것도 저것도 다 맛있어 보인다. 여기 아이스크림은 비싸지만(싱글은 7달러, 더블은 8.5달러나 한다), 엄마라면 '몸에 좋은 맛'이라고 말할 법한, 재료 그 자체의 맛이 난다. 게다가 스몰 사이즈로도 주문할 수 있어서, 그거면 5달러로 해결할 수 있다는 걸 레이나는 이미 알고 있다. 언덕을 사이에 두고 아파트 반대편에 자리한, 파머스 마켓으로 불리는 이 실내 시장의 푸드 코트에 레이나가 오는 건 이로써 세 번째다. 첫 번째는 언덕에서 만난 아이들과 다 같이 왔고, 두 번째는 그 이튿날인 눈 오는 날에 한나와 둘이 왔다. 한나의 아버지가 자메이카 사람이고 어머니가 미국 사람이라는 것, 부모님이 이혼하기 전 온 가족이 필라델피아에 살았던 것, 남동생이 있고, 한나는 남동생을 정말 좋아하지만, 지금 그 동생은 어머니와 함께 살고 있어서 거의 만날 수 없게 돼 버렸다는 것 따위를 전부 그때 들었다. 인기척 없는 휑뎅그렁한 공간에 테이블과 의자만 잔뜩 늘어서 있는 이 푸드 코트에서 아이스크림을 먹으면서. 크리스마스 선물로 뭘 갖고 싶냐고 아버지가 물어봤을 때 한나는 망설임 없이 동생을 만나고 싶다고 대답했지만, 아버지의 대답은 "컴온 베이비, 그런 말 하지 말아라."였다고 한다. 그 말을 들었을 때 레이나는 깜짝 놀라고 말았다. 컴온 베이비, 그런 말 하지 말아라? 레이나가 아는 한, 아버지란 사람은 그런 말투를 쓰지 않는 법이니까.

"시식, 하고 싶니?"

5달러짜리 지폐를 꼭 쥐고서 유리 케이스 안을 물끄러미 보고 있어서인지, 점원이 물었다.

"노."

시식은 하고 싶었지만, 그렇게 말해 주기를 바라고 서 있던 것으로 오해받기 싫어서 레이나는 그렇게 대답하고, 전부터 무슨 맛일까 궁금했던 와일드베리 라벤더라는 것을 골라 스몰 사이즈로 주문했다.

"그거 괜찮아. 내가 좋아하는 거야."

점원이 말했지만, 그건 레이나에게 말했다기보다는 혼잣말 같은 것이었고, 들릴락 말락 할 정도의 작은 중얼거림이었다. 아마도 아르바이트 학생이지 싶은 그 점원은 자그마한 체구의 백인 여성으로, 작은 얼굴에 너무 커 보이는 안경을 쓴 모습이 영화 속 해리 포터를 닮았다.

"와일드베리랑 라벤더인데, 기묘하다고밖에 말할 수가 없어."

케이스를 열고, 예쁜 연보라색 아이스크림을 컵에 담아 주면서 여전히 뭔가 중얼중얼거린다.

푸드 코트에는 그 밖에 수프 매대와 피자 매대가 나와 있지만, 손님은 한 사람도 없다. 구석에 늘어선 대형 쓰레기통이 어쩐지 외로워 보였다. 시골 마을에 와 있구나, 하고 레이나는 생각한다. 돈을 내고, 아이스크림을 받았다. 비어 있는 많은 테이블 중 어디에 앉을까 눈으로 훑으면서 플라스틱 스푼으로 아이스크림을 한 입 떠먹었다. 라벤더 풍미가 퍼지고, 뒤이어 확연하게 오렌지 맛이 났다. 오렌지 맛?

돌아보니, 점원은 레이나가 하는 양을 지켜보고 있었고, '그렇지?' 하는 얼굴을 한다.

"그런데, 어째서?"

레이나는 그만 물어보았다. 유리 케이스에는 아이스크림 종류마다 원재료를 명기한 종이가 붙어 있는데, 다시 잘 읽어 보아도 오렌지(혹은 그런 맛을 낼 만한 것)는 들어 있지 않다.

"어째서인지는 모르겠어. 하지만, 그래. 와일드베리와 라벤더를 섞으면, 오렌지 맛이 돼."

점원은 진지한 얼굴로 말한다. 그 말을 듣고도 레이나는 석연치 않았다. 다시 한 입 먹어 본다. 조금 전보다 더 확실하게 오렌지 맛이 났다.

"최근에 이사 왔어?"

점원이 묻는다.

"지금까지 여기서 본 기억이 없는데."

여행자라고 레이나는 대답하고, 하지만 이곳에는 세 번째 오는 거라고 덧붙였다.

"세 번째? 그럼 분명히 앞의 두 번은 지난주였겠네. 여기 오는 애들 얼굴은 대체로 기억하는데, 지난주엔 내가 휴가였거든. 스태프 때문이야. 항—상 스태프라니까."

작고 나직한 소리로 무표정하게 말해서, 어디까지가 레이나에게 하는 말이고 어디서부터 혼잣말인지 알 수 없었다. 스태프란

게 누구인지도. 레이나는 아이스크림을 또 한 입 떠먹었다. 왜 오렌지 맛인지는 여전히 수수께끼이지만 맛은 나쁘지 않다.

"어디서 왔어?"

일본, 이라고 대답하자 점원의 표정이 굳었다. 그러더니 갑자기 흥분한다.

"정말? 거짓말이지? 당신 일본인이야? 진짜 일본인?"

좀 전까지 보인 무표정이 거짓인 양 활짝 웃어 보이며,

"오랫동안 격조했습니다. 베풀어 주신 은혜, 잊지 않겠사옵니다."

하고, 느닷없이 일본어로 말했다.

이츠카가 '포켓' 일을 마치고 아파트로 돌아오니,

"오늘 있지, 오늘 있지, 재미있는 사람을 만났어."

하고 레이나가 말했다.

"이름은 앤이라고 해. 립스콤 대학 학생인데, 일본 만화를 엄청 좋아한대."

거실은 조금씩이지만 착실하게 이전의 난잡함을 되찾아 가고 있다. 벽 쪽에 새 담요(헤일리가 돌아온 지금, 이츠카와 레이나는 거실에서 잠을 잔다)를 한 장 개켜 두었는데, 그 위에 콜라 페트병(뚜

껑은 닫혀 있지만 내용물이 반쯤 남아 있다)과 뜯은 포테이토 칩 봉지가 나뒹굴고 있는 걸 보니, 아무래도 헤일리는 두 사람의 침구를 소파 대용으로 썼던 모양이다. 담요 위에는 베개도 두 개 놓여 있는데. 바닥에는 꽁초가 가득한 재떨이와, 펼쳐서 엎어 놓은 여성 잡지가 방치되어 있다. 얹혀사는 몸이라 불평할 입장이 아니라는 건 알지만, 그래도 진저리가 났다. 빨리 이곳을 떠나고 싶다는 생각이 든다.

"이상한 일본어를 썼어. 만화에 나오는 대사를 통째로 외운 것뿐이라서 이야기가 안 되긴 했지만, 그래도 꽤 긴 대사를 말하더라고. 굉장하지 않아?"

부엌도 마찬가지로 난잡했다. 사용한 식기며 프라이팬을 싱크대에 넣어 놓지도 않았고, 쿼터 갤런(약 950ml)들이 우유병이 테이블에 떡하니 나와 있다.

"이거, 왜 냉장고에 안 넣어 놓은 거야? 우유는 상하기 쉬운데."

"그게, 레이나도 이제 막 왔거든. 부엌은 못 봤어."

이츠카는 한숨을 내쉰다.

"좁은 아파트라, 거기서도 다 보이잖아?"

"하지만 못 봤는걸."

레이나는 우긴다.

이른 저녁 식사 중에도 레이나는 내내 '앤'에 관한 이야기를 했다. "앤은 열아홉 살인데, 지금까지 한 번도 일본인을 만난 적이 없대."라느니, "앤이 다니는 대학에는 일본어학과는 없지만, 일본 만화 연구회는 있대."라느니. '포켓'에서 가지고 온 건 슈림프 샌드위치와 프라이드 포테이토였는데, 양쪽 다 기름졌지만 그린 샐러드를 듬뿍 만들어서 곁들이니 괜찮았다.

그날 밤은 '서드 피들'에서 작은 놀라움이 있었다. '포켓'의 동료 세 사람이 들어온 것이다. 8시 반 즈음, 연주와 연주 사이, 단체 손님이 마침 두 팀 돌아간 참이었다.

"하이, 이츠카. 보러 왔어."

맨 처음 그렇게 말한 사람은 티파니였는데 포옹으로 인사하면서 밀어붙여진 가슴의 크기와 부드러움 때문에 이츠카는 그만 라커룸에서 항상 보게 되는 그녀의 속옷 차림을 떠올리고 말았다. 나머지 두 사람은 로버트와, 쌩신입(여하튼 오늘이 첫날)인 킴벌리였으며 세 사람은 나란히 카운터석에 앉았다.

"하이, 가이즈. IT의 친구들?"

이샴이 상냥하게 말을 건넨다. 그렇다고 로버트가 대답하고, 동료라고 티파니가 덧붙이고, 오늘 처음 만난 킴벌리까지 이츠카가 자신에게 여러 가지를 가르쳐 준다 하고, 이 소리를 들은 이츠카는 기분이 들떴다. 세 사람과는 낮에도 봤지만 '포켓' 밖에서 만나는 건 처음 있는 일이다. 당연히 모두 사복 차림이었는데 그 모습이 무척 신선해 보인다. 티파니는 모헤어 스웨터에 긴 플레어스커트(항상 하고 다니는 금 피어스와 목걸이는 그대로), 킴벌리는 팔랑팔랑한 소재의 튜닉에 청바지와 카디건 차림이고, 로버트도 청바지를 입고 있지만 검은 다운재킷 안에 뭘 입었는지까지는 알 수 없다. 셋 다 지역 맥주인 '스위트 워터'를 주문했다.

곧 다시 단체 손님이 들어오고 이츠카는 그 대응에 쫓겼지만, 그때마다 세 사람이 있는 카운터로 돌아오는 게 기뻤다. '포켓'에 있을 때는 그런 생각이 안 드는데 여기서 보니, 세 사람 다 (킴벌리조차!) 친숙하고 남다르게 느껴졌다.

"이곳에서 이츠카 일솜씨는 어떤가요?"

로버트가 묻자, 이샴이 엑셀런트라고 대답했다. 인사치레라고는 해도 실정과 너무 동떨어져 있기에 이츠카는 난처해져서,

"솔직하게 말해요."

하고 얘기해 보았지만, 이샴은 미소만 지을 뿐이었다.

이어서 연주한 밴드는 '화이트 플로이드'라는 장난스러운 이름과 달리 실력이 있는지 연배가 있는 손님들이 열광했다. 하지

만 세 사람은 흥미를 보이지 않았다. 음악과 손님들의 환성과 휘파람 소리로 시끄러운 와중에도 굴하지 않고 내내 이야기에 빠져 있다. 티파니의 엄마와 아빠와 약혼자 이야기며, 킴벌리가 다니는 치과 의사 이야기, '포켓'의 다른 누군가에 대한 소문(미니의 남편은 알코올 중독 같다느니, 데이브는 대학을 졸업하면 아버지의 주유소를 물려받을 것 같다느니)을 언뜻언뜻 들으면서 이츠카는 테이블 여기저기로 술을 나르고 잔을 치웠다. 거스름돈을 계산해서 건네고, 팁을 받아 넣었다. 테이블을 닦고, 화장실을 점검했다. 계속 로버트와 눈이 마주치는 건 거북했지만, 세 사람이 와준 덕분에 평소보다 마음 든든했다는 사실은 인정하지 않을 수 없다.

"느낌이 괜찮은 아이들이네."

세 사람이 돌아가자 이샴이 말했다.

"하지만, 요즘 젊은이들은 술을 안 마시는군. 두 시간이나 있었는데 한 사람 앞에 맥주 두 잔이라니."

하고, 우습다는 듯이.

낮에 이츠카짱은 기분이 언짢았다. 그래서 그만 말 꺼낼 기회를 놓쳐 버렸지만, 레이나는 내일도 앤과 만나기로 약속했다. 앤의 아르바이트가 끝나고 나서, 밤에. 하지만 어차피 이츠카짱은 내일 밤에도 일을 하러 가니까, 그동안 레이나가 누군가와 만나도 상관은 없을 터이다. 이츠카짱의 일이 끝나는 11시까지 여기, 허미티지 카페에 와 있으면 문제 될 건 없다. 피트가 서비스로 내준 '오늘의 수프'(오늘의 그것은 미네스트로네)를 먹으며 레이나는 가게 안을 둘러본다. 테이블석에 학생풍의 남자 손님이 한 사람, 카운터석에 단골손님인 할머니가 한 사람. 카운터 안쪽에는 피트와, 항상 있는 웨이트리스가 두 사람. 조용한 밤이다. 아까 피트는 선 채로 자는 척하며 웨이트리스들을 웃겼다. 겉보기도 말투도 진지 그 자체인 피트는 이따금 재미있다. 엉터리 노래를 지어 흥얼거리기도 한다. '레이나는 어디에, 너무 작아서 보이질 않아~'라든가, '커피, 커피, 모두가 커피를 원해~'라든가.

레이나는 매일 밤 오다 보니 자주 보는 손님들의 얼굴을 외워버렸고, 그중 몇 사람은 이름도 안다. "어이, 댄. 오늘 밤은 냉랭한데."라든가, "마일라, 코끼리처럼 아름다워."라든가, 피트가 하는 말이 들리기 때문이다. 헤일리가 말했던 대로 이 가게는 확실히 마음이 편하다. 하지만 혼자서 이츠카짱을 기다리는 시간이 지루하다는 점은 변함이 없고, 그래서 내일 앤과 만나는 것이 기다려졌다. 앤은 친구를 데려오겠다고 했다. 될 수 있는 한 천천히 먹을 생각이었는데 수프는 벌써 다 먹어 버렸다.

허미티지 카페에 세 종류의 손님이 있다는 걸 레이나는 이제 안다. 테이크아웃을 하는 손님과, 가게 안에서 식사를 하고 돌아가는 손님, 그리고 식사를 하든 말든 상관없이 계속 머물러 있는 손님. 계속 머물러 있는 손님은 대체로 혼자서 오고, 노트나 책이나 노트북 컴퓨터를 펼치고 있는 학생이거나, 피트와 수다를 떨러 오는 나이 지긋한 사람이거나, 사촌 언니를 기다리는 소녀이다.

드디어 이츠카짱이 나타나고, 레이나는 피트에게 인사하며 스툴에서 내려온다. 모자를 쓰고, 다운재킷을 입는다.

"Good night, girls."

"See you tomorrow."

제각기 말하는 가게 사람들의 전송을 받으며 얼어붙을 듯이 차가운 공기 속으로 나간다.

"잘 다녀왔어?"

레이나는 그렇게 말하며 여느 때처럼 사촌 언니의 팔에 팔짱을 꼈다. 지난주에 내린 눈의 자취가 길가에 남아 얼어붙어 있다.

"오늘은 어땠어?"

물어보니,

"티파니가 왔어."

하고 이츠카짱이 대답했다.

"그 외에도 두 사람, '포켓' 사람들이."

"이름이 뭔데?"

"로버트랑 킴벌리."

레이나가 모르는 사람들이었다. 이야기 중에도 들어 본 적 없는 이름이다. 이츠카짱의 직장 동료.

"재밌었어?"

그렇게 묻자, 이츠카짱은 어처구니가 없다는 얼굴로 레이나를 보더니,

"그 가게에서, 화장실 물 내리는 걸 까먹는 사람이 하룻밤에 얼마나 되는지 알면, 레이나 넌 깜짝 놀랄 거야."

하고 말했다.

아파트에 도착하니 웬일로 헤일리가 있었고(헤일리는 항상 밤 2시나 3시가 넘어야 돌아온다. 그래서 다음 날 점심때가 지나도록 일어나지 않는다), 바닥에 책상다리를 하고 앉아 기타로 웅, 하고 작은 소리를 내고 있었다.

"하이 걸즈."

파자마 대용으로 입는 복슬복슬한 파일천 상하의(윗도리는 후

드가 달렸고 아랫도리는 긴 바지, 색깔은 황토색)로 몸을 감싼 헤일리는 동물 인형 옷을 입은 사람처럼 보인다.

"설마, 결정된 거야?"

레이나가 물었다. 밴드 스케줄을 말하는 것이다. 당장에라도 무대에 서고 싶지만, 올해는 어느 가게나 이미 출연 예약이 상당히 진행되어 있어서 끼어들기가 어렵다는 말을 들은 참이었다. 게다가 밴드 멤버들도 각자 다른 일들을 하고 있어서 좀처럼 일정이 맞지 않는 모양이었다.

"예스."

헤일리는 기타에 의식을 둔 채 말했지만,

"예스, 예스, 예스."

하고 서서히 목소리가 커지는가 싶더니 일어나서 두 팔을 벌렸다.

"잘됐다―."

레이나는 그렇게 말하며 복슬복슬한 헤일리를 부둥켜안는다. 라이브 하우스의 출연료와 팁이 헤일리의 유일한 수입임을 알고 있었다.

"언제부터?"

이츠카짱이 묻는다.

"서드 피들에서도 연주해?"

다음 주부터이고, 서드 피들은 아니지만, 일단 활동이 시작되면 거의 매일 어느 가게에서든 연주하게 되니 물론 서드 피들에도 갈 거라고 헤일리는 대답했다. 그리고 거긴 우리들의 본거지라고도 부를 만한 가게니까, 라고 덧붙였다.

"프레드는 멤버 모두의 아버지 같은 존재인걸. 본인은 형이라고 하지만."

그 말에 이츠카짱이 웃었다.

"처음엔 느낌이 안 좋다고 생각했었는데, 꽤 좋은 사람이야, 프레드는."

밴드 스케줄이 잡힌 건 헤일리를 위해 정말 잘된 일이라고 레이나는 생각한다. 두 사람이 알고 있는 프레드를 자신은 모른다는 것과, 헤일리와 채드의 연주를 이츠카짱은 볼 수 있는데 자신은 볼 수 없다는 것이 조금 속상했지만.

햇살은 화창한데 기온은 낮다. '포켓' 뒤뜰에서는 주방 스태프 두 사람이 담배를 피우고 있다. 공기가 맑아서 담배 연기의 하얀색이 또렷이 보인다. 차디찬 하얀색이다. 이츠카는 두 사람에게서 가능한 한 멀찍이 떨어져 크리스에게 전화를 걸었다. 부재중 전화가 와 있는 것을 발견했기 때문이다. 이츠카가 크리스에게 전화한 적은 한 번 있지만, 반대는 처음 있는 일이었다. 일본의 그것과는 다른(그리고 그것에 이츠카가 지금도 익숙하지 않은) 신호음을 들으며 왠지 모르게 안 좋은 예감이 들었다. 크리스 쪽에서 이츠카에게 전화를 걸 이유는 없다. 전혀 짐작이 가지 않는다. 그렇다는 건, 뭔가 나쁜 뉴스임이 틀림없다는 기분이 드는데, 크리스가 이츠카에게 가져올 나쁜 뉴스라는 것 또한 전혀 짐작이 가지 않았다. 전화는 부재중 음성 메시지로 연결되었다. 아마도 일하는 중이리라. 스키 강사에게는 지금이 대목일 테니. 이츠카는 메시지를 남기지 않고 전화를 끊었다. 연결되지 않았다는 사실에 마음이 놓였다. 하지만 그 이유가 나쁜 뉴스(일지도 모르는 것)를 듣지 않아도 되어서인지, 크리스와 이야기할 기회를 다음번까지 간직해 놓을 수 있어서인지는 알 수 없었다.

파란 하늘이다. 차가운 공기를 한 차례 깊이 호흡하고 나서 이츠카는 가게 안으로 돌아온다. 점심때가 지난 후라 손님은 드문드문 앉아 있다. 이제 곧 시간이 느슨해지고, 가게가 어딘가 가정집의 거실 같아지겠지. 이럴 때면 이츠카는 가끔 자신이 어디에 와 있는지 알 수 없게 된다. 여기가 미국이고, 테네시주 내슈빌이라는 사실은 알고 있지만, 알면서도 믿어지지 않는다고 해야 할지, 이 거리에서 낮이고 밤이고 일하고 있는 사람이 나 자신일 리가 없다, 라는 기분이 든다. 여기에 있는 이 사람, 가게 유니폼인 폴로셔츠를 입은, 영어가 서툰, 이 웨이트리스는 대체 누구일까 생각하는 것이다. 일하는 건 상상했던 만큼 큰일은 아니고 즐겁다고까지 말할 수 있지만, 이것이 현실이라는 느낌은 들지 않아서 얼른 이곳을 벗어나 안정된 기분으로 돌아가고 싶다. 스스로 결정한 일인데 못났다고 생각하면서도 이츠카는 그만 그렇게 기원하고 만다.

앤과 약속한 가게는 헤일리의 아파트에서 걸어서 40분 정도 걸렸다(하지만 레이나는 걷는 건 아무렇지도 않다). 가게는 도시 서쪽에 있고, 와 본 적 없는 지역이었기에 풍경이 신선하다 보니 레이나는 몇 번이고 멈춰 서서 쇼윈도를 구경하거나, 길에서 노래하고 연주하는 사람들을 바라보았다(어쩌면 그 때문에 40분이나 걸려 버렸는지도 모른다).

앤과 그 친구는 이미 와 있었고, 레이나가 가게에 들어서자 바로 알아차리고 근처 테이블에서 손을 흔들어 주었다. 가게는 젊은이들로 북적거리고 있어서, 만약 두 사람이 좀 더 안쪽 테이블에 있었다면 못 알아봤을지도 모르겠다고 레이나는 생각한다.

그 정도로 넓은 가게다. 넓고 떠들썩하다. 입구 바로 옆 테이블인데도 사람을 피해 가거나 부딪쳐서 사과하고 사과받으며 가지 않으면 다다를 수가 없었다.

"혼잡하네."

입을 열자마자 레이나는 말했다. 앤은 마치 그렇게 하지 않으면 혼잡한지 아닌지 모르겠다는 듯이 가게 안을 둘러본다.

"여기는 항상 이런 느낌이야. 난 그리 자주 오진 않지만, 그래도 전에 왔을 때나 그 전에 왔을 때나 다 이런 느낌이었어. 음, 아마도 그래, 늘 이런 식."

그렇게 중얼중얼 말하고 나서 친구를 소개했다.

"여긴 해럴드, 여긴 레이나."

"우쓰."

해럴드가 특이한 인사를 한다.

"우쓰?"

레이나는 되물으며 앤 옆에 앉았다. 4인용 테이블이지만, 해럴드가 조금 살집이 있어서 좌석을 1.5인분쯤 차지하고 있었기 때문이다.

"연구회 동료는 더 많이 있지만, 지금은 방학 중이라서 다들 집에 돌아가고 이 동네엔 없어. 어쩌면 9시쯤에 한 명 더 올지도 모르지만."

앤이 말했다.

"하이, 해럴드, 만나서 반가워요."

레이나가 그렇게 인사했지만, 해럴드의 대답은 또 "우쓰"였다.

또 한 명 올지도 모른다는 친구의 이름은 스테파니인데 립스콤 대학이 아니라 밴더빌트 대학에 다니지만 왜인지 립스콤 대학 만화 연구회에 들어왔다고 앤이(혼잣말 같은 말투로) 설명해준다.

"릭은?"

해럴드가 묻고,

"아, 까먹고 말 안 했네."

하고 앤이 대답한다.

"어쩔 수 없쿤."

발음이 이상한 일본어로 말하면서 해럴드는 스마트폰을 양손으로 쥐고, 아마도 릭이라고 생각되는 상대에게 문자를 보내기 시작한다.

두 사람이 주문한 버거와 샐러드(앤은 채식주의자란다)가 나오고, 식사를 이미 하고 온 레이나는 마실 것만 주문할 생각이었는데 메뉴를 보고 나니 뭔가 조금 먹고 싶어져서 어니언링과 진저

에일을 주문했다. 착 달라붙는 미니스커트 차림의 웨이트리스가
"Sure." 하고 만면에 웃음을 띠고 응대한다.

번쩍번쩍한 가게다. 장식품이 많다. 콜라며 담배며 비누가 그
려진 옛날 간판이라든지, 동전을 넣으면 껌이 나오는 기계라든
지, 주크박스라든지, 흑인 요리사 입상立像이라든지.

"50년대풍이 세일즈 포인트야."

앤이 가르쳐 주었다.

"이 거리에는 젊은 사람이 거의 없나 싶었어."

젊은이들로 붐비는 가게 안을 바라보면서 레이나가 말했다.

"설마. 있을 만큼은 있어, 학생들뿐이지만."

앤은 그렇게 대답하고,

"하지만 동쪽 방면은 확실히 노인들뿐이야. 아니면 관광객. 그
래, 관광객, 관광객, 관광객. 그들은 왔다가, 가지. 다 그래. 왔다
가, 가."

라고 덧붙인다. 앤의 말투는 재미있다.

서빙된 어니언링을 집어 먹고 진저에일을 마시면서, 묻는 대
로 가족 사항이라든지 이 지역에 오게 된 경위 따위를 이야기하
고 있노라니 그때까지 묵묵히 버거와 씨름하고 있던 해럴드가
불쑥 말했다.

"레이나, 질문이 있어."

입가를 닦은 종이 냅킨을 뭉쳐 접시 위에 던져 놓고, 의자에 놓아두었던 슈퍼마켓 비닐봉지에서 만화책 몇 권을 꺼낸다. 영어판도 있고 일본어판도 있다.

"이 친구는 엄청 학구파야."

앤은 그렇게 말하며 마지막 양상추를 포크로 찍었다.

해럴드의 질문은 한도 끝도 없었고, 레이나는 그 소란스러운 가게 안에서 일본어 선생 흉내를 내는 처지가 되었다. 하지만 레이나조차 답을 알 수 없는 질문도 많았고('쾅'과 '쿵' 중에서 어떤 게 더 요란한 소리인지, '호토'란 어떤 요리인지, '고노야로'와 '곤냐로'는 어떻게 다른지), 해럴드가 가지고 온 영일사전에도 그런 건 물론 나오지 않았다. 그런 와중에 앤은 통째로 외우고 있는 모양인 일본어 대사를 뜻도 모르게 중얼거린다. "소생은 그저 지나가는 늙은이올시다"라느니 "오징어"라느니, 뜻 모를 소리를 앤이 중얼거릴 때마다 레이나는 그만 웃고 만다.

라이브 하우스에서 일해 보니 놀랄 일이 여러 가지 있는데 그 중 하나가 팁이 많다는 점이다. '포켓'에서는 담당할 수 있는 테이블 수가 제한되어 있어서 그렇지도 않지만, '서드 피들'에서는 시급보다 팁이 훨씬 많다. 한 잔 시킬 때마다 돈을 받는 시스템을 이츠카는 처음엔 번거롭게 여겼지만, 지금은 멋지다고 생각한다. 예를 들어 방금 전처럼 13달러짜리 술에 20달러 지폐를 낸 손님한테서 거스름돈은 필요 없다는 말을 듣거나 할 때면 특히.

플로어 구석에서 코트를 입고 부츠로 갈아 신고(여기엔 라커룸이라는 것은 없다. 골판지 상자나 누군가의 개인 물품이며 청소 도구로 어수선한, 백야드로 불리는 작은 방이 있을 뿐이다), 이샴에게 작은 소리로 인사하고, 이츠카는 밤공기 속으로 나간다.

"바이, IT."

스툴에 걸터앉은 브라이언이 말하고,

"바이, 브라이언, 내일 봐요."

하고 이츠카도 대답한다. 내쉬는 숨이 하얗다. 휴대 전화를 확인했지만 크리스한테서 걸려 온 전화는 없었다. 이어폰을 끼고, 가게에서 연주되는 류와는 전혀 다른, 자신이 좋아하는 음악을 듣는다. 아주 작은 볼륨으로. 소리가 작아도, 익숙한 노래가 귀에 닿으면 금세 이츠카는 자신이 원래대로 돌아가는 느낌이 든다. 원래의, 이츠카가 잘 아는 자기 자신으로.

잘 아는 나 자신? 강가를 따라 난 길을 걸으며 이츠카는 자문한다. 그건 어떤 나 자신일까. 고집 센? 사교에 서툰? 소심쟁이?

까다로운 사람? 전부 다 사실이란 생각은 하지만, 그것들과는 다른 무언가라는 느낌도 들었다.

별이 떠 있다. 바람이 차다. 강물은 새카맣게 흔들리며 군데군데 가로등 불빛을 비추고 있다. 브로드웨이의 떠들썩함도 네온사인도, 거짓이었던 양 멀다. 여기는 무척이나 조용하고, 맑은 밤의 기운만이 존재한다. 옛날엔 역 건물이었다는 창고들을 지나가면서, 외톨이인 자신이라는 생각이 문득 들었다. 이츠카 자신이 잘 아는 자기 자신이란, 요컨대 외톨이였다.

허미티지 카페는 밝고 따뜻했다. 커피의 좋은 냄새가 난다. 그런데 늘 앉는 카운터석에 레이나가 없다. 순간 가슴이 철렁했지만, 피트가 창가 자리를 가리켰고, 그곳에는 레이나가 네 명의 백인 젊은이들 사이에 섞여 앉아 있었다. 생글생글 웃는 얼굴로, 즐거운 듯이.

"아, 이츠카짱, 잘 다녀왔어?"

이츠카가 다가가자 레이나가 그렇게 말하고 나서,

"이쪽이 어제 이야기했던 앤."

하고, 그중 한 사람—안경 쓴 여자—을 소개했다. 이쪽이 내 사촌 언니인 이츠카, 라고 영어로 말하고, 지금 다 함께 일본어 공부를 하고 있었어, 라고 이츠카에게 일본어로 말한다.

"Hi, cousin."

앤 말고 다른 한 여자가 말하고,

"우쓰."

하고 살찐 남자가 말했다.

"안녕하세요."

이츠카가 일본어로 말한 이유는 일본어 공부를 하고 있다고 들어서였지만, 그 말에 대답하는 사람은 없었다.

"그럼 난 갈게."

레이나가 말하고 자리에서 일어섰다.

"베풀어 주신 은혜, 잊지 않겠사옵니다."

앤이 말하고, 다른 한 여자가 키득거리며 웃는다.

"나는, 나 이외, 모, 든, 인간을, 죽, 이기 위해, 존재, 하고 있다."

이츠카는 살찐 남자가 하는 말은 잘 알아들을 수 없었지만 그가 일본어를 하려 든다는 건 알 수 있었다. 테이블에 만화책이 한 가득 쌓여 있었다.

아파트까지 걸어가는 도중에도 레이나는 내내 그날 밤 이야기를 했다. 대학생 넷이 일본 만화를 얼마나 열심히 숙독하고 있는지, 그들이 외우고 있는 일본어가 얼마나 기묘한지—.

"앤은 있잖아, 오징어가 먹물을 '뿌—' 하고 뿜어내는 게 너무 좋대."

그런 설명을 들어도 전혀 이해되지 않았지만, "뺘—", "뺘—" 하고 의태어를 몇 번씩 반복하는 레이나가 즐거워 보였기에 다행이라고 생각했다. 내가 일하는 동안 레이나 혼자 외로운 심정으로 있는 것보다 훨씬 낫다, 라고.

크리스에게서 전화가 걸려 온 건 이튿날 아침이었다. 전원을 꺼 두어서 제때 받지는 못했지만, 수신 이력에 표시된 이름과 시각을 이츠카는 물끄러미 바라보았다. CHRIS 8:24 AM—. 불과 10분 전이다. 헤일리도 레이나도 아직 자고 있다. 8시에 일어난 이츠카는 세수하고 옷을 갈아입고 오렌지 주스를 마시던 참이었다. 빨래를 할 생각이었다. 이츠카도 레이나도 요즘 계속 같은 청바지를 입고 지냈다.

좋지 않은 뉴스가 틀림없으니 못 본 걸로 하고 싶다는 마음과, 두 번이나 걸었으니 용건이 있는 게 틀림없고, 그러니 이쪽에서 다시 걸어야 한다는(생각해 보면 당연한) 반응 사이에서 잠시 망설였다. 하지만 못 본 걸로 한다 쳐도 하루 종일 신경 쓰일 것이 뻔하기에 이츠카는 청바지 두 벌과 세제와 전화기를 들고 지하 세탁실로 내려갔다. 세탁기든 건조기든 가동 중인 것은 한 대도 없고, 높은 위치에 난 창문에서 겨울 아침의 엷은 햇살이 비쳐 들고 있다.

크리스는 바로 전화를 받았다.

"여, 이츠카."

이츠카가 이름을 말하기도 전에 조용한 목소리로 말하고,

"어떻게 지내는가 싶어서 전화했어."

라고 덧붙였다. 거의 억양 없는, 크리스 특유의 어조로 I called you because I wonder how you are doing이라고.

"어떻게 지내는가 싶어서, 당신은 나한테 전화해 주었어."

이츠카는 그대로 되풀이하고 만다. You called me because you wonder how we are doing. 크리스는 웃고서,

"맞아."

하고 대답한다.

"그뿐이야?"

"그뿐이야."

이츠카는 온몸으로 안도했다. 안도하는 동시에 지금 전화 너머에 크리스가 있다는 사실에 갑자기 기쁨이 복받쳐서,

"안녕."

하고, 이상한 타이밍에 인사를 했다. 하지만 크리스는 웃지 않

왔다.

"안녕."

조용히 그리고 평범하게 대답해 준다. 이츠카는 자신도 레이나도 잘 있다고 이야기했다. 자신은 매일 일을 하고 있으며, 그건 조금 재미있다It's a kind of fun고도 말했다. 헤일리가 돌아왔음을 알리고, 다음 주부터 음악 활동에 복귀한다는 것도 보고했다. 크리스는 헤일리를 모르니 그 이야기를 하는 게 의미가 있을까 싶었는데 크리스는 역시 조용하고 평범하게, 하지만 분명히 마음이 담긴 어조로, 그거 잘됐네Good for her라고 대답했다.

"당신은? 어떻게 지내?"

이츠카가 묻자, 크리스는 매일 스키를 타고 있다고 대답했다. 알파인이 아니라 노르딕이고, 그걸 하기에는 여기가 최적이야, 라고.

"정말로, 너희에게도 이 풍경을 보여 주고 싶어. 특히 아침이 멋진데, 온 사방이 설탕을 흩뿌려 놓은 것처럼 반짝반짝 빛이 나."

매일 아침 일어나 창문을 열고 새로 내린 신선한 눈의 냄새를 맡노라면 자신의 심장이 작은 새처럼 파닥파닥 날갯짓하는 걸 알 수 있다고 크리스는 말했다. 마치 몸 바깥으로 뛰쳐나가고 싶어 하는 것처럼, 이라고.

그리고 크리스마스에는 시카고에 사는 부모님 댁으로 돌아갈 예정이라고 했다. 추수감사절은 보스턴에서 '어머니 같은 사람' 과 보냈으니까, 라고도. 그 외에도 이것저것 생각나는 대로 서로 근황을 보고하고, 전화를 끊고 방으로 돌아온 이츠카는 자신이 청바지 두 벌과 세제를 고스란히 안고 있다는 사실을 깨닫고, 멋 쩍어하며 지하 세탁실로 다시 갔다.

"에!"

레이나는 엉겁결에 큰 소리를 내버리고, 이츠카짱한테 쉿―, 하고 핀잔을 들었다. 헤일리 깨잖아, 라고. 아침의 부엌은 밝고, 레이나는 이츠카짱이 준비해 준 아침밥을 다 먹은 참이다.

"그치만, 뭐야 그게. 그래서 두 사람은 좋은 분위기였다는 거? 보고 싶다느니, 목소리가 듣고 싶었다느니, 서로 그런 말을 해 버 렸다는 거?"

"아냐. 그럴 리 없잖아."

이츠카짱이 대답했다.

"그냥, 크리스랑 이야기하면 마음이 놓여. 내가 잘 아는 나 자 신으로 돌아간달까."

내가 잘 아는 나 자신? 레이나는 무슨 말인지 이해가 되지 않았다.

"뭐야 그게."

그래서 그렇게 말했다.

"도대체가 말야, 왜 여태 안 가르쳐 줬어? 처음 전화는 언제 걸었는데?"

뜻밖이었다. 레이나는 이츠카짱의 연애―만약 그것이 연애라면―를 응원할 마음으로 가득 차 있다. 그런데 따돌림을 당하다니 납득이 가질 않는다.

"미안. 어쩌다 보니 말할 기회를 놓쳤어."

이츠카짱은 그렇게 말하고

"다음부터는 같이 전화하자."

라고 덧붙였지만, 레이나는 자신이 그러고 싶은 건지 어쩐지 알 수 없었다. 레이나에게 크리스는 그냥 뜨개질남이다. 느낌이 괜찮은 사람이었으니 전화로 이야기하면 반가울 거란 생각은 들지만, 굳이 그러지 않더라도 상관은 없었다. 그런 게 아니라―.

하지만 마음속에서 맴도는 무언가를 말로 옮기기란 너무 어렵다. 그래서 일하러 나가는 이츠카짱을 배웅한 후, 세탁이 끝난 청바지 두 벌을 베란다에 널고, 아이들을 만날 수 있을지도 모른다는 기대를 안고 빅토리 파크로 놀러 갔다.

  사무실 식구들을 불러 모아 벌이는 나베 파티는 연례행사이고, 종무식 때까지 날짜가 조금 남았어도 기분으로는 송년회인 셈이다. 그런데 올해는 젊은 친구들이 안을 내서 김치 나베라는 걸 만들었기에 모두 돌아간 후, 심야의 실내에는 김치 냄새가 엄청나다. 게다가 물을 섞어 마신 고구마 소주의 콧구멍 안쪽(혹은 아예 눈알 안쪽)을 때리는 듯한 자극적인 냄새도 공기 중에 끈끈하게 배어 있어서 창문을 열어도 거의 효과가 없다. 도리 없이 미우라 신타로는 자신의 얼굴을 창밖으로 내밀고서 신선한 밤공기를 들이쉬었다. 지금 이 순간, 이츠카와 레이나는 어디에 있을지 생각한다.

  딸의 신용 카드를 정지시킨 것을 신타로는 이미 뼛속 깊이 후회하고 있었다. 그 후로 한 달이 지나도록 딸들에게서 아무런 연락이 없다는 건, 아무리 생각해도 있을 수 없는 일이었다. 그동안 비교적 부지런히 도착하던 엽서도, 지난 한 달간은 뚝 끊겼다. 뭔가 사건에 휘말린 것이라고밖에 생각할 수가 없다. 아니면 사고에. 하지만 만약 그렇다면 병원이든 경찰이든 대사관에서든 뭔가 연락이 올 테고, 그런 기관들의 눈이 미치지 않는 장소에 있다고 한다면―. 매춘이나 인신매매, 마약, 수상쩍은 종교나 마인드 컨트롤, 성적인 행위를 목적으로 한 감금―. 김치 나베와 고구마 소주로 몽롱해진 머리에 미국이라는 대국의 부정적인 이미지가 우르르 밀어닥치고, 신타로는 저도 모르게 두 눈을 질끈 감는다. 그렇게 하면, 그런 것들로부터 가족들을 지킬 수 있다는 양.

리오나에게 듣자 하니, 매제는 '분노 모드'가 되어 있는 모양이다. 몇 번씩 경찰을 찾아가서는 어떻게든 하라며 다그치고 있단다.

"신문에 광고를 내겠다는 말도 꺼냈어."

그런 이야기도 했다. 하지만, 전화기 너머 리오나 자신은 묘하게 차분했다.

"진급할 수 없어도, 퇴학이 되는 건 아니니까."

라며, 신타로의 우려―학교 운운이 아니라, 딸들의 신변의 안전―와는 동떨어진 일을 중얼거리기도 했다. 신타로는 이해가 가지 않는다. 바로 얼마 전까지만 해도 리오나 쪽이 허둥대고 있었을 터인데.

"아직 안 자?"

목소리가 나서 돌아보니, 파자마 차림의 아내가 서 있었다.

"응, 자야지. 지금 잘게. 잘게요."

신타로는 그렇게 말하고 창문을 닫았다. 실내에는 여전히 술 냄새가 난다. 아니면, 나한테서 나는 걸까.

"녀석들, 지금쯤 어디에 있을는지."

매춘이니 마약이니, 마인드 컨트롤이니, 그 수많은 가능성들을 걱정한 적은 전혀 없었다는 듯 신타로는 부러 태평하게 말해본다.

깊은 밤, 레이나가 잠에 빠진 후 아파트에서 이츠카는 지도를 펼치고 있다. 서부를 보고 싶다고 사촌 동생에게 말하기는 했는데, 자신이 상상하고 있는 서부라는 게 구체적으로 어디인지 실은 잘 몰랐던 것이다. 로키산맥 쪽일까. 와이오밍주라든가, 콜로라도주라든가? 캔자스, 사우스다코타, 노스다코타 주변도 포함되려나?

부엌 형광등이 이상한 소리를 내고 있다. 지지지지지지, 관 그 자체가 떨리는 듯한 소리. 갈아 끼울 때라고 이츠카는 생각한다. 생활인으로서의 헤일리는 너무 흐리터분하다고도.

서부에는 무엇이 있을까. 인스턴트커피가 담긴 컵을 입으로 가져가며 이츠카는 생각에 잠긴다. 평원, 선인장, 회전초, 말, 소—. 스스로 생각해도 농담 같다 싶을 만큼 진부하고 전형적인 것들밖에 떠오르지 않는다. 서부극, 총잡이, 석양, 페티코트를 겹겹이 껴입은 여성―. 거기까지 생각하다 이츠카는 웃는다. 결국 자신은 서부에 대해 아무것도 모르는 것이다. 바로 그래서 더 가고 싶은 것이란 생각이 들었다. 거기가 어떤 곳인지 보기 위해.

자금은 예상 이상으로 쌓이고 있으니, 앞으로는 평범하게 버스나 열차 여행이 가능할 것이다(이츠카는 레이나를 겁먹게 만든 변태남 사건을 잊지 않고 있다. 용서하지도 않는다. 그러니 이제 히치하이크는 가능하면 하고 싶지 않았다). 해가 바뀌고 거리에서 신년 분위기가 사라지면 바로 출발하자고 이츠카는 결심한다. 레이나에게는 맨 처음 이용하는 버스 터미널이나 역의 공중전화로 집에 전화하도록 시켜야겠지. 이츠카 자신의 부모에게는 지금껏 해왔던 대로 엽서로 무사함을 알릴 생각이다. 헤일리에게 뭔가 사례를 해야 한다고 생각하지만 뭘 할 수 있을는지 모르겠다.

지도를 접고, 컵을 헹구고 거실로 돌아오니, 환기를 위해 살짝 열어 놓은 창문으로 화물 열차의 경적 소리가 들렸다. 길게 길게 이어지는 화차가 어둠 속에서 언덕 옆 철교를 건너 속이 탈 정도로 느릿느릿 지나가는 광경을 이츠카는 상상한다. 처음엔 들을 때마다 놀랐던 이 경적 소리도, 이곳을 떠나면 그립게 떠오르리라. 그렇게 생각한 이츠카는, 아직 이곳에 있는데도 그 경적이 벌써부터 그렇게 느껴진다는 걸 깨닫고 당황한다. 부우우웅, 하고 밤공기 속에 메아리친 그 소리는 바람에 실려 방금 여기에 닿았고, 당장에라도 또다시 울려 퍼질지 모르는데도.

과자를 만드는 건 오랜만이었다. 그렇긴 해도 엄마라면 절대 사지 않을, 슈퍼에서 파는 '젤오Jell-o'가루를 사용해서 만들었지만. 레이나는 몰랐던 사실인데 '젤오'도 두 종류가 있었다. 한나 말로는 파란 상자에 든 건 슈가 프리이고, '노란 상자에 든 게 단연코 맛있다'고.

"할머니도 그렇게 말했어, 파란 건 허세 떠는 녀석들이나 사는 거라고."

한나네 집 부엌은 좁고 어수선하고, 뒤뜰에 면해 있다. 그 뒤뜰에서는 지금 한나의 할머니가 담배를 피우고 있다.

"바나나를 잘라."

한나가 말한다.

"도마는?"

칼만 건네주기에 레이나가 물었다.

"잊어버려."

라는 대답이었다.

잊어버려? 무슨 뜻인지 몰라 우두커니 서 있는데 이번엔 상자에 든 쿠키를 건네주었다.

"웨하스를 늘어봐 줘."

레이나가 보기에 그건 웨하스가 아니라 쿠키였지만, 상자에는 확실히 Vanilla Wafers라고 상품명이 인쇄되어 있다.

오후. 흐리고 추운 날씨인데 한나의 할머니는 좀처럼 방에 들어오질 않는다. 시키는 대로 쿠키(혹은 웨하스)를 그릇에 늘어놓는 레이나 옆에서 한나가 테이블에 바로 바나나를 놓고 동그랗게 잘라 나간다. 둘은 지금 '바나나 푸딩'을 만들고 있는 참이다.

"에오, 앗데, 메이?"

사투리가 심하긴 하지만, 안녕, 있어, 메이? 라고 말하고 있다는 걸 지금은 레이나도 간신히 알아들을 수 있는 소리가 나고, 코트며 목도리로 빵빵하게 무장한 여인이 나타난다.

"메이는 저쪽."

사투리가 섞이지 않은 영어로 한나는 대답했지만, 손님의 얼굴을 보지도 않았다.

"안녕하세요."

레이나는 자신이 이 집에 있는 것을 빵빵하게 껴입은 여성이 수상쩍어할지도 모른다는 생각에 인사를 해 보았지만, 여성은

레이나에게 눈길도 주지 않고,

"아노오요ㅡ, 이앗데ㅡ."

하고 큰 소리로 말하면서 뒤뜰로 나간다. 여성이 레이나 옆을 지나가는데 옷장에 내내 처박아 두었던 옷에서 나는 것 같은 냄새가 났다.

"누구야?"

물어보았지만, 한나의 대답은 또 "잊어버려."였다. 유리그릇에 '젤오' 커스터드와 '웨하스', 거기에 바나나를 올리는 데에 몰두하고 있다.

다시 현관이 열렸다 닫히는 소리가 들리고, 손님이 얼굴을 내밀었다. 이번엔 남자인데 커다란 상자를 안고 있다.

"그 사람들은 저쪽."

한나가 말하자, 남자도 뒤뜰로 나갔다. 얼마 전까지 할머니가 보고 있던 거실의 TV가 켜져 있어서 광고 소리가 들린다. 레이나는 어쩐지 마음이 불편했다.

"이걸 올려."

한나가 건넨 것은 팩에 든 생크림 대체품이었는데 이 또한 레이나의 엄마가 절대로 사지 않는 것이었다.

"랩을 딱 맞게 씌우는 게 중요해. 그게 요령이야. 그다음은 냉장고에 넣어 두기만 하면 되니까, 간단하지."

한나가 말한다.

"세 시간 동안 차게 두면 완성. 그때까지 뭐 하고 놀까?"

세 시간―. 그러면 5시가 되어 버린다.

"미안, 난 그렇게까지는 못 있을 것 같아."

"어째서?"

묻는다기보다 비난하는 어조로 한나는 물었다.

"오늘은 같이 과자를 만들어서 먹자고 말했었잖아. 그건 만드는 것뿐만 아니라 먹는 것도 같이 한다는 의미잖아. 아니야? 아닌 거야?"

평소 차분한 한나가 갑자기 흥분하자, 놀란 레이나는 순간 할 말을 잃었다.

"레이나가, 우린 친구라고 했잖아. 친구는 친구한테 거짓말 같은 건 하지 않는 거잖아? 아니야? 아닌 거야?"

흥분한 나머지 한나는 바닥을 발로 한 차례 굴렀다. 쾅, 하고 크게.

"아니야. 그런 게 아니라―."

레이나는 설명하려 했다. 이츠카쨩이 4시에는 돌아온다는 것, 도중에 장을 보거나 '포켓'의 누군가와 차를 마시거나 하면 조금 늦어질 때도 있지만, 그래도 5시 이전에는 돌아온다는 것, 그때까지 자신이 돌아가 있지 않으면 이츠카짱이 집에 들어올 수 없다는 것(그 사이에 또 손님 둘이 같이 왔는데, 이번엔 그들이 뒤뜰로 나가는 게 아니라, 뒤뜰에 있던 세 사람이 다시 들어왔고, 부엌에 있는 둘에게는 전혀 관심 없다는 듯 2층으로 줄줄이 올라갔다) ―.

"그럼, 그 후엔?"

한나가 낮은 목소리로 묻는다.

"네 사촌 언니는 밤에도 일하지? 일단 아파트로 돌아가서 그녀를 집에 들여보내 주고, 그리고 다시 여기로 놀러 오면 되잖아."

무리한 이야기였다. 오늘은 때마침 헤일리와 약속이 잡혀 있고(밴드 연습을 보여 준단다!), 그게 아니어도 이츠카짱과 이른 저녁을 먹기로 한 데다 그 후엔 피트네 가게에 가기로 되어 있다(레이나가 매일 밤 그곳에 있다는 것을 알고, 앤과 동료 대학생들은 그날 이후로 곧잘 그 가게에 와서 만화책을 보거나 일본어 질문을 하게 되었다).

레이나가 말한 것은 전부가 아닌 일부였지만, 그럼에도 한나는,

"바쁘시군."

하고 말하더니,

"그만 됐어. 돌아가."

하고 말했다. 이쪽 어른들이 곧잘 하는, 손으로 무언가를 떨어내는 몸짓과 함께.

"그리고, 우리 할머니의 저건 완전히 합법이거든? 네 사촌 언니가 일하는 건 불법이지만."

"뭐야, 그게."

되물은 까닭은 의미를 알 수 없었기 때문이다. 의미는 알지 못했지만, 한나의 음성에는 협박하는 듯한 울림이 있었다.

"여기서 왜 이츠카짱이 나오는데?"

아무도 없는 거실에서는 여전히 TV가 뭔가 떠들어 대고 있다. 다큐멘터리 방송? 아니면 뉴스쇼일까.

"돌아가라고."

한나가 말하고, 레이나는 시키는 대로 했다.

그날 후반부는 무척 즐거웠다. '포켓'에서 돌아온 이츠카짱은 다음 달, 되도록 빨리 이곳을 떠나 다시 여행을 계속한다고 선언하고, 신세 진 헤일리에게 답례로 뭘 할지, 이른 저녁을 먹으며 둘이서 이야기를 나눈 끝에 두 번째 토르소를 선물하기로 결정했다. 이미 있는 토르소에는 금이니 은이니 유리니 진주니, 가죽끈이니 십자가니 해골이니, 아무튼 온갖 종류의 목걸이들이 주렁주렁 매달려 있어서(아마 팔찌나 발찌도 같이 매달려 있을 거라고 레이나는 짐작한다) 아래쪽에 있는 건 잘 보이지도 않고, 바닥에 떨어져 있는 것도 한두 개가 아니기 때문이다. 토르소라는 걸 대체 어디서 파는지는 모르겠지만, 일단 헤일리에게는 비밀로 하고 채드에게 물어보기로 했다.

그리고 그 후에 레이나는 난생처음 임대 스튜디오라는 곳에 갔다. 스튜디오는 브로드웨이 변두리, 1번가와 교차하는 강가의 건물 안에 있었는데 1층과 지하 1층이 여러 개의 방으로 나뉘어 있고, 방마다 무거운 방음문이 달려 있었다. 그래도 소리는 새어 나오고, 누군가가 방을 드나들 때면 문이 열릴 때마다 폭음이 울려 퍼진다. 로비에 있는 사람들은 하나같이 몹시도 '더 뮤지션The Musician'다운 모습의 젊은이들이었는데, 여자들은 모두 헤일리처럼 화장이 짙고 남자들은 모두 채드처럼 장발이었다.

이츠카쨩은 밤 아르바이트를 하러 갔기에 스튜디오에 올 수 있었던 건 레이나 혼자였고, 레이나는 그 점이 조금 켕기긴 했지만 이츠카쨩은 '서드 피들'에서 들을 수 있다며 자신을 다독였다.

할당된 방은 지하였고, 좁다는 것이 레이나 머리에 맨 처음 떠오른 생각이었다. 게다가 온 벽에 붙어 있는 거울을 제외하면 모든 게 까맣다, 라는 것이. 몇 개씩 있는 상자형 스피커도 까맣고, 손잡이가 달린 기계도 까맣고, 키보드도 거의 까맣고, 바닥에 마구잡이로 널려 있는 코드(스탠드에 꽂혀 있는 마이크에 연결된 것만 해도 일곱 가닥)도 죄 까맣다.

"히~익! 이 방에, 전부 들어가는 거야?"

레이나가 그렇게 묻자 헤일리는 웃으며 대답했다.

"들어가야지."

드럼 세트, 사람 수만큼의 접이식 의자, 사람 수만큼의 보면 대―. 방 안에는 레이나가 처음 맡는 냄새로 가득했다. 지하실 냄새일까. 악기 냄새? 전자기기 냄새? 초등학교 공작실에 있던 공구 상자 냄새와 비슷하다는 느낌이 들었다.

"복도에 자판기가 있으니까, 뭔가 마실 걸 사 오면 돼."

채드의 그 말에 레이나는 콜라를 사 가지고 돌아왔고, 의자에 앉아서 사람들의 준비 과정이 끝나길 기다렸다.

남자 드러머가 스틱을 치고 연주가 시작되자, 레이나는 진짜 진짜 놀라 자빠질 뻔했다. 잘해서도 못해서도 아니고, 소리가 너무 컸기 때문이다. 너무 커서, 아무것도 들리지 않는다. 레이나는 어안이 벙벙해졌고, 이내 웃음을 터뜨리고 만다. 소리가 너무 커서 아무것도 들리지 않다니, 엄청 기묘한 일이라서.

"재미있어 Having fun?"

헤일리가 베이스를 연주하는 손은 멈추지 않고서 일부러 천천히 입을 크게 움직이며 묻고, 레이나도 똑같이 입만 움직여 '예스'라고 대답한다. 그리고 여전히 치밀어 오르는 웃음 때문에 어깨를 들썩이면서, 듣는 건 단념하고 보는 데에 전념했다. 헤일리의 표정, 리듬을 새기고 있는 한쪽 발과, 현을 누르는 손가락, 어깨와 악기를 연결하고 있는 스트랩은 나바호족의 직물 같은 무늬다. 채드의 긴 두 팔의 움직임, 이따금 젖히는 등의 각도, 코러스를 넣을 때 마이크 앞으로 내미는 옆얼굴. 그사이에도 남자 보컬(흑발, 아랫볼이 불룩한 얼굴, 굵은 목)의 목소리와 각각의 악기 소리가 가지각색으로 작열하며, 어떤 가사의 어떤 노래인지는 모르는 채로 레이나에게 열기와 고양감을 전달한다.

그런 곡이 몇 곡인가 이어진 후, 헤일리가 노래했다. 느린 곡인데다 악기 수도 줄어들었기에 이번엔 아마도, 잘 들렸다. 왜 아마도냐면, 아까까지 소리가 너무 커서 이명이 생겼기 때문에, 그렇지 않았으면 더 잘 들렸을 거란 생각이 들어서이지만, 그래도 헤일리의 노랫소리는 충분히 달콤하고 풍성해서 평소 목소리와는 다르다는 걸 알 수 있었다.

연습이 끝나고 바깥으로 나오니, 달아오른 얼굴에 와 닿는 바람이 기분 좋았다. 자신이 노래한 것도 아닌데 왜 달아올랐는지 알 수 없었지만.

손목시계를 보니 9시가 지나 있었다. 새까만 강의 수면 여기저기에 가로등 불빛이 둥글게 흔들리고 있다. 헤일리 일행이 레이나 주위에서 일제히 담배에 불을 붙였기에 그 조그맣고 붉은 불이 밤공기 속에서 반딧불이처럼 명멸한다.

'연습 후엔 맥주'로 정해져 있다고 해서 레이나는 밴드 멤버 다섯과 함께 피트의 가게까지 걸었다.

24시간 영업하는 허미티지 카페는 언제나 그렇듯 열려 있으리라. 그 안은 따뜻하고, 커피와 심야 첫 끼니의 좋은 냄새가 나고, 그곳에 있으면 곧 이츠카쨩이 들어온다. 그 전에 대학생들이 올지도 모르고, 어찌 됐든 지금 레이나는 헤일리와 밴드 멤버들과 함께 걷고 있고—누군가와 누군가가 무언가 곡의 1절을 허밍으로 부르고, 누군가가 누군가에게 농담을 하고 웃기도 하며—, 그 사실이 기쁘다.

하지만 한나와 있었던 낮의 일이 레이나의 마음 어딘가에 응어리져 있었다. 바쁘시군. 돌아가라고.

한나는 언덕에서 놀던 다른 아이들과 처음부터 조금 달랐다. 표정이 딱딱했고, 태도가 어른스럽고, 이따금씩 말을 툭툭 내뱉었다. 그뿐만 아니라, 아마도 무언가가 좀 더 다르고, 다른 아이들은 모두 그걸 알아채고 있으며, 알아채이고 있다는 걸 하나 본인도 아는, 그런 거리감이 있었다.

내일 다시 놀러 가 보자고 레이나는 결심한다. 이제 곧 이 동네를 떠나는데 싸우고 헤어지는 것처럼 돼 버리는 건 싫었다. 관광객에 대해 앤이 뭐라고 말했더라. 그들은 왔다가, 가지. 다 그래. 왔다가, 가.

가게는 혼잡하기 이를 데 없고, 이츠카는 카운터석에 혼자 앉은 로버트와 차분히 이야기할 짬도 없었다(차분히 이야기할 필요도 화제도 딱히 없지만, 티파니랑 킴벌리랑 함께 처음 온 이래 연일 혼자 찾아오는 로버트가 이츠카에게 호감을 갖고 있는 듯하다는 건 이제 분명하고―이샴뿐만 아니라 프레드도 남자 친구냐고 물어보았다―, 그 마음에 답해 줄 수 없는 이츠카로서는, 그렇다고 해서 일부러 무시한다거나 무뚝뚝하게 구는 걸로 보이는 것도 찜찜한 일이었다).

위스키, 데킬라, 맥주. 와인, 데킬라, 데킬라. 술은 날개 돋친 듯 팔려나간다. 럼 소다, 진 소다, 셰리 토닉, 주브로브카 소다. 한 인간의 몸 안에 이만한 양의 액체가 잘도 들어간다는 감탄이 나올 만큼 오늘 밤의 손님은 (로버트 외에는) 다들 끊임없이 술잔을 비운다.

"술술 내보내고, 또 술술 집어넣어 줘야지."

이츠카가 화장실 청소를 하려는데 프레드가 그렇게 말하며 웃었다.

이츠카는 오늘 가게에 나오자마자 그 프레드에게 불려갔다. 골판지 상자투성이인 뒷마당으로 데려가더니, 1월 이후로도 일할 생각은 없냐고 물었다. 자신이 눈치 빠른 일꾼이 아니라는 건 자각하고 있었기에 놀랐고, 줄곧 언제 그만두라는 말이 나올까 조마조마해 하며 일해 온 터라 정반대 제안을 받은 것이 솔직히 말해 기쁘기도 했다. 하지만 프레드 앞에 서면 평소보다 더 영어가 서툴어지는 이츠카가 한 대답은, 더할 나위 없이 무뚝뚝한,

"아니요, 할 수 없습니다."

였고, 더구나 그 "아니요No."는 묘하게 강경한 투가 되고 말았다. 프레드는 어깨를 으쓱해 보였다.

"오케이."

쌀쌀맞게 말하고, 이쪽은 돈을 주고 너한테 일을 가르쳐 준 것 같다며 밉살맞은 소리를 덧붙이는 것도 잊지 않았지만, 이상하게도 기분이 나쁘진 않았다.

그 점은 죄송스럽게 생각하고, 채용해 준 것에 대해서는 정말

로 고맙게 여기고 있다, 라고 말을 꺼내는 이츠카를 가로막으며,

"그런 건 바라지 않아."

하고 프레드는 말했다.

"그냥 일을 해 줘. 시끌벅적한 연말까지, 너의 그 징하게 성실한 태도로 말야."

이츠카는 그러겠다고 대답했다. 징하게 약속합니다, 하고.

오늘 밤 세 번째 밴드가 무대에 오르고, 손님들 사이에서 박수가 인다.

"안녕하세요. 채터링 인 이집션입니다. 이집트어로 노래하는 건 아니니까 안심하세요. 이 밴드 이름은, 제가 아직 엄마 젖을 먹던 시절……."

"오늘도 11시까지인 거지?"

카운터 옆으로 돌아오자 로버트가 물었다.

"그 후에 한잔 어때? 어디든, 이 근처 가게에서."

"뭣 때문에?"

이럴 때 미국 여자애들은 뭐라고 하면서 거절할까 생각하면서 이츠카는 묻고(실은 대체 나의 어디가 좋은 건데? 라고 묻고 싶었다), 로버트가 미처 대답하기도 전에,

"사촌 동생이 기다리고 있어서, 미안해."

하고 말했다. 무슨 무슨 이집션이 예스러운 컨트리 송을 부르고 있다.

로버트는 슬퍼 보이는 얼굴을 했다. 마치 거절당할 것을 예상하지 못했다는 듯이. 그리고 그 사실에 이츠카는 어떤 종류의 충격을 받는다. 거절당할 것을 예상(아니면, 적어도 상상)하지 않고 누군가에게 청하다니, 자신은 절대로 할 수 없는 일이기에. 따라서 그렇게 할 수 있는 로버트를 이츠카는 좋은 녀석이라고 생각했다. 좋은 녀석이고, 하지만 무모하다.

"그럼, 적어도 집까지 바래다줄 수 있게 해 줄래?"

카운터 위, 거의 줄어들지 않은 지역 맥주―'스윗 워터'―병을 보면서 이츠카는 알았다고 대답한다. 집까지가 아니라 허미티지 카페까지지만, 하고.

하지만 이날 밤, 이츠카는 허미티지 카페에 가지도, 로버트의 배웅을 받지도 못했다. 10시 넘어 가게에 온 채드가 오늘 밤은 피트네 가게에 가면 안 된다고 말했기 때문이다.

레이나는 우선 분량에 놀랐다. 한 테이블 옆에 서기엔 너무 많은 인원수와, 한 사람 한 사람의 몸이 공간을 점유하는 비율. 평소엔 아늑한 피트의 가게가 그 사람들 때문에 엉망이 됐다. 다

합쳐서 일곱 명이었는데 그중 몇 사람을 레이나는 본 기억이 있었다. 낮에 한나네 집에서 언뜻 보았던 사람들이었다. 일곱 명은 카운터석과 테이블석에 나눠 앉아 레이나를 기다리고 있었던 듯, 레이나가 헤일리 일행과 테이블석에 앉기 무섭게 줄줄 모여들었다.

"안녕하신가, 젊은이들."

낮에 보았던 아저씨가 말했다. 상자를 안고 있던 사람이다. 백인이고, 살이 쪘고, 콧수염을 기르고 있다.

"누구, 이 애 사촌 언니가 지금 어디 있는지 알고 있나?"

아무도 그 말에는 대답하지 않았다.

"당신들, 누구?"

보컬인 데니스가 묻고,

"이 애 사촌 언니한테 무슨 볼일이 있는 겁니까?"

하고 드러머인 엘리엇이 묻는다. 레이나는 아무 말도 하지 않았다. 무서웠다. 뭔가 굉장히 안 좋은 일이 지금 여기서 일어나고 있다는 걸 알았다. 심장이 두근거리고, 만약 입을 열었다간 목소리가 부들부들 떨릴 게 틀림없었다. 하지만 동시에 왜? 라고도 생각했다. 왜 이 사람들이 여기에 있는 거지? 왜?

"뭘로 할래?"

헤일리가 물었다.

"오렌지 주스."

레이나가 작은 소리로 대답하자, 헤일리는 아저씨들 머리 너머로 소리를 질러 피트에게 주문―맥주 다섯과 오렌지 주스 하나―을 전달하고,

"방해되거든요."

라고 중얼거리며 아저씨를 쏘아본다.

"거기 무슨 일 났어? 다들, 자기 자리로 돌아가 줘. 우리 웨이트리스들이 지나다닐 수가 없잖나."

카운터 안쪽에서 피트가 말했다.

"미안해, 피트. 용무가 끝나면 바로 돌아갈 테니까. 무척 중요한 일이거든."

대답한 사람은 일곱 명 중 가장 젊어 보이는 여자였는데, 그래도 언니라기보다는 아줌마에 가깝다. 노란색 스웨터에 식물무늬 스커트, 긴 머리는 하나로 땋아 내렸다.

"너희한테 질문하는 거야."

아저씨가 말한다.

"알다시피, 나라에는 법률이라는 게 있지. 법률은 준수해야만 하는 거야."

"케인, 부탁이야, 여기선 그만해."

카운터에서 나온 피트가 아저씨의 어깨에 손을 얹었다.

"케인이 말한 대로야. 여긴 미국이고, 미국에는 미국의 법률이 있지."

자그마한 할머니가 끼어들었다. 프릴이 잔뜩 달린 블라우스를 입었는데 그 블라우스는 깜짝 놀랄 만큼 얼룩투성이였다.

"외국인에게 친절을 베푸는 것과, 범죄자를 보고도 못 본 척 넘어가는 건 전혀 달라."

"예, 물론 맞는 말씀입니다."

채드가 대답한다.

"하지만, 이 애는 아무 짓도 하지 않았어요. 아마 뭔가 오해가 있었겠죠. 이 애는 그저 관광객이고, 우리 친구예요."

레이나는 더는 견딜 수가 없었다. 채드가 아무리 감싸 줘도, 이 츠카짱이 일하고 있는 건 사실이다. 취업 비자가 없는 것도.

"그 애를 어떻게 하겠다고는 안 했어."

아저씨가 말한다.

"그 애 사촌 언니가 지금 어디 있는지 묻고 있을 뿐이야."

레이나는 대답해 버리고 싶었다. 대답하고, 사정을 제대로 설명하면 알아주지 않을까.

"채드!"

어느새 카운터로 돌아가 있던 피트가 불렀다.

"잠깐 여기 와서, 이거 내가는 것 좀 도와주지 않겠나."

"우리 노래, 어땠어?"

데니스가 테이블 너머로 몸을 내밀며 물었다.

"끝내줬지, 그치? 헤일리의 베이스도 공백이 있었던 것 치고는 깔끔했고, 엘리엇이야 원래 천재고."

"고마워."

엘리엇이 대답하고,

"여기에 붙임성만 좀 더 갖추면 무대에서 인기 끌 텐데 말이지."

하고 헤일리가 장난스레 받아친다.

"아직 얘기 안 끝났다고."

아저씨가 말하고,

"당신들한테 이야기하는 거야."

라고 할머니도 말했지만, 다들 그쪽은 무시하기로 결정한 모양이었다.

"연습, 또 보러 올래?"

흑발의 기타리스트─이름을 들었는데 잊어버렸다─가 묻기

에 레이나는 가고 싶다고 대답했다. 소리가 너무 커서 음악의 전체상은 전혀 알 수 없었지만, 그래도 무척 즐거웠다. 그들이 '동료들'이라는 것이 전해졌고, 그 사실이 레이나를 행복하게 했다. 스튜디오를 나왔을 때 밤공기가 기분 좋았다. 전부 바로 조금 전 일인데도—.

맥주와 오렌지 주스가 나왔는데, 그걸 가져다준 건 채드가 아니라 웨이트리스 두 사람이었다.

"아, 맛있다. 노래한 후에 마시는 맥주는 최고야."

헤일리가 말한다. 채드의 모습은 가게 어디에도 없었다.

리오나는 너무 놀라 숨이 턱 막혔다.

"이런 짓을 하다니, 제정신이야?"

보여 주는 태블릿 화면에는 '우리 딸을 찾아 주세요.'라는 말과 함께 레이나와 이츠카의 사진—여름에 이 집 뜰에서 찍은 사진—이 떠 있다. 연령, 키, 퍼스트 네임, 언제부터 행방불명인지—.

"부탁이니까, 당장 삭제해."

딱딱한 목소리가 나왔다.

"대체 무슨 생각을 하면 이런 짓이 가능해? 이래선 마치……."

그다음 말을 이을 수는 없었다. 이래선 마치, 그 아이들이 정말로 사라져 버린 것 같잖아.

"어째서 나랑 의논 한마디 안 하고."

"의논? 없어진 건 내 딸이라고!"

우루우가 언성을 높였다.

"게다가 앰버 경고(AMBER Alert. 어린이가 유괴되거나 실종되었을 때 다양한 매체를 통해 대중들에게 그 사실을 노출시키는 시스템_옮긴이)를 내보내려면 엄밀한 기준이 필요하고, 그 애들은 거기에 해당되지 않아. 지난번에 얘기했잖아."

확실히 그 말은 들은 바 있다.

"그야, 그건 유괴된 아이들을 위해 발령하는 거잖아?"

당연히 해당되지 않고, 해당되지 않는다는 사실에 리오나는 마음속으로 감사하고 있다.

"맞아, 그 말대로야. 경찰 말에 따르면, 그건 유괴된 사실이 명백하고, 게다가 그 아이의 생명이 위험에 처해 있다는 것이 명확한 경우에만 발령된다고 하지! 도대체, 생명이 위험에 처해 있다는 것이 명확한 경우라는 게 무슨 말이지? 유괴되지 않았으니, 위험에 처해 있지 않은 건 당연하겠지. 하지만 어쨌든, 유괴된 사실이 명백하지 않은 아이를 만약 진심으로 수색해 주기 바란다면, 스스로 알리는 수밖에 없잖냐고!"

우루우의 분노에 찬 말은 너무 길고, 목소리는 너무 크다.

"누가 유괴당했어?"

파자마 차림의 유즈루가 거실로 나와 물었다. 리오나는 들고 있던 태블릿을 가능한 한 살며시 테이블 위에 엎어 놓는다.

"아무것도 아니야, 아무도 유괴 같은 거 당하지 않았고, 아빠랑 엄마는, 잠시 이야기를 하고 있었을 뿐이야. 시스템 이야기이고, 특정한 누군가의 이야기는 아니야."

"어이가 없군!"

우루우가 말한다.

"특정한 누군가의 이야기가 아냐? 그럴 리가 없다는 건 유즈루도 알아. 레이나 이야기야. 물론 레이나 이야기지."

이리 와. 우루우는 유즈루에게 그렇게 말하고는 태블릿으로 손을 뻗었다.

"그만해."

리오나 입에서 새어 나온 목소리는 작았지만, 말은 진심이었다. 진심이 담긴 애원이었다.

"우루우, 그만해."

남편의 손에 손을 포갰다.

"아빠가 아는 사람 중에 SE가 있는데 말이지, SE란 시스템 엔지니어라는 건데, 오늘, 이런 사이트를 만들어 줬단다."

우루우가 아들에게 그 사이트를 보여 주는 것을, 리오나는 그저 우뚝 선 채 어쩔 도리 없이 보고 있었다.

"물론 레이나는 유괴된 게 아니야. 그 비슷한 것이긴 해도."

남편 말은 리오나의 귀에 들어오지 않았다.

"하지만 바로 그렇기 때문에, 찾기 위해서는 우리가 직접 행동하는 수밖에 없어. 그러지 않고선, 아무도, 아무것도 해 주지 않으니까 말이야."

유즈루는 화면을 응시하고 있다. 누나와 사촌 누나의 사진, 잃어버린 개나 고양이를 찾는 포스터 같은 문구, 연령, 신장, 퍼스트 네임, 날짜.

리오나는 아들한테서 눈을 뗄 수가 없었다. 화면에서 눈을 떼지 못하고 있는 아들의, 옆얼굴이며 하얀 뺨이며 진지한 눈이며, 아무런 말도 하지 않고 있는, 통통한 입술에서.

이츠카는 믿을 수가 없었다.

"내일? 그렇게 갑자기?"

일을 마치고 채드와 함께 아파트로 돌아오자, 레이나와 헤일리가 있었다. 이츠카가 일을 하고 있다는 데에 화를 내고 있는 사람들이 있고, 그러니 될 수 있는 한 빨리 이 도시를 떠나는 게 좋을 것이란 설명을 들었다.

"미안."

레이나는 몇 번이나 사과했다.

"이츠카짱이 일을 하고 있다는 걸, 한나에게 말하는 게 아니었어."

입술 모양 소파에서 무릎을 감싸 안은 채 몸을 웅크리고 있다.

"하지만 비자 없이 일하는 사람은 나 말고도 꽤 있거든? '포켓'에도 한국인 여자애가 있고."

이츠카는 그렇게 말해 보았다. 왜 자신만 내쫓기는 건지 알 수가 없었다.

"그런 문제가 아냐. 운이 나빴다고밖에 말할 수 없지만, 그 사람들에겐 눈에 들어온 것만이 전부니까."

헤일리가 말하고,

"조금 이상한 사람들이야."

하고, 채드가 뒤를 이었다.

"피트한테서 들었는데, 그 사람들은 대마로 맺어진 애국자들이라서, 독자적인 룰에 따라 살아가고, 이거라고 결정하면 바위처럼 완고한 모양이야. 도저히 말이 통할 상대가 아니니, 도망치는 게 이기는 거래, 피트도."

"대마?"

이츠카는 놀라고 만다.

"대마라고 해도 의료용이니까, 이 나라에서는 대부분의 주에서 합법이야. 뭐, 적어도 표면적으로는."

"하지만—."

내일? 그렇게 당장? 이츠카는 도저히 믿을 수가 없었다. 이 방도, 자신들이 산 이불도, 냉장고에 사다 놓은 과일이며 달걀이며 요구르트도, 지금 눈앞에 있는 헤일리와 채드도 오늘 밤이 마지막이라니.

"일을 내팽개치는 꼴이 돼 버려. 연말까지 일하기로 약속했는데."

프레드는 격노하리라. 미니는 분명 피곤한 듯 한숨을 내쉬겠지. 실망과 체념. 이래서 외국인은 안 돼, 라고 생각할지도 모른다.

"그런 무책임한 짓은 할 수 없어."

이츠카는 그렇게 말했지만, 말한 순간 이미 알고 있었다. 자신이 그 두 가게에서 일하게 될 일은 이제 없으리라. 이샴과 이야기를 나눌 일도, 로버트에게 데이트 신청을 받을 일도, 티파니의 어머니를 만날 일도 없으리라.

'눈에 들어온 것만이 전부'이고, '이거라고 결정하면 바위처럼 완고'하다는 그 사람들은 내일도 이츠카를 찾을 테고, 일하고 있다는 걸 확인하면 바로 신고할 것이다. 가게에 큰 피해가 가고, 무엇보다 레이나도 자신도 신원이 확인되면 아웃이다. 레이나는 보나 마나 부모님 곁으로, 이츠카 자신은 아마도 일본으로, 제각기 돌려보내질 것이다.

도망치는 것이 이기는 것. 이츠카는 그런 사고방식은 싫다. 단연코 노No라고 말하고 싶었다. 하지만 달리 어떻게 하면 좋단 말인가.

"레이나, 등과 배를 바꿀 수는 없다(당면한 큰일을 위해 작은 일을 돌볼 여유가 없다는 일본 속담_옮긴이), 라는 말, 영어로는 뭐라고 하지?"

그렇게 묻자, 입술 모양 소파 위에서 레이나는 꾸물꾸물 움직이더니,

"에—? 그건 잘 모르겠는데. 이츠카짱 질문, 앤 같아."

라고 말하며, 아주 살짝 웃었다.

헤일리와 채드는 밤중에 허미티지 카페로 돌아갔다. 그래서

다음 날 아침 레이나가 일어났을 때에는 계획이 완전히 다 세워져 있었다. 레이나와 이츠카짱은 그레이하운드 버스를 이용해 서부로 간다. 버스 터미널까지는 오후에 피트가 차로 데려다준다. 그 사람들은 이미 신고했을 게 틀림없다는 것이 피트의 견해이고, 그러니 한시라도 빨리 떠날 필요가 있었다.

창밖은 맑고 무척 추워 보인다. 아침을 먹은 후, 이츠카짱은 '포켓' 매니저에게 사과하러 나가고, 사정을 설명하기 위해 헤일리도 따라나섰기에 난방이 너무 센 아파트 방에 레이나는 지금 혼자 있다. 짐을 꾸리는 건 오랜만이었다. 이미 익숙한 작업인데도 지지부진하다. 모든 게 너무 갑작스러워서 전혀 실감이 나지 않는다. 바로 어제 처음 만났을 뿐이지만, 헤일리네 밴드 사람들과 더 친해지고 싶었다고 레이나는 생각한다. 앤을 비롯한 대학생들과도.

한나는 왜 그 사람들에게 고자질을 한 걸까. 고자질을 한 후에 그 바나나 푸딩을 먹었을까. 그 사람들 모두와?

레이나는 짐을 꾸리던 손을 멈춘다. 서둘러 가면 이츠카짱과 헤일리보다 먼저 돌아올 수 있을 것이다. 그렇지 않더라도 출발 때까지는 시간이 충분하고, 헤일리와 함께라면 문을 잠가 놓아도 이츠카짱은 집에 들어올 수 있다.

썰매를 타고 놀았던 빅토리 파크에서 서클 노스를 지나 샬럿 애비뉴로 들어서자, 오래된 목조 가옥이 늘어서 있다. 그중 한 채가 한나네 집인데 노란색 페인트가 칠해지고 국기를 내걸고 있어서, 한 번밖에 안 와 봤어도 바로 알 수 있었다. 현관 옆 부저에는 '고장'이라는 메모가 붙어 있었기에 레이나는 쇠고리를 쥐고 문을 두드렸다. 딱, 딱, 두 번. 잠시 기다렸다가 다시 두 번 두드렸지만 아무 반응이 없다. 어제 손님들이 마음대로 들어왔던 기억을 떠올리고, 시험 삼아 문을 밀어 보니, 열렸다.

"헬로."

레이나는 큰 소리로 말한다.

"헬로. 한나, 있어?"

문 안쪽은 어둑어둑하고, 들어서자마자 바로 앞에 망가진 의자가 놓여 있다. 엉덩판이 찢어져서 안에 든 솜이 삐져나와 있는 것도, 벽 앞에 크고 작은 갖가지 상자들이 쌓여 있는 것도 레이나는 어제 보았기에 알고 있다.

"헬로. 누구 안 계세요?"

세 번째로 불렀을 때 복도 안쪽에 한나가 서 있었다. 가늘게 땋은 검은 머리카락, 검은 피부, 아래위 붉은색 추리닝 차림이라는 건 아직 파자마 바람인 것인지도 모른다. 레이나를 보고도 한나는 아무 말 하지 않았다. 다가오지도 않는다. 어둠 속에 그저 서 있을 뿐이다.

"안녕, 한나. 잠깐 들어가도 돼?"

그렇게 물은 순간,

"노."

라는 말을 했다. 그리고 다가온다.

"뭐 하러 왔어?"

그 물음에 레이나는 자신이 대답을 준비하지 않았다는 사실을 깨닫고 당황했다. 몇 가지 말 ― '이야기를 하러', '작별 인사를 하러', '묻고 싶은 게 있어서' ― 이 가슴 속에서 소용돌이쳤지만, 그 어느 것도 아닌 듯한 기분이 들었다.

"뭐 하러, 왔는데?"

TV 드라마에 나오는 화난 어머니처럼 한 마디씩 끊어서 한나가 반복한다. 이제 눈앞에 있으니, 한나가 항상 하고 다니는 금색 피어스도, 추리닝 양 옆구리에 하얀 선이 들어가 있는 것도 보였다.

"만나러."

레이나는 간신히 대답한다. To see you라고, 어느새 약해져 버린 목소리로. 묻고 싶었던 것 ― '어제, 내가 뭔가 잘못한 거야?',

'이츠카짱 이야기, 왜 그 사람들한테 말한 거야?', '그 사람들, 대체 누구야?'—은, 어쩐지 이제 아무래도 좋을 듯한 기분이 들었다. 한나에게는 한나의 인생이 있는 것이다.

"아마, 이제 못 볼 것 같아서."

레이나는 말을 이었다.

"같이 썰매 타게 해 줘서 고마워. 아만다랑 카일이랑 다른 애들한테도 그렇게 전해 줘."

문을 열고 나가려는데,

"왜?"

하고 여전히 화난 목소리가 들렸다.

"왜, 이제 못 본다는 건데."

레이나는 놀라서 뒤돌아 한나의 얼굴을 말끄러미 보고 말았다. 왜냐니, 네가 고자질했기 때문이잖아? 네가 그렇게 만든 거잖아?

"우리, 다시 여행을 떠나게 됐거든. 오늘 출발해."

레이나가 그렇게 말하자, 한나는 눈을 휘둥그레 떴다. 만화처럼 입도 벌리고, 숨을 들이쉬는 소리가 들렸다.

한나를 그곳에 남겨 두고 레이나는 화창한 바깥으로 나왔다.

귓속에서 음악이 울리고 있다.

이어폰이란 것은 언제쯤 발명됐을까. 이츠카는 멍하니 그런 생각을 한다. 신기한 느낌이 들었다. 자신에게는 지금 두 귀를 통해 온몸이 꽉 찰 정도로 음악이 들리고 있는데 이 버스 승객 누구 하나, 심지어 옆에 있는 레이나에게조차 들리지 않는 것이다. 홀리데이 시즌인데도 세인트루이스행 그레이하운드 버스는 빈자리가 많고 승객은 정원의 절반밖에 안 된다. 체격이 탄탄한 흑인 남성 한 명 외에는 모두 학생 같았다.

출발은 분주했다. 버스 터미널까지는 피트가 차로 바래다주었다. 헤일리와 채드가 허미티지 카페까지 배웅하러 와 주었다.

이츠카의 예상과 달리, 미니는 동정해 주었다. 한나의 할머니와 그 무리들은 이상한 자들로 유명하다고 했다. 프레드는 만나지 못했다. 가게 문은 저녁때까지 열지 않고, 전화를 해도 받지 않았기 때문이다. 프레드에게는 사정을 잘 설명하고 대신 사과해 두겠다고 헤일리가 약속해 주었다. 그 헤일리에게 줄 토르소는 30달러 이하로 반드시 찾아내겠다고 채드가 보증해 주었다.

그리고 다시 이츠카는 이동하고 있다. 미국을, 고속도로 위를. 도망치는 것이 이기는 것. 어젯밤 채드는 그렇게 말했다. 하지만 이츠카는 완전히, 그저 도망치기만 하는 기분이었다.

"호텔 냄새!"

복도를 걸으며 레이나는 말했다.

"엄청 조용하네."

바닥에는 청회색 카펫이 깔려 있고, 지나치던 방문 앞에 누군가가 저녁 식사 때 이용한 듯한 룸서비스의 잔해가 나와 있었다.

"호텔의 조용함은, 호텔에서밖에 있을 수 없는 조용함이지."

"그야, 호텔인걸."

이츠카짱은 쌀쌀맞다.

"그게 아니라, 레이나는 조용함의 종류에 대해 말하고 있는 거야."

오후 3시 15분에 내슈빌을 떠난 버스는 오후 10시에 세인트루이스에 도착했다. 밤이 되자 창밖은 아무것도 보이지 않고, 차창에 자신의 얼굴이 비쳤다. 뒤쪽 자리에서 누군가의 코 고는 소리가 들렸다.

버스에서 내렸을 때 레이나는 '미주리주에 왔다'고 생각했다. 초등학교 교실 벽에 붙어 있던 미국 지도에 미주리주가 핑크색이었던 것도 기억났다. 하지만 밤이라서 도로와 가로수와 건물밖에 보이지 않는 데다 차가운 공기 냄새밖에 나지 않았기에 어떤 곳인지는 알 수 없었다. 버스 터미널 건물 안은 밤에도 매점이 운영되고 있어서 형광등이 눈부시게 밝고, 그것을 본 레이나는 헤일리네 아파트 부엌 형광등이 깜박거린다는 사실을 채드에게 알려 주자고 이츠카짱과 이야기했던 일(그래 놓고도 잊어버렸다)을 떠올렸다. 헤일리는 부지런하지 않으니, 채드가 갈아 주지 않는 한 부엌은 당분간 그 상태 그대로일 것이다.

티켓 카운터에 몇 개 있던 호텔 팸플릿 중에서 이츠카짱이 한 곳을 골랐는데 가 보니(걸어서 10분 정도인 곳에 있었다), 신용 카드가 없으면 숙박이 불가능하단다. 레이나는 분개하고 말았다. 하지만 돈은 가지고 있는데. 게다가 그건 이츠카짱이 착실하게 직접 일해서 번 돈인데―. 작은 호텔이었다. 로비에는 크리스마스트리가 장식되어 있었다. 분위기가 좋아 보였는데 어쨌든 그곳에는 묵을 수 없었고, 대신 프런트에 있던 여자가 현금만으로도 받아 줄 거라는 근처 호텔을 가르쳐 주었다. 그래서 이곳에 오게 됐다. 호텔에 묵는 건 꽤 오랜만이었다. 하지만 이츠카짱이 카드 키를 꽂고 방문을 열었을 때, 레이나는 자신이 이토록 크나큰 안도감을 느끼게 될 줄은 미처 몰랐다. 좁고 살풍경하지만, 자신들 둘만의 방―.

"침대다!"

레이나는 소리를 지르며 짐을 내려놓더니 크림색 커버를 벗겨 냈다. 하얀, 풀 먹인, 청결해 보이는 시트가 나타난다.

"야경이 보여."

창가에 선 이츠카짱이 말했다.

"꽤 도회지네. 빌딩이 많아."

레이나도 창가로 가서 함께 바깥을 바라보았다.

세인트루이스에 오기로 한 까닭은, 이 도시에 '게이트웨이 아치'라는 것이 있다고 채드가 가르쳐 주었기 때문이다. 그 아치는 '여기부터는 서부'라는 증표란다. 내일 보러 가기로 정했다.

"레이나, 욕실 먼저 써도 돼."

프런트에서 받은 지도를 펼치면서 이츠카짱이 말하고, 레이나는 기쁜 마음으로 그렇게 하기로 했다. 저녁은 버스로 오는 도중 휴게소에서 산 샌드위치와 커피로 때웠으니 이제 목욕을 마치고 나면 침대에서 자는 일만 남았다.

"아. 그런데."

일단 욕실에 들어가(욕실도 오늘 밤은 둘만의 것이다. 욕조는 누리끼리하고 거울 가장자리가 깨져 있고, 조금 썰렁한 공간이기는 해도) 수도꼭지를 틀어 욕조에 더운물을 받기 시작한 레이나는 방으로 되돌아가 이츠카짱에게 말했다.

"그 전에, 무사히 도착했다고 헤일리한테 전화하는 게 좋지 않아?"

참 그랬지. 이츠카짱은 대답하고 바로 휴대 전화를 꺼냈다.

처음엔 레이나가 이야기했다. 헤일리는 전화를 받자 기뻐해 주었고, 마이클의 수제 히치하이크용 보드(이제 히치하이크는 하지 않기로 이츠카짱이 결정한 데다, 헤일리가 갖고 싶다기에 두고 왔다)는 침실 벽에 장식해 두었다고 했다. 사용하기 위해서가 아니라 장식용으로써 마음에 들었던 모양이다. 주위가 시끌시끌한 건 라이브 하우스에 있기 때문이고, 스테이지를 하나 끝낸 참이라고 했다(채드와 데니스가 번갈아 가며 전화기에 대고 "하이, 레이나." 하고 인사해 주었다).

이츠카짱을 바꿔 주자, 이츠카짱도 헤일리에게 레이나가 했던 말과 똑같은 말을 했다. 무사히 세인트루이스에 도착했다는 것, 헤일리와 피트에게 감사하고 있다는 것.

호텔 방의 조용함이 레이나에게는 기묘하게 다가왔다. 전화 저편은 떠들썩한데. 헤일리를 비롯한 그 사람들이 지금 있는 그 거리에 오늘 오후까지만 해도 레이나와 이츠카짱도 있었는데.

밴드 멤버 중 누군가(헤일리도 채드도 아니라는 건 이츠카짱의 어조로 알았다)가 무언가를 가르쳐 주고 있는 듯, 이츠카짱은 지도를 보면서 "네, 알겠습니다."라느니, "그건 마켓 스트리트보다 북쪽인가요?" 따위의 말을 하고 있다.

딱 한 번 밤에 혼자 걸었던 내슈빌의 브로드웨이를 레이나는 마음속으로 떠올려 본다. 수많은 라이브 하우스, 형형색색의 네온사인, 길가까지 들리는 음악, 문지기 같은 남자들. 유리 너머로 보였던 스테이지, 꽁초투성이 도로. 거기에 뿌려져 있던, 눈 같은 제설용 가루. 그 장소가, 지금 이 순간에도 그곳에 존재하고 있다는 사실이 불가사의했다. 자신들이 지금 그곳에 없다는 것도.

"끊어도 돼? 아니면 다시 바꿔 줄까?"

이츠카짱이 묻자, 레이나는 끊어도 된다고 대답했다. 서둘러 욕실로 들어가 더운물의 양과 온도를 확인한다. 헤일리와 사람들 목소리를 더 듣고 있다간 다시 내슈빌로 돌아가고 싶어질 것 같았다. 그렇다기보다 이미 그런 기분이 들었고, 레이나가 생각하기로는 그건 곤란한 일이었다. 물을 잠그고, 욕조에 들어갈 준비를 한다. 수증기 냄새며 청결한 욕조며, 자신의 세면도구 파우치의 딸기무늬 같은, 눈앞에 있는 것들에 의식을 집중했다. 옷을 벗고, 머리를 목욕용 헤어핀으로 고정하고, 레이나는 따뜻한 물에 몸을 담근다.

아침 8시에 눈을 뜬 이츠카는 우선 커튼을 열어젖혔다. 낡아빠진 카펫에 햇살이 닿고, 먼지 냄새 같은 것이 일었다. 배낭에서 페트병을 꺼내 물을 마신다. 몸 구석구석까지 수분과 하루의 새로움이 퍼져 가는 느낌이 들었다. 자신이 공복임을 깨닫고 그 공복 상태가 기분 좋다고 생각했다. 지도를 보며 자신들이 지금 와 있는 다운타운의 대부분의 지리가 머릿속에 들어 있는 것을 확인하고 나서, 레이나를 깨웠다. 말을 걸고, 어깨를 쿡쿡 찌르고, 이불 위로 몸을 가볍게 두드린다. 그러고 나서 옷을 갈아입고 세수를 마쳤다. 씻고 나와도 레이나가 계속 자고 있기에 이츠카는 이불을 확 걷어 냈다.

"으에 ─. 추워. 조금만 더 자고 싶어."

레이나는 신음하며 옆으로 돌아누워 몸을 웅크렸으나, 갑자기 눈을 뜨고, 좀 지나,

"그랬지. 우리, 세인트루이스에 있는 거였지."

하고 말했다.

"맞아요. 여기는 미주리주 세인트루이스입니다."

이츠카는 대꾸하고, 사촌 동생이 침대에서 일어나기를 기다렸다.

미주리주 세인트루이스는 비즈니스맨들의 도시인 모양이었

다. 커다란 빌딩이 늘어서 있고, 걸어 다니는 사람은 여자고 남자고 죄다 정장 차림이다. 하나같이 서류 가방이나 신문, 종이컵에 든 커피를 손에 들고 있다. 그 때문인지 이어폰과 마이크를 착용한 채 전화하면서 걷는 사람이 많아서 이츠카는 놀랐다. 혼자서 떠드는 미친 사람처럼 보였기 때문이다.

"눈부신 거리네."

레이나가 그렇게 말하며 눈을 가늘게 뜬다. 고층 빌딩 유리창에 반사된 햇살이 확실히 눈부시긴 했다.

맨 처음 눈에 띈 포장마차에서 핫도그를 사 갖고 걸으면서 아침 삼아 먹었다. 추운 옥외에서 따뜻한 걸 먹으니, 먹은 것의 크기만한 온기가 목구멍을 지나 위장으로 내려가는 것이 확실히 느껴진다. 얇은 종이 너머로 부드러운 빵의 감촉이 손끝에 전해지는 것도 기뻐서, 이츠카는 이 아침 식사에 만족했다.

"봐봐, 이츠카짱."

레이나가 가리킨 것은 'SNOW ROUTE'라고 쓰인 파란 표식이었는데 눈사람 그림이 붙어 있었다.

"귀엽네."

입술에 케첩과 머스터드가 묻은 레이나가 말한다. 네가 더 귀여워. 그렇게 생각하지만 말하지는 않았다.

"스노우 루트란 게 뭘까."

물어보니,

"잘은 모르겠지만, 눈 오는 날에도 이 길은 제설되고 있다는 뜻 아닐까? 틀림없이 눈사람이 제설해 주는 걸 거야."

라는 대답이었다. 표식 안의 눈사람은 실크해트를 쓰고, 목도리를 두르고, 삽 비슷한 것을 메고 있었다.

게이트웨이 아치가 있는 곳은 바로 찾았다. 거리 여기저기에 '아치는 이쪽'이라는 화살표가 나붙어 있었기 때문인데 지도를 머리에 열심히 주입했던 이츠카로서는 조금 김이 빠졌다.

"예쁘다!"

멀리서 그것이 보였을 때 먼저 외친 건 레이나였다.

"금속으로 만든 무지개 같아!"

딱 그 말 그대로였다. 지나칠 정도로 파란 겨울 하늘을 배경으로 아치는 햇빛을 받아 은색으로 빛나고 있다. 처음엔 윗부분밖에 보이지 않았는데 가까워짐에 따라 조금씩 아래까지 보이게 되고, 빌딩가를 벗어나 기름한 공원 비슷한 장소에 다다르자, 공원 막다른 곳, 미시시피강 바로 앞에 그 당당한 완전체가 드러났다.

멈춰 선 채 이츠카는 시선을 빼앗긴다. 이토록 아름답다니 예상 밖이었다. 원래 이츠카는 관광 명소라는 것에 흥미가 없다. 서부로 가는 입구라는 이유만으로 찾아왔는데 이건 조금 놀랄 만큼 이츠카 취향의 아름다움이었다. 군더더기가 없는 것도, 차가운 색감도, 만지면 손이 베일 듯 무섭도록 샤프한 외관도. 바람의 차가움도 잊고 이츠카는 몰입했다.

"여기부터 서부!"

레이나가 외치며 달려 나간다.

아치를 빠져나가면 눈앞이 강이고, 강 저편은 일리노이주다. 여기 세인트루이스에서부터 서부가 시작된다. 그것을 선언하는 아치였다. 강을 따라 난 도로에 관광용 마차가 서 있다. 하지만 이츠카와 레이나 외에 다른 관광객의 모습은 없었다.

"바람이 세네."

머리카락을 나부끼면서 레이나가 말했다.

방금 핫도그를 먹었으면서, 강변길에 나와 있는 퍼넬 케이크 포장마차를 발견하자 레이나는 먹자고 우겼다.

"그치만, 퍼넬 케이크잖아? 퍼넬 케이크를 파는 데는 많지 않으니까, 보면 먹어 줘야 해."

그 납작한 튀김 과자는 레이나가 좋아하는 것이었다.

"어디서 왔어?"

색이 아주 진한 기름으로 과자를 튀기며 아주머니가 묻는다.

"저팬."

이츠카가 대답했다.

"도쿄?"

"예스. 도쿄."

아주머니는 털실 모자를 쓰고 다운재킷을 두툼하게 껴입은 데다 목도리도 둘렀지만, 그래도 추위 때문에 얼굴이 빨갰다(아니면 더워서일까. 뒤에 드럼통에 지핀 화톳불이 있고, 앞에 부글부글 끓는 기름이 있어서?). 화톳불 주위에는 의자가 세 개 놓여 있고, 하나에 아저씨가, 다른 하나에 할머니가 앉아 있다. 할머니는 무릎 덮개를 하고, 아저씨는 무릎 위에 소형 금고를 얹어 두고 있었다.

"관광?"

"예스."

이츠카가 대답하자 잠깐 공백이 생기고, 곧이어 아주머니가 입을 열었다.

"희한하네, 이런 곳에 관광을 오다니."

하지만 여기는 관광 명소 아닌가요? 그렇게 생각했지만 입 밖에 내진 않고, 이츠카는 그저,

"그렇습니까?"

라고만 말했다.

"그래. 여긴 아무것도 없으니까. 저 변변찮은 아치 말고는 아무 것도."

화가 난 듯한 말투였다. 이츠카는 아무 대답을 할 수 없게 된다.

"카지노도 있고, 관광객은 카지노를 좋아하는 모양이지만, 그건 너희들하고는 상관없어 보이고 말이지."

종이 접시에 얹은 튀김 과자에 설탕 가루를 뿌리는 건 할머니 몫이고, 돈을 받고 잔돈을 거슬러 주는 건 아저씨 몫이었다.

그 후로는 하루 종일 거리를 걸었다. 아주머니는 '아무것도 없다'고 말했지만, 박물관에서는 버펄로와 코요테 박제를 봤고, 식물원에는 일본식 정원이 있었다. 레이나가 퍼넬 케이크 때문에 속이 쓰리다기에 점심을 걸러서 시간이 아주 많았다. 해 질 무렵, 식물원(광대하고, 일본식 정원 외에도 열대 우림을 재현한 온실이라든지 장미 정원 따위가 있었다) 한 귀퉁이에서 공중전화를 발견한 이츠카는 집에 전화하라고 레이나에게 말했다. 내슈빌을 떠날 때 걸 생각이었는데, 모든 게 너무 분주하고 황급하게 돌아가다 보니 까맣게 잊고 있었던 것이다.

"전화? 지금?"

레이나는 마음이 내키지 않는 모양이었다.

"그래, 지금. 마침 잔돈이 잔뜩 있으니까."

오후 4시. 다시 말해 뉴욕은 오후 5시. 아마도 고모는 집에 있을 것이다. 나란히 설치된 공중전화 석 대가 이츠카에게는 마치 '걸어 줘'라고 말하는 것처럼 느껴졌다. 하지만,

"하고 싶지 않아."

레이나가 말했다.

"전화해 봤자, 당장 돌아오라는 말만 들을 텐데."

볼멘 얼굴을 한다.

"당장 돌아오라고 해도 아직 돌아갈 순 없고, 솔직하게 그렇게 말해도 화만 낼 거야."

게다가, 하고 레이나는 덧붙였다.

"써 두었던 엽서를 어제 전부 부쳤으니까, 우리가 잘 있다는 건 전달될 테고."

저녁 햇살은 옅고 약하고, 바람이 차갑다. 아침에는 그토록 파랬던 하늘도 어느새 흰색에 가까운 물빛으로 퇴색되어 있었다.

"그건 그럴지도 모르지만, 전화하는 게 낫지 않을까."

이츠카가 그렇게 말하자,

"그럼, 이츠카쨩이 해."

라는 대답이 돌아왔다.

"레이나만 혼나는 건 불공평해."

도전하는 듯한 표정으로 노려보기에 이츠카는 동요한다. 이런 사태는 예상 밖이다. 걱정하고 있을 뿐만 아니라, 고모부나 고모나 특히 자신에게 화를 내고 있을(나이가 위이고, 말하자면 주범 격이다) 테니, 그걸 생각하면, 통화하고 싶다고 말하기는 어려웠다. 하지만 '레이나만 혼나는 건' 확실히 불공평하다.

이츠카는 어깨를 움츠렸다.

"알았어. 그럼, 내가 걸게."

문제는 혼나느냐 마느냐가 아니다. 무사하다는 것을 전할 수 있으면 그걸로 되는 거다.

지갑에서 25센트 동전을 골라 꺼내고, 공중전화 수화기를 든다.

"레이나는 안 받을 거지만, 잘 있다고 말해."

레이나는 작은 목소리로 그렇게 말하고 멀찌감치 떨어진다.

물론, 평소의 신타로는 가족의 프라이버시를 존중한다. 주인 없는 딸 방에 아주 가끔 발을 들이는 적은 있어도, 그건 어디까지나 소소한 감상(유학을 가고, 일시적이라고는 해도 부모 슬하를 벗어날 정도로 컸다는 생각에 감개무량해 한다거나, 정리 정돈을 잘 해 놓았다는 데에 감탄한다거나, 들어 본 적도 없는 이름을 가진 아티스트의

CD—이츠카는 그것들을 책장 한 귀퉁이에 늘어놓았다—를 흥미롭게 바라본다거나)에 젖기 위해서이며, 딸의 물건에 손을 댄다거나 서랍이나 옷장을 열어 보거나 하지는 않는다. 그래서 여태까지 (아내 앞으로 온 건 물론이고) 딸 앞으로 온 우편물을 마음대로 개봉한 적은 한 번도 없다. 하지만, 딸이 어디 있는지 알 수 없고 연락도 두절된 지금은 '평소'가 아니다.

하늘이 흐린 이 토요일, 아내가 내미는 봉투를 본 신타로는 거의 망설이지 않았다. 아주 조금, 망설임 비슷한 것이 생기긴 했지만 그건 자책이 아니라 오히려 가벼운 불쾌감에서 비롯된, 보고 싶지 않은 기분에 가까웠다. 그도 그럴 것이 방금 배달되었다는 그 항공 우편의 발신인은 '마크 오파리지오'라는 이름의 남성이다.

"마크 오파리지오."

신타로는 소리 내어 읽고 가위를 손에 들었다.

"주소는 오클라호마주 로턴."

오클라호마주 로턴, 하고 아내가 반복한다.

"그 애들, 거기에 있는 걸까."

아내의 음성에는 들뜬 듯한 울림이 있었다.

"만약 그 애들이 거기 있다면, 이 녀석이 여기로 편지를 보내는 건 이상하지."

신타로는 그렇게 대답한다.

"그렇더라도, 분명히 최근까지 있었던 거네, 거기에."

딸들의 거처에 관해 어떤 단서라도 잡고 싶은지, 아내는 그 생각을 고집했다.

봉투 안에는 흔한 대형 크리스마스 카드가 들어 있었다. 표지에는 빨간 포인세티아와 인쇄된 'Merry Christmas' 글자, 안에도 똑같이 인쇄된 글자로 'Best Wishes'가 있고, 몇 줄 덧붙인 손글씨 문구는 "사진, 늦어져서 미안. 오클라호마에 올 일 있으면 들러 줘. 리비가 안부 전해 달래. 마크."라고 읽혔다.

신타로도 아내도 말없이 사진을 들여다보았다. 배의 갑판인 듯 배경은 바다이고 하늘이 파랗다. 나란히, 낯선 나일론 코트(이츠카의 그것은 아무리 봐도 너무 크지만)를 입은 두 사람이 찍혀 있다. 이츠카에게 몸을 기대고 브이 사인을 하고 있는 레이나는 웃는 얼굴이지만, 이츠카는 눈이 부신지 미간을 찌푸린 채 곤혹스러운 듯 무뚝뚝한 얼굴로 그저 서 있다. 그, 몹시도 그 아이다운 표정과 모습에 신타로는 뜻하지 않게 애틋함 같은 것을 느꼈다. 시간을 멈출 수는 없고, 딸의 현재를 묶어 놓을 수도 없다.

"좋은 사진이네."

초점도 안 맞고 구도도 엉망이지만, 기쁜 듯 아내는 말했다.

"냉장고에 붙여 둬야겠다."

라며, 노래하듯이.

레이나는 '울적'해 하고 있었다. '울적하다'고밖에 말할 수 없는 것이 몸속, 가슴 근처에 머물러 있다. 레스토랑은 세련되고, 요리도 나쁘지 않은데—.

"뭔가 말해 봐."

말없이 먹고 있는 이츠카짱에게 말하자,

"뭘?"

하고 되물었다. 테이블에 놓인 작은 유리그릇 안에서 촛불이 흔들리고 있다.

"뭐라도 좋으니까."

레이나는 그렇게 말하고 나서 덧붙인다.

"아, 하지만, 엄마 얘긴 말고."

그 이야기는 이미 아까 실컷 들었다. '리오나짱 충격 받았어.'라느니, '목소리가 필사적이었어.'라느니.

저녁에 식물원에서 이츠카짱이 전화할 때 레이나가 멀찍이 떨어져 있었던 이유는 전화를 받으면 슬퍼질 것 같아서였다. 하지만 받지 않았더니 '울적'해져 버렸다. 슬퍼지는 것과 '울적'해지는 것 중 어느 쪽이 싫은가 하면 단연코 '울적'해지는 쪽이었다. 슬픔은 설명이 되지만, '울적함'은 설명이 안 된다. 슬픔은 언젠가(예를 들어 여행이 끝나고 집으로 돌아가면) 해결될 거라 생각되지만 '울적함'에 관해선 그런 생각이 안 든다.

"역시, 전화하지 않는 편이 나았어."

그래서 그렇게 말했지만, 이츠카짱은 눈을 크게 뜨고 흘겨보았을 뿐이었다.

"레이나는 이제, 여행 끝날 때까지 집에 전화 안 할 거야."

레이나는 말하고, 말한 순간 그렇게 결정한다.

"이츠카짱이랑 똑같이 엽서만 보낼 거야."

결정하고 나니 마음이 편해졌다. 처음부터 그랬어야 했다고 생각했다.

"진짜?"

이츠카짱이 묻기에,

"진짜."

하고 자신감 있게 고개를 끄덕인다. 그러고 나서,

"치킨 핫파이, 한입만 줘."

하고 말했다. 이츠카짱이 먹고 있던 그게 갑자기 맛있어 보였던 것이다.

"뭐, 레이나가 그래서 좋다면 상관없지만."

이츠카짱은 그렇게 대답하고, 접시를 바꿔 주었다.

지금까지 연말연시엔 항상 귀국했었다. 오빠네 가족도 때맞춰 귀성하기 때문에 본가의 떠들썩한 연례행사가 되어 있다. 하지만 물론 올해는 돌아갈 수 없다. 이웃집 차고에서, 골판지 상자 안에 든 구근을 꺼내 세 개씩 한 묶음으로 하여 작은 봉투에 담는 작업을 하며 리오나는 앨리스에게 설명한다. 딸들이 언제 돌아올지 모르고, 돌아왔을 때 집에 아무도 없다는 사태를 만들고 싶진 않기 때문이라고.

"네, 잘 알지요."

앨리스는 그렇게 말하고 나서 덧붙인다.

"하지만, 당신들에게는 이웃이 있다는 사실도 잊지 말아요."

만약 귀국하더라도 집은 잘 봐 주겠다는 의미다. 앨리스와 에드워드는 정말 친절한 이웃이고, 미국에 온 이후로 리오나는 여러 번 도움을 받았다.

"딸아이들과 함께할 시간보다, 부모님과 함께할 시간이 적게 남았으니, 가 보는 게 어때요?"

적게 남았다는 말에 가슴이 덜컥했지만, 앨리스는 사실을 입에 담았을 뿐이다. 이 여성의 솔직함을 우루우는 질색하지만, 리오나는 편안하다고 생각한다. 앨리스의 발언에는 표리가 없고 거리낌도 없다.

"고마워요. 하지만 이미 결정한 일이라서."

리오나는 말하고서 미지근해진 커피를 홀짝인다.

"요 전날, 딸아이들한테서 전화가 왔어요."

그리고 보고했다.

"어디에 있는지도, 언제 돌아오는지도 말하지 않았지만, 둘 다 잘 있다고 하더군요."

레이나는 전화를 받지 않았다. 바꿔 달라고 부탁했고, 이츠카가 레이나를 부르는 소리도 들렸는데(그렇다는 건, 레이나가 근처에 있었다는 뜻이다).

"다행이네."

앨리스는 미소를 짓는다.

"그거면 충분하잖아요."

스스로도 놀랄 만큼, 정말로 그렇다고 리오나는 생각한다. 이츠카는 레이나가 어째서인지 전화를 받고 싶어 하지 않는다고 말했다. 어디가 안 좋아서 그러는 건 결코 아니고, 아마도 단지

야단맞고 싶지 않아서인 것 같다는 말도.

다음에 딸이 전화하면 야단치지 말고 이야기하자고 리오나는 마음먹었다. 잘 있으면 됐어. 그렇게 말하자고 마음먹었다. 우루우가 알면 불같이 화를 낼 테지만.

차고에는 커다란 히터가 설치되어 있어서 따뜻하고, 자동차 빼고 어지간한 것은 다 갖춰져 있다. 작업용 테이블, 라디오, 플로어 램프, 카우치, 냉장고. 에드워드가 조립한 금속제 선반에는 잡다한 물품(양동이를 비롯해 소형 삽, 목장갑, 공구, 오래된 신문 다발, 살충제, 고무호스, 장화, 운동화, 캠핑용품 등)이 늘어서 있고, 그 외에도, 아마도 아이들이 있던 시절의 자취로 보이는 스케이트보드며 포스터 액자, 무엇이 들어 있는지 모를 골판지 상자 따위가 여기저기 놓여 있어서 어수선하기는 하지만, 이렇게 앨리스와 작업을 할 때면 리오나는 이 집의 거실보다 차고가 편안하다. 실내라고도 실외라고도 할 수 있는 공간, 그곳에 타인을 맞아들이는 앨리스의 소탈함.

"남편분이 만든 사이트는 어때요? 아이들 정보, 뭔가 있었어요?"

"아뇨, 그다지."

고맙게도, 앨리스는 그 이상 묻지 않았다.

남편이 만든 사이트에는 첫날부터 놀랄 만큼 많은 반응이 있었다. 단순한 의견—우루우와 리오나에 대한 동정과 격려, 비난, 자기 체험담, 자녀 양육에 대한 조언, 딸들의 용모에 대한 감상, 의미를 알 수 없는 농지거리—이 대부분이었지만, 목격 정보(필라델피아의 동물원에 있었다, 요세미티 국립 공원에 있었다, 근처 일본식 레스토랑에서 일하는 '미카'라는 여자아이가 둘 중 하나로 보인다)도 없진 않았다. 그때마다 우루우는 희망을 품고 상대방과 연락을 취해 왔지만, 지금은 실망하거나 화를 내면서 끝을 맺고 있다. 사이트 관리자가 선별해 주는 덕에 악의가 있는 글은 읽지 않고 지나가지만, 악의가 없는 글을 훑어보는 것만으로도 리오나는 매번 진이 빠진다. 그 안에서 문제시되고 있는 딸들은, 레이나와도 이츠카와도 아무 상관 없는, 말하자면 가공의 존재로밖에 느껴지지 않았다.

"이거, 괜찮을까요?"

다른 것들보다 눈에 띄게 작고 표피가 하얗게 마른 것처럼 보이는 구근을 집어 들고 리오나가 묻자, 앨리스는 입을 삐죽 내밀어 보이고 나서, 괜찮으니까 넣어 버려요, 하는 몸짓을 한다. 리오나는 잠시 생각하고, 시키는 대로 봉투에 넣는다.

세 개가 한 세트인 구근(크로커스와 튤립, 그리고 히아신스)은 1월

6일 주님 공현 대축일에 교회에서 나눠 주기로 되어 있다. 신자들이 각자 집에 가져가서 길러 꽃을 피우고, 다시 교회로 가져와 사순절 동안 장식할 예정이다. 혹시 불량품이 섞여 있다 한들, 그 또한 하느님의 뜻이리라.

"구근!"

문득 깨닫고, 리오나는 저도 모르게 소리 내어 말했다. 구근bulb 또한, U가 들어가는 단어였다.

새해는 캔자스시티에서 맞았다. 모텔(그레이하운드 버스 터미널에서부터 걸어서 5분. 눈에 확 띄는 아치형 간판과, 그 옆에 딱 한 그루 심어 놓은 야자나무. 모텔이란 곳에 묵는 건 처음이라서, 혹시라도 차가 없는 여행자는 받아 주지 않는 건가 싶어 걱정했는데, 그런 일은 없었다) 방에서 이츠카짱과 둘이 TV를 보면서 새해맞이를 했다(TV에는 미국 여기저기의 도시들이 비치고, 불꽃놀이라든지, 바에서 잔뜩 취해 있는 사람들이라든지, 남편의 묘지를 참배하는 할머니라든지, 개를 여덟 마리 기르고 있는 노숙자 아저씨 등등이 나왔다).

캔자스시티에는 꽤 오래 머물렀지만, 도착하자마자 레이나는 이 도시를 가짜 캔자스라고 이름 지었다. 캔자스시티라는 이름이 붙어 있으니 캔자스주에 있는 것이 당연하련만, 세인트루이스와 같은 미주리주에 있었기 때문이다. '오즈의 마법사'의 무대에 갈 수 있다는 생각에 가슴 설렜던 레이나로서는 맥이 풀렸다. 하지만 결국 레이나는 그 가짜 캔자스가 무척 마음에 들었던 것이다.

진짜(!) 캔자스주로 향하는 버스 안에서 이렇게 일기를 쓰면서, "또 가고 싶네."라느니, "그 메트로 버스, 좋았지."라느니, 회상하며 중얼거리고는 이츠카짱의 웃음을 산다. "가짜 캔자스라고 했던 주제에." 하고. 하지만 정말 좋은 곳이었다. 겨울인데도 여기저기서 분수가 뿜어져 나오는 것이 우선 재미있었고, 'MAX'라는 이름이 붙은 버스를 타면 가고 싶은 곳은 대부분 갈 수 있었다(차 안에 전광식 정류장 표시 지도가 있어서 지금 어디쯤 가고 있는지, 어디서 내리면 되는지, 알아보기도 편리했다).

그건 오랜만에 느끼는 감각이었다. 아는 이 하나 없는 거리에 둘만 있다는 건.

"모텔도 재미있었지."

레이나가 말했다.

"사라도 리도, 처음엔 무서워 보였는데."

사라와 리란 모텔을 경영하는 부부인데 "헬로." 하고 레이나가 인사를 해도 처음엔 대답을 해 주지 않았다. 그래도 매일 방을 드나들 때마다 인사했더니 사라는 조그맣게 손을 흔들어 주게 되었고, 리는 말없이 고개를 끄덕여 주게 되었다.

"모텔은 선불제라서 좋아."

이츠카짱이 말한다.

"미리 돈을 내니까, 숙박비를 떼어먹고 도망가려는 거 아니냐는 의심을 받는 건 아닌지, 걱정하지 않아도 되거든."

"에! 뭐야 그게."

레이나는 놀라고 만다.

"이츠카짱, 그런 걸 걱정했었어?"

"그야, 신용 카드를 갖고 있지 않으면, 이쪽에서는 별로 신용받지 못하는 것 같으니까."

"어이없어."

레이나는 음절 하나하나에 힘을 주면서 말했다.

"레이나도 이츠카짱도, 숙박비를 떼어먹는다든지 하는 짓은 절대 하지 않잖아. 레이나도 이츠카짱도 그걸 알고 있으니까, 걱정할 필요가 없어."

이츠카짱은 말없이, 불안한 듯한 얼굴로 창밖을 본다.

"만약 의심하는 사람이 있다면, 그 사람이 나쁜 거지, 우리가 나쁜 게 아니야."

어찌 된 영문인지 사촌 언니에게 화가 났다.

"이츠카쨩, 별 이상한 걸 신경 쓰고 그래."

눈이 흩날리는 고속도로를 버스는 하염없이 달리고 있다.

캔자스주 위치토에 도착했을 때 레이나는 잠이 들어 있었다. 캔자스시티에서 산 토끼 인형—67달러는 뼈아픈 지출이었지만, 한눈에 마음에 들어 봉제 인형을 잡아먹을 듯이 응시하며 그 자리를 벗어날 줄 모르는 레이나를 보니, 차마 안 된다고는 말할 수 없었다—을 품에 안고 있다.

눈은 이미 그쳐 있었다. 공기는 호흡이 얕아질 정도로 차갑고, 추위와 배기가스 냄새로부터 도망치듯 터미널 건물 안으로 뛰어 들어갔다. 화장실에 다녀온 후 무료 지도며 팸플릿을 찾아본다.

"올드 카우타운 뮤지엄이라는 게 있어."

팸플릿 하나를 손에 들고 이츠카는 말했다.

"옛날 거리를 재현해 놓았나 봐. 조금 재미있을지도."

표지에는 마치 서부극의 한 장면 같은 사진이 실려 있다.

"이 도시에도 지하철은 없네."

시가도 앞에 서서 레이나가 말한다.

"지하철이 안 다니는 도시가 있다니, 여행을 시작하기 전까진 레이나는 몰랐어."

"하지만 오카야마에도 없잖아."

이츠카는 일깨워 준다.

"그런가?"

레이나는 이상하다는 듯한 얼굴을 하고서,

"몰랐어."

라고 말했다.

"있는 줄로만 알았어."

라고.

다운타운의 중심과 가까운 곳에서 빈방이 있는 호텔을 찾았다
(1박에 89달러). 로비에는 방향제 냄새가 진동했지만 객실은 그
렇지 않아서 이츠카는 한시름 놓았다. 방향제니 포푸리니, 향수
니 향초 따위의 냄새를 좋아하지 않고, 오래 맡고 있으면 속이 울
렁거린다.

"어쩐지 말야, 우리, 고급 호텔이 아닌 호텔에 익숙해져서 기
뻐."

엘리베이터 안에서 레이나가 말했다.

"기뻐?"

비꼬는 건지 불만인 건지 몰라서 되묻자,

"기뻐."

라는 들뜬 목소리와 함께 환한 미소가 되돌아왔다.

위치토의 다운타운은 놀랄 만큼 한적했다. 애당초 가게가 적고, 그 몇 안 되는 가게도 전부 문을 닫았다. 오후 4시밖에 안 되었는데 걸어 다니는 사람들 모습도 없다.

"왜 사람이 없지?"

레이나는 그렇게 말하고,

"그치만 재미있어."

하면서 킥킥 웃었다.

"SF 영화 같은 데에 있잖아, 주민이 모두 우주인한테 납치되거나 이상한 힘에 의해 잠들어 버리거나 해서 아무도 없는 거리. 그거 같아."

"1월이니까 그렇지."

이츠카는 그렇게 말하고 나서 물었다.

"강에 가 볼래?"

내슈빌과 세인트루이스에도 있었듯이 이 도시에도 커다란 강이 있다.

"좋아. 무슨 강인데?"

"아칸소강."

대답하자, 레이나는 갑자기 목청을 높였다.

"아·칸·소·강!"

깜짝 놀라 멈춰 선 이츠카에게,

"그냥, 아무도 없으니까, 크게 말해도 괜찮지 않을까 싶어서."

라고 설명한다.

"이츠카짱도 해 봐. 기분 좋아."

"괜찮아. 사양할게."

이츠카는 대답하고, 강을 향해 인적 없는 거리를 걷는다.

"가자—, 아칸소강으로—, 가자—, 아칸소강으로—."

엉터리 노래를 부르며 따라오는 레이나는 여전히 토끼 인형을 안고 있다.

딱히 회색은 아니다. 그게 진짜 캔자스주에 온 레이나가 처음으로 한 생각이었다. 도로시와 강아지 토토가 모험을 하는 그 책 속에서 캔자스주는 모든 것이 회색이라고 묘사되어 있고, 레이나에게는 그 점이 무척 인상적이었다. 집도 나무도 풀도 땅도, 심지어 숙모님 뺨까지 회색이라고 쓰여 있었으니까.

위치토에 도착한 첫날에는 강을 보고 있는 사이에 날이 어두워져서 열려 있는 슈퍼마켓을 찾아(딱 한 곳을 발견했다. 작은 슈퍼마켓이었지만 리세스 초콜릿은 있었다!), 샐러드와 샌드위치를 사 가지고 호텔에서 저녁 삼아 먹었다.

둘째 날에도 거리를 바지런히 걸어 다녔다(그 결과, 문을 연 중화 요릿집 한 곳, 간이식당을 한 곳 발견했다. 전날과는 다른 슈퍼마켓도). 문을 연 가게는 있어도 사람이 없다는(가게에는 조금 있지만, 바깥에는 없다) 사실에는 변함이 없고, 다들 길을 걷지 않고 무슨 방법으로 가게에 가는지 레이나는 신기할 뿐이었다. 마치 워프라도 한 것처럼 홀연히 그곳에 출현해 있는 것이다. 한 시간에 한 대밖에 없는 노선버스를 타 보았을 때도 승객은 레이나와 이츠카짱 두 사람뿐이었다.

그렇다 보니, 위치토에 온 지 사흘째인 오늘, 갑자기 많은 사람을 본 레이나는 놀라서,

"이츠카짱, 봐봐. 사람이야."

라는 말을 하고 말았다.

"진짜다, 사람이야."

이츠카짱도 놀란 듯 그렇게 중얼거리며 그저 서 있다. 눈이 오락가락하는 추운 공기 속을 50분이나 걸어서(호텔 사람에게 물어보았지만, 차가 없으면 걷는 수밖에 없다는 말을 들었다), 두 사람은 지금 올드 카우타운 뮤지엄에 온 참이다. 그렇다 해도 달리 관광

객이 있는 건 아니고, 여기 있는 많은 사람은 모두 이곳 직원들이었다. 여자들은 드레스를 입고 양산(겨울인데! 가끔씩 눈도 내리는데!)을 쓰고, 남자들은 카우보이며 농부 복장을 하고 건물 앞에 서 있거나 짐마차 위에 앉아 있거나 한다. 입구에서 받은 팸플릿에 따르면, 여기는 '1870년대 위치토와 근교 마을을 재현한 옥외 박물관'이었다.

"어디부터 볼래?"

이츠카짱이 움직이지 않기에 레이나는 물었다. 부지 안은 여러 공간으로 나뉘어 있고, 각각 테마가 있어 보인다.

"히에—."

이츠카짱은 이상한 목소리를 낸다.

"이런 거, 어떻게 가능한 건지 모르겠네. 아무리 봐도 손님보다 직원이 많잖아? 입장료가 성인 한 명에 7달러 75센트인데, 이 사람들 이대로 유지가 되나?"

레이나는 어안이 벙벙해졌다. 그런 생각은 해 본 적도 없었다. 이츠카짱은 이따금 정말이지 이상한 걸 신경 쓴다.

"됐으니까 가자."

레이나는 그렇게 말하고 '올드 타운' 공간을 향해 간다.

"이히, 카이, 예—이"

스쳐 지나는 카우보이 차림의 남자가 말 위에서 기묘한 소리를 질렀다.

저녁은 이틀 연속 중국요리였다(레이나가 전날 먹었던 쌀밥을 한 번 더 먹고 싶다고 주장했다). 이츠카로서는 다행스럽게도, '포켓'에서도 '서드 피들'에서도 일한 시간만큼 돈이 제대로 입금되어 있었다. 낮에 뮤지엄에 가는 도중에 발견한 은행 ATM에서 확인했다. 하지만 수중의 돈이 착착 줄어들고 있다는 사실에는 변함이 없고, 앞으로 얼마나 더 여행을 계속할 수 있을지 알 수 없었다. 2주일까, 한 달일까―.

밤에 호텔로 돌아오고 나서 레이나와 둘이 크리스에게 전화를 걸었다(처음에 할 말은 정해 두었다. "어떻게 지내는가 싶어서 전화했어."). 이츠카는 크리스에게 게이트웨이 아치에 대해 이야기하고(크리스는 그걸 본 적이 없다고 했다), 레이나는 크리스에게 낮에 갔던 뮤지엄에 대해―옛날 농업 방식이며 결투 방식에 대해 배운 것 등을―이야기했다. 크리스는 두 사람이 전화한 것을 기뻐해 주는 것 같았다. 변함없이 온화한 목소리와 어조여서, 이츠카는 이 세상에 전화라는 것이 있어서 정말 다행이라고 생각했다. 딱히 특별한 이야기를 하지 않더라도, 크리스가 그곳에 '있다'는 사실을 확인할 수 있었다.

여행이 끝나면—. 전화를 끊고, 방에 서비스로 구비되어 있는 인스턴트 핫 초콜릿을 마시면서 이츠카는 처음으로 구체적으로 상상한다. 여행이 끝나면 크리스를 만나러 가서, 좀 더 다양한 이야기를 하자. 어떻게 지내나 싶어서, 보러 왔어. 그렇게 말하면 크리스는 아마도 어깨를 으쓱하고는 무덤덤하게 오케이, 하고 말할 것이다. 딱히 기쁘진 않지만, 성가시지도 않다는 투로.

피트니스 짐은 건물 2층에 있고 안쪽 벽이 유리로 되어 있어서 눈 섞인 거리가 잘 보인다. 우산을 쓴 사람, 쓰지 않은 사람, 정면의 귀금속 가게, 그 옆의 제이바스Zabar's, 빨갛게 번졌다 녹색으로 번지기를 하염없이 반복하고 있는 신호등. 러닝머신 위에서 다리를 번갈아 내딛으며 우루우는 그것들을 멍하니 시야에 넣고 있다. 대형 버스, 옐로우 캡, 각양각색 타입의, 하지만 전부 평범한 자가용들. 바깥 풍경은 단조롭고 평온 그 자체다. 그곳에는 아무런 문제도 없고, 거리가 제대로 기능하고 있다.

피트니스 짐에 있는 사람들은 남자건 여자건 대부분 말없이 자신의 몸을 혹독한 상황으로 몰아넣는 일에 집중하고 있다. 옆의 머신에 오른 남성의 숨소리가 거칠지만, 이 장소의 조용함을 방해하는 게 아니라 오히려 지탱하고 있다. 끊임없는 기계음도, 이따금 누군가가 내는 묘하게 큰 신음 소리도.

우루우는 피트니스 짐에 지인이 없다. 다닌 지 3년이 넘었지만, 낯이 익은 몇몇 사람과 목례를 나누는 정도일 뿐 누군가와 서로 이름을 부른다든지, 세상 돌아가는 이야기를 나눈다든지 하는 일도 없다. 그래서 우루우는 이곳에 있으면 마음이 편했다. 딸에 관한 질문을 받는 일도, 아내에 관한 질문을 받는 일도, 업무에 관한 질문을 받는 일도 없다. 국적에 관해서조차도 여기서는 질문을 받은 적이 없다. 서로 상대방에게 무관심하다는 것이 우루우에게는 귀중했다. 아무 문제도 없는 척할 수 있다.

만약 질문을 받는다면―. 러닝머신의 속도를 늦추고 심박수를 가라앉히려 노력하면서 우루우는 상상한다. 이 장소에서도 만약 질문을 받는다면, 나는 독신이라고 대답하리라. 독신이고, 아이도 없고, 그러니 나 자신의 심신 및 경제 상태 외에는 염려할 것이 없는 몸이라고. 직업은―. 뭔가 회사원은 아닌 것이 좋다. 음식점 경영자라든가, 코믹북 작가라든가.

공상은 유쾌했다. 그런 인생도 있을 수 있을 터이다. 어쩌다 보니 그렇게 되지 않았을 뿐―.

샤워를 마치고 옷을 갈아입고 피트니스 짐을 나왔다. 아무도 아무것도 묻지 않았고, 그래서 당연히 거짓말을 하지도 않았는데, 우루우는 자신이 연기를 하고 있는 것처럼 느꼈다. 독신이고, 자영업자이고, 아무런 문제가 없는 남자의 연기다. 얼굴을 때리는 눈을 아랑곳하지 않고 주차장까지 경쾌하게 걸었다. 고민이 없는 남자라면 그러겠거니 싶은 모습으로.

하지만 그것도 운전석에 앉아 사이트를 열어 보기 전까지였다. 화면을 탭하고 표시되는 글자들을 눈으로 좇는다. 처음 만들어 올렸을 때에는 미처 다 대처하기 어려울 만큼 많았던 댓글 수가 눈 깜짝할 사이에 줄어들어 지금은 0건인 날조차 있었다. 밀려드는 건 정보가 아닌 의견에 지나지 않았고, 동정과 조언들로 점철된 그것들은 죄다 지긋지긋한 쓰레기였다.

어제 레이나의 유급이 결정되었다. 설령 레이나가 오늘 돌아와 월요일부터 하루도 빠짐없이 학교에 다닌다 해도, 가을부터 시작되는 신학기에는 다시 같은 학년이 된다. 학급 친구들은 모두 앞으로 나아가는데 저 혼자 외따로 남겨지게 된다.

우루우가 이해할 수 없는 건, 그 사실을 보고하면서 리오나가 눈에 띄게 안도하는 눈치였다는 거다.

"어중간한 것보다는 깔끔한 게 나아."

그런 말을 입 밖에 내기까지 했다.

딸이 보낸 엽서 때문인지도 모르겠다. 여섯 장이 한꺼번에 도착했는데 그림이 들어가 있고 먹은 것들에 대한 보고가 있을 뿐 반성과는 무관한 내용이었지만, 그래도 무사하다는 것만큼은 짐작할 수 있었다.

"잘 있으면 된 거잖아."

리오나는 그런 말도 했다. 미소까지 띄우고서.

아, 그려?다. 집을 향해 차를 몰면서 우루우는 속으로 욕설을 퍼붓는다. 아, 그려?란 리오나의 고향 사투리인데 우루우가 생각하기로는 그 집안 식구들의 기본자세다. 아주 옛날, 약혼자로서 우루우를 소개받았을 때 장모가 입에 올렸던 말이 그거였고, 임신과 출산, 전근이라는 중대사를 보고할 때마다 가족 모두가 그 말을 입에 올렸다. 어이가 없을 정도로 무사태평하게. 한번은 저쪽 집에서 우루우가 배탈이 난 적이 있었다. 밥상에 오른 요리에 원인이 있는 것이 틀림없는데도, 사위가 몸이 좋지 않아서 잠시 누워 있다는 말을 딸한테서 전해 들었을 때 장모가 했던 말도 "아, 그려?"였다(장지문이 열려 있는 바람에 고스란히 들렸다). 대범하다고 하면 듣기엔 좋지만, 문제는 사고의 결여에 있다고 우루우는 생각한다. 그 집안 식구들은 모두, 사고가 결여되어 있는 것이다.

앞 유리를 때리는 눈발이 점점 거세진다. 일기 예보에서는 쌓이지 않을 거라고 했지만, 이 상태로 밤새 내리면 내일은 온 사방이 새하얗게 되리라. 미국의 일기 예보는 일본보다 정확하다고 항상 생각하고 신뢰했지만, 과대평가였는지도 모른다.

엽서에 찍힌 소인은 여섯 통 모두 내슈빌이었다(그 도시의 정확한 위치를 알기 위해 리오나는 유즈루의 지도책을 펼쳐 보아야만 했다). 테네시주 내슈빌—. 그 도시에도 그 주에도, 리오나는 가 본 적이 없다. 앞으로 갈 일이 있을 것 같지도 않았다. 그런 장소에 정말로 그 아이들이 있다(혹은 있었다)고 생각한다는 건, 어딘가 현실과 동떨어진 일이었다. 하지만 있었던(혹은 있는) 것이다.

피트니스 짐에서 돌아온 우루우는 심기가 불편해 보였다. 그렇게 말하자면, 레이나가 사라진 후로 우루우의 심기가 좋아 보였던 적은 없었지만.

"눈이야."

집에 들어오자마자 우루우는 그 말부터 했다. 마치 리오나는 그걸 모르고 있다는 듯이. 빨아야 할 옷가지가 든 스포츠백을 리오나의 발치에 내려놓고 묻는다.

"유즈루는?"

"게임 중이야."

리오나는 대답하고 나서 앞질러 덧붙인다.

"숙제는 이미 끝냈어."

최근 들어 갑자기 우루우는 유즈루의 숙제에 관심을 갖기 시작했다. 아빠가 가르쳐 줄게. 묻지도 않는데 노상 그런 말을 한다.

"그럼 예습하면 되지. 복습도."

양말을 벗으면서 말했다.

"응. 하지만 저녁 먹고 나서 봐 줘. 한 시간만 하기로 약속했거든."

우루우는 어이없다는 표정을 지었다.

"고작 게임이잖아."

"응. 하지만 대전 상대가 있는 게임이라서, 믹 엄마하고도 의논해서 저녁 먹기 전 한 시간만 하기로 정한 거야."

리오나는 양말을 주워 들고 스포츠백과 함께 세면실로 가져가려 했다. 이 이야기는 이걸로 끝이라고 생각했기 때문이다.

"왜 남의 집 사정에 맞춰야 하는데?"

하지만 우루우는 그렇게 말했다.

"아버지가 아들 공부를 봐 주는데 어째서 믹 엄마를 배려해야하지?"

놀란 나머지 리오나는 순간 숨 쉬는 것조차 잊었다.

"그런 말이 아니잖아?"

이 사람한테는 말이 통하지 않는다. 지금껏 벌써 백 번도 넘게 했던 생각을 다시 하자, 문득 피로감이 들었다.

"남의 집 사정이 아니라, 양쪽 집에서 서로 의논해서 정했거든?"

"난 의논 안 했어."

리오나는 기가 막혔다.

"왜 그렇게 어린애 같은 말을 하는 거야?"

논쟁 자체가 어이없어서 하마터면 웃음이 나올 뻔했다. 실제로 웃었는지도 모르겠다. 우루우가 격앙된 반응을 보였으니까.

어린애 같은 게 누구냐며 우루우는 고함치고, 리오나 손에서 스포츠백을 낚아채 벽에 내동댕이쳤다. 깜짝 놀라 그 자리에 못 박힌 리오나를 보며, 상기된 얼굴에 엷은 미소를 띠었다. 소름이 끼칠 듯한 그것은 웃음이었고, 리오나는 순간 못 본 걸로 했다. 못 본 걸로 하지 않으면, 이 사람 곁에 더는 있을 수 없게 된다. 절망적인 확신을 안고 그렇게 생각했다.

그 한순간은 ─. 마늘을 말아 넣고 실로 동여맨 닭 다리살을 더치 오븐에 나란히 넣으면서 리오나는 기억을 검분한다. 그 한순간은, 올바른 이해의 순간이었다. 무언가가 시원스레 납득이 가는 듯한 감각이 있었다. 내내 알고 있었던 것이다. 인정하지 않으려 했을 뿐. 자신은 우루우를 신뢰하지 않는다. 지금까지 한 번도 신뢰한 적 없었고, 앞으로도 그러하리라. 리오나는 편안한 마음으로 채소를 썬다. 잠시 잊고 있었는데, 무언가를 올바르게 이해하는 것은, 옛날부터 리오나에게는 무척이나 편안한 일이었다.

버스 안은 따뜻했고, 덥다고 해도 좋을 정도였다. 눈을 뜬 레이나는 목이 너무 말라서(아니면 그 반대일까. 목이 말라서 눈을 떴다?), 천 가방을 더듬어 물을 찾았다. 한밤중의 차 안은 조용하다. 작은 독서등을 켜 놓고 책을 읽고 있는 사람도 없지 않지만, 대부분의 사람들은 자고 있다는 걸 공기의 흐름으로 안다. 근처에 떠도는 소리 없는 숨소리며, 별안간 들리는 들숨 코골이 소리, 간헐적으로 발생하는 날숨 코골이 소리 따위를 들을 것까지도 없다.

레이나 자신에게도 아직 꿈의 여운이 남아 있었다. 목만 이렇게 마르지 않다면 금방이라도 다시 잠들 수 있을 것 같았다. 꿈속에서 레이나는 개와 산책을 하고 있었다. 처음에 그건 미시즈 패터슨의 개인 구르망이었는데 도중에 다른 개가 되어서, 어라? 하는 사이에 대형견이 되었지만 꿈속의 레이나는 그 사실을 그다지 이상하게 여기지도 않고 산책을 계속했다. 화재와 조우하고, 소방차를 보았다. 호스를 손에 들고 열심히 불을 끄고 있는 그 소방관들은, 전부 미니어처 인형이었고, 레이나와 대형견이 가까이 가자 풍압 때문에 탁탁 쓰러져 버렸다. 꿈은 다시 이어지고, 이츠카짱과 한나네 할머니가 나왔던 것 같은데 어떻게 전개되었는지는 기억나지 않는다.

"열어 줄까?"

느닷없이 목소리가 들려서 레이나는 몸이 움츠러들 정도로 놀랐다. 하지만 말을 건 사람은 통로를 사이에 두고 옆자리에 앉은 남자였고, 아까부터 레이나가 열려고 하는, 물이 든 페트병을 두고 하는 소리였다.

"괜찮습니다, 혼자 할 수 있어요."

레이나는 대답하고, 아마도 안고 있는 인형 때문에 이 사람 눈에는 내가 실제보다 훨씬 어려 보이겠거니 상상했다.

"곧 soon."

그렇게 덧붙인 까닭은 남자가 아직 레이나의 손을 보고 있었기 때문인데 레이나로서는 잠에서 막 깨어났을 때엔 손에 힘이 제대로 들어가지 않는다는 변명을 하고 싶지 않았다.

"곧?"

남자는 되물었다.

"곧이라니, 어떤 의미지?"

서른 살쯤 됐으려나, 백인이고, 조금 큰 눈에 중키에 적당히 살집이 있는 체격, 두툼한 보머 재킷은 벗어서 옆에 놓아두었고, 긴 소매 티셔츠와 아미 팬츠 차림이다. 그리고 남성용 스킨로션 냄새가 났다.

"조금만 더 하면, 이라는 의미예요."

레이나는 대답하고 생긋 웃어 보였다. 제대로 된(요컨대, 자신의 일은 스스로 할 수 있는) 어른이라면 그렇게 하지 싶은 방식으로.

레이나가 대답한 몇 초 후에 남자는,

"물론Sure."

이라고 대답하고 미소 짓더니 다시 독서를 시작했다. Sure? 레이나는 이상하다는 생각을 했다. 이 사람은 방금, 무엇에 대해 Sure라고 말한 걸까.

차 안은 어둡고, 창밖은 더 어둡다. 두 가닥의 선 모양 푸른 상야등常夜燈이 운전석까지 똑바로 뻗은 통로 바닥 부근에서 빛나고 있다.

좀 지나자, 페트병 뚜껑은(레이나 본인이 말했던 대로) 바로 열렸다. 미지근한 물을 레이나는 한참 들이켰다. 목이 엄청 말랐던 거다(페트병을 입에서 떼었을 때 옆자리 남자가 "축하해 You made it."라고 말해서 레이나를 멋쩍게 만들었다).

꿈의 여운은 사라졌다. 레이나는 진동하는 버스 안, 이츠카짱 옆에 앉아 있고, 아이오와주 디모인에서 아칸소주 리틀록으로 이동하는 중이다. 두 차례 환승을 포함해 총 12시간. 밤중에 이동하면 호텔비가 들지 않는다는 이츠카짱의 제안으로 위치토에서 디모인까지도 심야 버스로 이동했다.

디모인에는 눈이 내리고 있었다. 너무 많이 내려서 바깥을 걷는 사람이 없었다(위치토에서도 그랬다. 눈은 흩날리는 정도였지만, 아마 너무 추워서 아무도 걸어 다니지 않았던 것 같다). 무슨 무슨 팜이라는 옥외 박물관(위치토에도 비슷한 시설이 있었다)을 견학했지만, 달리 뭘 해야 좋을지 몰라서(게다가 너무 추워서) 결국 그날 밤엔 다시 버스를 타고 이동하게 되었다. 옛날 사람들의 옷이니 농사 방식이니, 동물 박제니 하는 것들은 이미 충분히 봤다고, 레이나도 이츠카짱도 판단했다. 이츠카짱이 디모인에서 새로 산 가이드북에 따르면 리틀록에는 영국식 B&B 방식을 도입한, 적당한 가격에 묵을 수 있는 호텔이 한 곳 있는 모양이다.

"하나 어때?"

갑자기 또 목소리가 들리고, 눈앞에 오렌지가 하나 들이밀어
졌다. 순간적으로 받아 들긴 했지만, 일본의 귤이라면 몰라도 미
국의 오렌지는(레이나가 생각하기로는) 나이프가 없으면 껍질을
벗길 수가 없다.

"고맙습니다. 나중에 먹을게요."

그래서 그렇게 거절하고 천 가방에 넣었다. 남자는 그것에는
꽤 넘치 않고 이츠카짱을 눈짓으로 가리켰다.

"네 언니, 잘 자네."

나이프도 없이 오렌지 껍질을 벗기고, 과육의 결과 상관없이
뚝 잘라 입에 넣는다. 금세 달콤한 냄새가 퍼졌다. 과즙과 과육
의, 그리고 껍질의.

"사촌 언니예요."

레이나는 정정했다.

"웅? 사촌 언니?"

남자의 손끝에서 과즙이 뚝뚝 떨어졌다. 쩍 벌리고 앉은 무릎
사이를 지나 버스 바닥에. 레이나는 물티슈를 꺼내 한 장 건넸다.

"Thanks."

남자가 받아 입가를 닦는다.

"당연히 친언니일 거라 생각했어."

그리고 말했다.

"나한테도 누나가 한 명 있는데, 그 누나 남편이 죽었어, 갑자기."

말하면서도 오렌지를 계속 먹고 있어서 남자의 발음이 살짝 불분명하게 들렸다.

"그게, 내가 리틀록에 가는 이유. 너희가 가는 이유는?"

그 물음에 레이나는 그저 여행을 하고 있는 거라고 대답했다. 그게 '리틀록에 가는 이유'가 될는지는 모르겠지만.

"그저 여행을 하고 있다."

남자가 되풀이했다. 오렌지 하나를 다 먹고, 두 개째 오렌지의 껍질을 벗기기 시작한다.

"그거 괜찮네. 그런 여행이 제일 좋아. 적어도, 남편이 죽어 패닉에 빠진 누나를 도우러 가는 여행보다는."

레이나는 어떻게 대답해야 할지 알 수 없었다. 그래서 말없이 물티슈를 한 장 더 건넸다.

"Thanks."

남자는 다시 그렇게 말하고 받아 들었다.

창구의 흑인 여성은 무척 지쳐 있는 듯 보였다. 이츠카가 물은 건 이 근처에 아침 6시에도 문을 여는 카페나 레스토랑이 있는 가였고, 있다면 거기가 어디인지 일러 주길 바랐을 뿐인데, 그 여성은 이츠카가 몹시 귀찮은 질문을 했다는 양 땅이 꺼져라 한숨을 내쉬고 대답했다.

"I don't know."

"You don't know?"

무심코 되묻고 말았으나, 이미 그녀는 다른 승하차 손님들을 상대하고 있었다. 역시나 몹시 귀찮은 듯이.

하지만 옆에서 청소를 하고 있던 초로의 흑인 남성이 리버프론트에 가면 커피를 마실 수 있다고 가르쳐 주었다. 여기서부터 걸어서 10분 내지 15분 정도라고도.

그 사이 레이나는 목이 굵은 백인 남성과 이야기하고 있었다. 버스 안에서 통로를 끼고 옆자리에 앉았던 사람이다. 나쁜 사람은 아닌 것 같아 보이지만, 그래도 이츠카는 레이나가 너무 붙임성 있게 굴지 않았으면 싶었다. 히치하이크 때 조우했던 그 변태도 겉보기엔 멀쩡했으니까.

"가자."

이츠카는 레이나를 부르며 건물 바깥으로 나간다. 이 이상 더 북상하면 너무 춥다는 단순한 이유로 남하하여 두 사람은 지금 이른 아침의 리틀록에 도착한 참이다. 오전 6시, 주위는 아직 밤처럼 어둡다. 춥기는 해도 어제까지 머물렀던 곳만큼은 아니고, 적어도 눈은 내리지 않는다. 장시간 버스를 타고 온 후라서 신선한 바깥 공기가 무척 기분 좋았다.

"기다려, 이츠카짱."

쫓아온 레이나도 심호흡을 했다.

"새로운 곳의 냄새!"

그리고 바로 이어서,

"오렌지남 이름은 케네스야."

라고 보고했다.

"여긴 누나를 도우러 왔대. 누나 남편이 돌아가셔서. 누나 부부도 여행차 여기 온 거라서, 여기 사람이 아니래. 누나 이름은 미네트야. 케네스는 줄여서 케니라고 부르는데, 미네트는 줄이지 않고 미네트래."

이츠카로서는 레이나가 하는 말을 잘 알아들을 수가 없었다. 목이 굵은 남자 이야기라는 것 말고는.

"오렌지남?"

좀 전의 그 흑인 할아버지가 일러 준 길을 걸으며 그렇게 되물었다. 그 길은 강을 따라 나 있었는데 미국 내륙은 어디를 가도 강투성이였다.

"에—? 이츠카짱 눈치 못 챘어? 버스 안에 냄새가 풀풀 났잖아."

눈을 떴을 때 분명히 오렌지 냄새가 나긴 했다. 하지만 이츠카는 그것을 목 굵은 남자와 연관 지어 생각하진 않았다.

"그 사람이 먹은 거야?"

"그래. 앉은 자리에서 세 개씩이나!"

레이나는 그것이 마치 위대한 업적이라도 되는 양 말했다.

"나이프도 안 쓰고, 앉은 자리에서 세 개를."

되풀이한다. 그러더니 안고 있는 토끼 인형에게,

"그치?"

하고, 동의를 구했다.

"호텔인데 10시까지 문을 안 연다니 이상하지 않아?"

레이나의 그 말에 이츠카는,

"호텔이라고는 해도 B&B니까."

라고 대답했다. 청소하던 할아버지가 가르쳐 준 카페의 테라스석에서 레이나는 핫 초콜릿을, 이츠카는 카페오레를 마시고 있다. 발치에는 짐을 두고서.

"B&B면 10시야?"

"그런 건 아닐 테지만."

이츠카도 영국에 가 본 적은 없어서 B&B라는 게 어떤 것인지 실제로 알진 못한다. 그저 어제 그 호텔에 예약 전화를 걸어 봤는데 내일은 10시에 종업원이 출근하니까 그 이후에 와 달라는 말을 들었을 뿐이었다.

리버프론트라 불리는 모양인 이 일대에는 확실히 여러 가게들이 줄지어 있고 낮 시간에는 북적거리지 싶은데 이른 아침인 지금은 영업하는 곳이 두 사람이 있는 카페뿐이고 주위는 고요했다.

"내슈빌은 도회지였네."

레이나가 말한다.

"피트네 가게는 24시간 열었는걸."

서둘러 그 거리를 떠나온 날이 무척 멀게 느껴졌다. 여행을 하노라면, 모든 일이 눈 깜짝할 사이에 과거가 된다고 이츠카는 생각한다. 물론 여행을 하지 않더라도 온갖 일들은 어차피 과거가되는 것이니, 이상한 감회라는 생각도 든다. 하지만 예를 들어 여기 이렇게 있는 건 현재인데 조금씩 파르께하게 밝아져 가는 겨울 공기도, 하얀 싸구려 플라스틱 테이블과 의자도, 이미 반쯤 과거가 되어 가고 있다는 느낌이 들었다. 이츠카 자신이 이 풍경째 미래의 자신의 기억 속에 갇혀 있는 듯한 기분이.

"하지만, 적어도 이 카페오레는 맛있어."

이츠카는 그렇게 말하고 컵을 두 손으로 감싸듯 들었다. 현재가 현실이고, 자신이 지금 확실히 여기에 있다는 사실을, 컵의 질감과 온기로 확인한다.

"핫 초콜릿도 맛있어."

레이나도 말하며 미소 지었다.

10시까지는 시간이 좀 남아서 한 사람씩 산책을 다녀오기로 했다(짐 없이 홀가분하게 걷고 싶어서 한 사람이 카페에 남아 짐을 지키기로 했다).

"레이나는 일기를 쓸 테니까, 이츠카짱 먼저 다녀와."

레이나의 그 말에 이츠카는 알았다고 대답한다.

"절대 여기서 움직이면 안 돼."

그렇게 말해 두고 일어선다.

거리는 움직이기 시작하고 있었다. 가게 셔터가 반쯤 열려 있는가 하면, 가게 앞에 트럭이 와서 멈춰 서고, 털실 모자를 쓰고 조깅하는 사람, 상자가 겹겹이 쌓인 대차를 밀고 가는 사람도 있다. 공기는 이미 완연한 아침이고, 아직 사람들이 그다지 호흡하지 않은(그렇다고 여겨지는) 그 청결한 공기에는 옅은 햇살도 느껴졌다.

5분쯤 걸었을 때 강과 맞닥뜨렸다. 널찍한 제방은 살풍경한 흑토이고, 언제 내린 눈인지 아주 깨끗한 채로 녹다 남은, 얼음 같은 하얀 덩어리가 군데군데 보이는 마른 잔디와 일체화되어 있다. 강기슭 바로 옆에 지붕도 벽도 없는 야외극장이 있었다. 녹색 의자들만 무대 앞에 잔뜩 설치되어 있다. 여름에는 연극이나 콘서트가 펼쳐질 테지만, 인적 없는 그곳은 쓸쓸해 보였다.

"벌써 온 거야?"

카페로 돌아오자, 레이나가 놀란 얼굴을 했다.

"너무 빠른데."

하고 이상하다는 듯이. 하지만 쓰던 일기를 덮고,

"레이나는, 이츠카짱이 갔다 온 곳과 반대 방향으로 가 볼래."

하고 나갔던 레이나 또한 마찬가지로 빨리 돌아왔다.

"역시 함께가 좋아."

라면서.

호텔은 주택가 안에 있는 모양이다. 지도를 의지해 걸어가노라니 주위가 점점 조용해진다. 그리고 점점 뉴욕 집 근처와 닮아

간다. 아마도 전형적인 교외 주택가라는 뜻이리라. 커다란 가로수, 여기저기 보이는 고양이, 앞뜰이 있는 집들, 농구 골대, 길에 쌓여 있는 '자유롭게 가져가세요.'라는 의미의 난로용 장작, 커피 잔을 손에 든 채 신문을 가지러 나오는 주민, 붉은색과 녹색의 대형 쓰레기통—.

"뭔가, 그립다."

레이나는 중얼거린다.

"뭔가, 당장이라도 저만치에서, 헬멧을 쓰고 자전거를 탄 유즈루가 나올 것만 같은 느낌이야."

"진짜 그러네. 레이나네 집 근처랑 많이 비슷하다."

이츠카짱도 맞장구를 치고,

"다람쥐 같은 게 나올 것 같아."

라고 덧붙였다.

"응. 봄이 되면, 틀림없이."

레이나는 고개를 끄덕이고, 살짝 위를 우러러보며 겨울의 옅은 햇살을 온 얼굴로 받는다. 흙과 수목과 마른 잔디 냄새가 난다.

"하지만 호텔 장소로는 불편하네."

카페가 있던 다운타운에서 벌써 30분 넘게 걷는 중이었다. 그

런데 마침 레이나가 그 말을 입에 올렸을 때,

"여기다."

하고 이츠카짱이 말했다.

"여기?"

되물은 까닭은 전혀 호텔로 보이지 않았기 때문이다. 붉은 벽돌로 된 예스러워 보이는 2층 건물로, 낮은 철책으로 둘러싸인 뜰에는 장미가 잔뜩 피어 있다. 프론트 포치에는 작은 그네가 설치되어 있었다.

"봐봐."

이츠카짱이 가리킨 것은 뜰 구석에 나와 있는 입간판이었는데 확실히 호텔이라고 쓰여 있고, 그래서 철문을 밀어 열고 장미가 핀 뜰로 들어갔다.

현관도 일반 가정집과 똑같고, 잠겨 있었다. 커다란 저택으로 포치를 따라 기다란 창이 여럿 줄지어 있지만, 모든 창에 커튼이 쳐져 있어서 안이 보이지 않는다.

이츠카짱이 인터폰을 누르자, 삐— 하고 커다란 소리가 났다.

문을 열어 준 이는 대학생 정도로 보이는 여자였는데, 목둘레가 둥근 스웨터에 청바지 차림이었다. 죄송합니다, 호텔인 줄 잘못 알았습니다, 하고 레이나는 사과할 뻔했으나, 대학생 같은 여

자가 먼저,

"어서 오세요!"

하고, 밝은 목소리로 말했다. 그녀의 발치에서 고양이가 나와 레이나의 발목에 몸을 비벼댄다.

"그 아이는 줄리엣. 손님을 맞이하는 게 자기 일이라고 생각해."

내 이름은 다나, 라고 여자는 말하고 우선 이츠카쨍에게, 이어서 레이나에게 악수의 손을 내밀었다.

어둡다, 라는 것이 이츠카가 맨 처음 한 생각이었다. 바깥은 화창하고 아직 아침인데 실내 공기는 밤이 되기 일보 직전 같다. 빼곡히 놓인 값비싸 보이는 앤티크 가구, 틀린 시간을 가리킨 채 멈춰 있는 커다란 탁상시계, 여기저기 앉아 있는, 드레스를 입은 오래된 인형들. 호텔 로비라기보다 골동품점 같다. 실제로, 유리를 끼운 캐비닛에는 예스러운 장신구가 늘어서 있고 가격표가 붙어 있으니 판매도 하는 듯하다.

숙박부(그때까지 이츠카가 보았던 그 어떤 책보다도 크고, 표지를 넘기는 동작은 거의 문을 열 때의 그 수준이었다)에 필요한 사항을 기입하고, 요구하는 대로 여권을 보여 준다.

"와우, 세븐틴."

다나가 한 말은 그게 다였다.

안내받은 방은 주차장을 끼고 옆 건물 안에 있었다. 그곳도 개인 집처럼 보이지만 내부는 방들이 깔끔하게 나눠져 있고, 문에 잠금장치도 달려 있었다.

"우와!"

레이나가 환성을 지른다.

"사랑스런 방이네."

식당 위치며 조식 시간, 택시는 전화로 부르지 않으면 오지 않는다는 것 따위를 설명하고 다나는 나갔다.

"싫다, 고 해야 하나, 이 방, 좀 질리는데."

장식이 과하다고 해야 할지, 아기자기한 방이었다. 캔디 스트라이프 무늬 커튼, 꽃무늬 전등갓, 하얀 경대, 조가비 모양 쿠션, 파스텔블루색 벽, 파스텔핑크색 침대 커버, 여기저기 놓인 유리 그릇이며 인형이며. 그중에서도 이츠카를 놀라게 한 건 욕조였는데, 고양이 발 모양 다리가 달린 하얗고 우아한 그것이 어째선지 방 한가운데에 떡하니 자리 잡고 있었다.

"질려? 왜?"

레이나는 이상하다는 얼굴을 한다.

이츠카는 창문을 열었다. 방 안에 베이비파우더 비슷한 냄새가 가득 배어 있어서였는데 창문을 열어도 도무지 그 냄새가 빠지질 않는다. 코라기보다 입으로 들어오는 듯한, 달콤한 분내.

레이나가 당장 목욕을 하겠다며 욕조에 물을 받는다. 다행스럽게도 욕실 안에 작은 샤워실이 있어서, 사촌 동생이 욕조에 몸을 담그고 있는 동안 이츠카는 그쪽을 썼다.

깨끗한 옷으로 갈아입고 점심을 먹으러 나간다. 다운타운으로 이어지는 길을 다시 40분 걸었다.

"욕조에 들어가서인지,"

양쪽으로 가로수가 심어진, 고양이가 많은 언덕길을 내려가면서 레이나가 말한다.

"아니면 호텔이 일반 가정집 같아서인지. 이제 막 왔는데, 여기 사는 것 같은 기분이 들어."

주택가를 빠져나와 간선도로를 따라 곧장 나아간다.

"오는 길에 물을 사야지."

슈퍼마켓이 두 곳 나란히 있는 것을 발견하고 이츠카는 말했다.

"이츠카짱, 봐봐."

레이나가 가리킨 건 조각이었다. 책상다리를 하고 앉은 여인이 크게 웃고 있는 동상인데 '웃는 샐리'라는 제목이 붙어 있다.

"엄청 이상하네."

레이나가 말한다. 확실히 엄청나게 이상하다. 이츠카도 그렇게 생각했다. 축 늘어진 체형에 깊이 주름진 얼굴의 '샐리'는 말도 못하게 유쾌한 듯 웃고 있다. 얼굴뿐만 아니라 온몸이 웃고 있는 것 같아서 이츠카도 레이나도 한동안 동상에서 눈을 떼지 못했다.

점심으로는 햄버거를 먹었다. 박스석만 해도 테이블이며 의자며 다 새빨갛고 복고적인 느낌이 물씬 나는 간이식당 비슷한 곳이었는데, 냉장 케이스에 성형 전의 생고기가 늘어서 있는 모습은 요즘 풍인 것 같은 느낌도 들었다. 햄버거는 맛있었다. 햄버거야 미국 어디에나 있고 어디나 다 비슷한 맛이라고 이츠카는 생각하지만, 그래도 낯선 거리의 햄버거에는 신선미가 있었다.

"하이."

거의 다 먹어 갈 즈음, 맞은편에 앉아 있던 레이나가 느닷없이 그렇게 말하며 손을 흔들었다.

"하이, 걸즈."

여성의 목소리가 이츠카 등 뒤에서 들리고, 트레이를 손에 든 다나가 다가왔다. 어머니뻘쯤 되어 보이는 여성과 함께였는데 미시즈 키튼이라고 했다. 호텔 경영자란다.

"당신들이 일본에서 온 손님이군. 다나한테서 들었어."

미시즈 키튼이 말했다. 백인, 검은 재킷에 검은 스커트, 보라색 블라우스. 화장이 짙고, 금색 귀걸이며 양손 가득 끼고 있는 반지들이 죄 큼직큼직하다.

"몇 년인가 전에 당신들 친구도 왔었지."

이츠카에게 악수의 손을 내밀며 말하기에 '친구?' 하고 이츠카는 의아하게 생각했지만,

"신혼여행 온 커플이었는데, 느낌이 아주 괜찮은 사람들이었어."

라는 미시즈 키튼의 말을 들건대, 친구란 단순히 일본인이라는 의미임을 알았다.

"리틀록을 즐겨요."

미시즈 키튼은 품위 있게 미소 지으며 말하고, 다나와 함께 창가 테이블에 자리 잡고 식사를 시작했다. 이츠카도 레이나도 그 후 바로 알았지만, 외식할 만한 가게를 고를 수 있는 선택의 폭이 너무 좁아서 누구나 안면을 트게 되는 곳이 이 거리이고, 점심시간에는 프런트에 사람이 없고 몇 년도 전에 왔던 손님을 경영자가 지금도 기억하는 곳이 그 호텔이었다.

도착한 날 오후와, 그다음 날은 온종일 거리를 구경하며 걸었다. 노랗고 사랑스러운 노면 전차를 타도, 하얗고 큰 노선버스를 타도 어김없이 차장이나 운전기사가 말을 걸어왔다("여, 요즘 어때?", "어디까지 가?", "미시즈 키튼네에 묵고 있군."). 동네에 딱 하나 있는 서점엘 가도, 슈퍼마켓 계산대에서도 말을 걸어 와서("우리 아들은 옛날에 일본 요코스카에 있었는데.", "귀여운 인형이네."), 자신들이 눈에 띄는 것 같아 레이나는 조금 부끄러웠다. 하지만 다들 놀랄 만큼 친절하고, 묻지도 않았는데 길을 가르쳐 주기도 했다("어디 가는데? 그쪽에는 가도 아무것도 없어.", "역사 지구에는 꼭 가 봐야 해.", "너희들이 묵는 호텔은 저쪽이야.").

'웃는 샐리' 이야기를 레이나는 노트에 적었다. 이 거리에는 조각상이 엄청 많은데 가령 '희망'이라는 제목이 달린, 머리에 종이학을 얹은 여성의 조각상이라든가, '순결'이라는 제목이 달린, 머리에 작은 새를 얹은 여성의 조각상이라든가, '남자들의 혼과 여자들의 혼'이라는 제목이 달린, 뭔지 모를 예리하게 각이 잡힌 금속 덩어리라든가, 하나같이 재미있지만 '웃는 샐리'는 단연코 특별했다. 레이나는 그런 식으로 웃는 여자를 실제로 본 적은 없다. 하지만 전에 어디선가 본 적이 있는 것 같은 기분도 들었다(오카야마 할머니와 조금 닮았는지도 모르겠다. 나이로는 그 정도

되어 보이는 여인이다). 하여간 리얼한 조각상으로 마치 살아 있는 것처럼 보인다. 만약 할 수만 있다면 가지고 돌아가고 싶다고, 레이나는 노트에 적었다. 늘어진 젖가슴, 부스스한 머리, 등을 젖히고 호쾌하게 웃는 샐리.

리틀록에는 닷새간 머물 예정이어서 호텔 예약도 나흘치만 해 두었는데 체류를 연장하고 싶다고 말하자 미시즈 키튼은 반겨 주었다. 연장하자고 제안한 건 레이나였다. 고양이가 있는 호텔도 조용한 시내도 마음에 들었고, 친절한 다나(내일, 앞머리를 잘라 주기로 했다. 미용사 자격증을 가지고 있다고 한다. 처음에 다나는 대학생처럼 보였고, 미시즈 키튼과 모녀 같아 보이기도 했지만, 그건 아니고 정식 '직원'이었다. 캘리포니아 출신인데, 부모님과 함께 여기로 여행을 왔다가 호텔의 '경영 이념'에 감동해서 미용사를 그만두고 호텔리어로서 일할 결심을 하게 됐다고 가르쳐 주었다)와 모처럼 친해진 참인 데다 솔직하게 말하자면 캔자스시티를 떠난 후로 내내 버스만 타고 다닌 탓에 조금만 더 그냥 땅 위에 있고 싶기도 했다. 레이나가 제안하자 이츠카짱은 잠시 생각하고 나서,

"레이나가 그러고 싶다면."

하고 찬성해 주었다.

"오늘 아침에 빤 청바지가 내일까지는 안 마를 것 같기도 하

고.”

라며.

그 이츠카짱은 샤워를 마치고 나온 참이다. 호텔에 비치된 목욕 가운으로 몸을 감싸고 TV 뉴스를 보고 있다.

“욕조를 쓰면 좋을 텐데.”

노트를 덮고 레이나가 말했다.

“모처럼 있는 건데.”

“빨래할 때 썼어.”

이츠카짱이 대답한다.

“그런 게 아니라.”

옛날엔 이츠카짱과 욕조에 곧잘 함께 들어갔다. 욕조 안에서 노래도 부르고 끝말잇기 놀이도 했다.

“레이나는 딱히 이츠카짱의 알몸을 보거나 하진 않아.”

레이나는 그렇게 말해 놓고, 조금은 보게 되리라는 생각에 재빨리 덧붙인다.

“빤히는 말야.”

“그보단.”

이츠카짱은 웃으면서 말한다.,

“방 한가운데에 있는 욕조라니, 어쩐지 마음이 편치 않아서 쓸 수가 없어, 설령 레이나가 없더라도."

"그래?"

레이나는 이해가 가지 않았다. 레이나는 오히려 무섭지 않아서 좋다고 생각했다. 대부분의 호텔이 그렇듯 문으로 딱 나뉜 좁은 욕실엔 밤에 혼자 들어가기가 늘 조금은 무서우니까.

주택가는 아침 공기가 상업 지역과 전혀 다르다. 그 사실에 이츠카는 오늘 아침에도 또 놀란다. 맑은 겨울 하늘과 햇살, 여기저기서 내려오는 듯 느껴지는 작은 새 소리, 부엽토와, 잎을 떨어뜨린 나무들이 만들어 내는 선득한 냄새. 식당에서 아침 식사(오렌지 주스, 토스트, 스크램블 에그)를 마치고 안채에서 바깥으로 나온 참이다. 레이나가 말했던 대로, '여기에 살고 있는 것 같은' 기분이 든다는 사실에 이츠카는 스스로 어리둥절해 한다.

"아, 줄리엣."

레이나가 발치에 바짝 다가온 고양이를 안아 올린다. 검정과 갈색 얼룩무늬의 살찐 고양이는 목을 그르렁거렸다.

"다나한테 들었는데, 이 아이 진짜 영리하대. 전용 문으로 자유롭게 드나들고, 손님한테는 안기는데 그렇지 않은 사람한테는 절대 자기를 못 안게 하는가 봐. 배달 온 사람이라든가, 그냥 지나가던 사람이라든가 하는 경우엔.”

“그래?”

이츠카가 말하고 다시금 그 살찐 고양이를 보니, 고양이는 두 눈을 실처럼 가늘게 뜨고 너무도 무방비하게 안겨 있다.

옆 건물로 들어가려는데 뒤에서 경적이 울리고, 오래되어 보이는 크고 납작한 차가 주차장으로 들어오는 참이었다. 은색 차체 여기저기에 크고 작은 패인 자국이 있다. 운전석 쪽 창이 스르르 내려가고, 미시즈 키튼의 얼굴이 보였다.

“헤이호—.”

노래하는 듯한 높은 목소리에 이어 반지투성이 손이 팔뚝째 창밖으로 나오고, 손가락이 나풀나풀 움직인다. 헤이호—? 기발한 인사에 이츠카와 레이나는 서로 시선을 주고받았지만,

“헤이호—!”

하고 레이나는 바로 같은 말을 외치며 손을 흔들었고, 그럴 타이밍을 놓친 이츠카는,

“굿모닝!”

하고 말했다.

장미 핀 뜰에 내놓은 의자에 앉아 타월을 목에 두른 레이나에

게 손을 흔들고, 이츠카는 다운타운으로 향했다. 다나 말이, 앞머리만 자르는 거면 5분 내지 10분이면 된다는데 그걸 기다리지 않고 나온 까닭은 혼자서 찾고 싶은 것이 있었기 때문이다. 은행 간다. 레이나에게는 그렇게 말해 두었고, 그것도 물론 사실이었지만 진짜 목적은 모레로 닥쳐온 레이나의 생일을 특별하게 축하해 줄 무언가를 찾는 일이었다. 내일모레, 이츠카의 사촌 여동생은 열다섯 살이 된다. 둘만의 여행 중에 맞이하는 그날을, 이츠카로서는 여느 날과는 다른 특별한 날로 만들어 주고 싶었다. 다만, 어떻게 해야 그리 될지 모르겠다는 것이 문제였다. 선물이라든지 (지갑이 허락하는 한) 근사한 레스토랑에서 식사한다든지 하는 것은 좀 아니지 싶었다. 호텔 방에 꽃을 장식해? 이름이 들어간 케이크를 주문해 둘까? 레이나가 잠에서 깨어날 때를 기다렸다가 폭죽을 터뜨려? 생각하는 건 즐거웠다.

"안녕. 오늘은 혼자인가?"

정면에서 걸어온, 키 큰 흑인 할아버지가 말했다.

"안녕하세요. 네, 혼자입니다."

이렇게 모르는 사람이 말을 걸어올 때마다 이츠카는 번번이 놀라고 만다.

"작은 양반은 어쩌고?"

"에…… 저어……, 호텔에 있습니다."

"구————웃."

할아버지는 모음을 한껏 늘여서 그렇게 말했다. 이츠카는 가볍게 목례하고 어색하게 지나쳐 간다.

호텔도 그렇고 슈퍼마켓도 그렇고, 건물 안에는 백인이 있는데 어째서 바깥을 걷고 있는 사람은 흑인 노인뿐일까. 이츠카는 그런 생각을 한다. 걷고 있는 사람만이 아니다. 공원이며 버스 정류장이며 거리의 벤치에 무료한 듯 앉아 있는 이들도 어김없이 흑인 노인들이었다.

ATM에서 돈을 뽑아(두 가게에서 급료가 들어와 4,814달러였던 예금은 이미 2,314달러까지 줄어들어 있었다) 은행을 나온다. 아마도 앞으로 한 도시—. 돌아갈 여비를 따로 빼 둘 것을 고려하면, 그게 한계일 것이라고 이츠카는 생각했다. 레이나는 어제 가이드북을 넘기면서, 다음엔 뉴멕시코에 가고 싶다고 말했었다. 따뜻할 것 같고 선인장을 볼 수 있을 것 같아서, 라며. 하지만 이 잔고를 보면, 거기까지 가도 괜찮을는지 모르겠다. 꼬박 사흘을 버스만 타고 귀로에 오를 각오를 한다면 가능할지도 모르겠지만—.

하지만 우선, 생일이다. 이츠카는 길 양쪽을 둘러보면서 걷는다. 드러그스토어, 술집, 신발 가게, 오토바이 수리 공장. 서점, 카페, 철물점. 이거다, 하는 게 없는 채로 계속 걸어 간선도로까지 돌아왔을 때 그 생각이 떠올랐다. 이츠카는 바로 옆에 있던 조각상('희망'이라는 제목이 붙어 있었다)의 좌대에 걸터앉아 우선 헤일리에게, 이어서 크리스에게 전화를 걸었다.

있을 수 없는 일이라니, 무슨 근거로 리오나가 그렇게 단언할 수 있는지 알 수가 없었다. 그건 사이트를 관리해 주고 있는 지인이 오래간만에 가져다준 '유망한' 정보였다. 물론 지인은 우루우가 과도하게 기대했다가 실망할 것을 우려하여 '유망하다고 해도, 있을 수 없는 건 아니라는 정도'라고 설명했으며, 우루우로서도 거의 아닐 것이라 여기고 있다. 하지만 지인은 또한 '정보 제공자는 자신의 이름과 연락처도 밝혀 주었고, 적어도 과장해서 떠드는 부류는 아니다.'라고도 했다. 전화는 우루우가 직접 걸었다. 상대방(하비 매컬리라는 이름밖에 모르지만, 목소리와 말투로 보아 70세 정도 되는 남성이겠거니 우루우는 상상했다)은 그 아이들에게 화가 나 있는 듯 내내 기분이 언짢았지만, '인터넷에 사진이 실린 댁네 딸들이 틀림없다'고 단언했다.

그에 따르면, 그 두 여자아이는 작년 가을—이츠카와 레이나가 사라진 시기다―에 갑자기 나타났다. 장소는 루즈벨트 아일랜드―우루우 집과 같은 뉴욕 시내!―에 있는 아파트로, 동양인 남자와 셋이서 살고 있는 듯하다. 중국인이라고 자칭했지만 셋 다 일본어를 쓰고 있었다. 자신은 중국어도 일본어도 못하지만, 소리의 차이는 들으면 안다. 무엇보다, 인터넷에 올라온 사진과 비교해 봤으니 확실하다.

있을 수 없는 일은 아니라고 생각했다. 리오나는 여기저기서 보내온 엽서를 근거로 부정했지만, 엽서 정도야 다른 사람에게 부탁해서 투함하는 것도 가능하고, 더 나아가 누군가의 강요에 의해 억지로 썼을 가능성도 있는 것이다.

그래서 우루우는 지금 여기에 와 있다. 동양인 세 사람이 살고 있다는 고층 아파트 앞에. 아직 해도 완전히 뜨지 않은 오전 6시라는 시간을 선택한 까닭은 그들이 어떤 생활을 하고 있든 그 시간이라면 집에 있을 확률이 높을 것 같았기 때문이다. 하지만, 그렇지 않을지도 모른다. 녹지 속, 트램웨이역에서 꽤 가까운 그 건물의 유리문은 아까부터 부지런히 열리며 코트 차림의 남자와 러닝웨어 차림의 여자를 토해 내고 있었다.

우루우는 아파트를 올려다본다. 몇 층 건물일까. 하비 매컬리는 여기에 살고 있는 건 아니고, 따라서 방이 몇 호인지까지는 알 수 없다고 했다.

"실례합니다."

우루우는 코트 차림의 한 남자에게 말을 걸었다.

"여기 살고 있는, 일본인이나 중국인 여자아이 둘을 모르십니까?"

"에? 뭐라고 말한 겁니까?"

피부가 하얀, 젊은 남자는 의아해하는 얼굴을 했다. 우루우는 질문을 반복하고, 수상한 사람이 아니라는 것을 나타내기 위해 덧붙인다.

"한 명은 제 딸일지도 모릅니다."

"으음, 잘 모르겠는데, 당신 따님이 여기 살고 있다는 겁니까?"

반대로 남자가 물어 왔다.

"몇 호인데요?"

재차 묻기에 우루우는 솔직하게 대답한다.

"모르겠습니다."

남자의 얼굴에 곤혹과 동정의 빛이 떠올랐다. 나로서는 어떻게 해 줄 방법이 없다, 라고 말하고 싶은 양 입꼬리를 내려 보이고는,

"전화를 해 보는 게 어떻겠습니까?"

라고 말했다. 대답이 궁해진 우루우를 보며 영어가 통하지 않았다고 여겼는지, 친절하게도 전화기를 귀에 대는 시늉을 하며 말을 덧붙인다.

"콜, 폰, 아시겠죠?"

"오케이."

우루우는 대답하고, 감사 인사를 하고 남자를 보냈다.

이번엔 여성에게 말을 건다.

"실례합니다, 여기 살고 있는, 일본인이나 중국인 여자아이 둘을 모르십니까?"

군청색 코트로 몸을 감싸고 서류 가방을 든 그 여성은 표정 변화 하나 없이,

"글쎄요, 모르겠습니다."

하고서 떠나갔다.

이스트강 너머에서 불어오는 바람이 차갑다. 우루우는 머플러를 차 안에 두고 온 것을 후회했다. 하지만 여기까지 와서 확인하지 않고 돌아갈 생각은 없다. 기다리고 있으면 셋 중 누군가가 언젠가 나올 터이다. 하비 매컬리의 이야기로는 여자아이들은 곧잘 둘이서 바깥을 걸어 다닌다고 하니까.

앞머리가 짧아진 레이나는 포치에 설치된 그네에 걸터앉아 있었다.

"어서 와—."

정원 문을 열고 들어오는 이츠카에게 밝은 목소리로 말하고,

"돈, 찾았어?"

하고 물었다.

"찾았어."

이츠카는 대답하고서 옆에 있는 스툴에 앉았다. 다나는 머리를 잘라 주었을 뿐 아니라, 레이나의 손톱에 매니큐어도 발라주었다. 전체가 연한 핑크색이고 양쪽 검지만 연한 파란색이었는데, 기묘한 채색 방식이 다나의 취향인지 레이나의 희망인지 이츠카로서는 알 수 없다.

"그러고 보니, 헤일리도 화장을 해 줬었지, 너한테, 전에."

생각나서 말했다.

"응. 해 줬어."

무릎 위 고양이를 가만히 쓰다듬으며 레이나는 대답했지만, 아마도 마르기 전에 손톱이 망가질까 두려워서인지 손의 움직임이 어색했다.

"미시즈 키튼, 안에 있을까?"

이츠카가 묻자,

"있지 않아? 아직 점심 먹으러 나가지 않았으면."

라는 대답이었기에, 레이나를 포치에 남겨 두고 어둑어둑한 안채로 들어간다.

"헬로!"

하고 소리쳤다. 레이나의 특별한 생일을 위해 미시즈 키튼에게 부탁하고 싶은 것이 있었다.

시내를 달리는 노선버스 발착지는 벤치와 화단이 있는 작은 광장으로 꾸며져 있다.

"어느 거 탈래?"

노선도를 보면서 이츠카는 물었다. 목적지가 있는 건 아니라서 어느 걸 타도 상관없었다. 다만 오늘은 종점까지 가 볼 작정이다. 이 도시의, 조용한 주택가도 번화한 다운타운가도 아닌 부분이 어떻게 되어 있는지, 봐 두고 싶었다.

"가능한 한 멀리까지 갈 수 있는 게 좋지 않아?"

레이나가 말한다.

파란 하늘이다. 업무 교대하는 운전기사들이 개인 방석이며 커피를 손에 들고 서서 이야기를 나누고 있다. 승객보다 운전기

사 수가 더 많아 보였다.

10분 후 발차 예정인 한 대를 골라 올라탄다. 구멍이 두 개 난 승차 코인(1달러 35센트)은 차 안에서 샀다.

"기사님이 귀엽네."

좌석에 앉자 레이나가 말했다. 거구의 젊은 흑인 여성인데 웃으면 아이 같은 얼굴이 되기 때문이고, 하얀 셔츠에 붉은 넥타이, 군청색 스웨터에 군청색 바지 제복이 잘 어울린다.

차는 출발했지만 승객은 드문드문 앉아 있었다. 세 사람이 네 사람이 되고, 두 사람이 되고, 다시 세 사람이 된다. 달리던 중간쯤부터 버스는 엄청나게 흔들렸다.

"스피드가 엄청나네."

레이나가 말한다. 창밖은 마른 나무, 언덕, 콘크리트 건물, 다시 마른 나무. 갓난아이를 안은 여자가 탔다가 내리고, 목발을 짚은 남자가 탔다가 내리고, 야물커(유대인 남자들이 쓰는 작고 동글납작한 모자_옮긴이)를 쓴 남자가 탔다가 내렸다. 창밖은 마른 나무, 공사 현장, 다시 마른 나무다. 지루했는지, 레이나는 천 가방에서 그림엽서를 꺼내 보라색 사인펜으로 쓰기 시작했다. "아빠, 엄마, 유즈루, 잘 지내나요. 레이나는 지금 버스에 타고 있습니다."

한 시간이 지나고, 한 시간 반이 지났을 즈음,

"너희들, 어디까지 가누?"

하고, 조금 전에 탄 체구가 자그마한 백인 할아버지가 물었다. 대답하려고 이츠카가 입을 벌리기에 앞서 운전기사가 마이크를 통해 말했다.

"괜찮아요, 그 애들은 종점까지 가요."

아까 차에 오를 때 묻기에 그렇게 대답했었다.

"하지만 거기에 대체 뭐가 있다는 게야?"

할아버지는 이츠카와 레이나가 아니라 운전기사를 향해 나무라듯 말하고, 운전기사가 다시 마이크를 사용한다.

"괜찮아요, 그 애들은 그냥 거길 보러 가는 거예요. 그리고 다시 다음 버스로 돌아와요."

자신만만하게 설명했다. 한 시간 반 전에 자기도 할아버지와 마찬가지로 그런 곳에 뭐 하러 가느냐고 물었으면서.

수상쩍게 여기려나 싶었는데, 뜻밖에도 할아버지는 즉각 이해하고 크게 고개를 끄덕였다.

"그건 좋지."

그리고 이츠카가 "노No."라고 몇 번씩 말하는데도 개의치 않고 노선버스를 두 시간 동안 무제한으로 탈 수 있는 카드를 주었다.

"난 이제 오늘은 버스를 안 타니까."

라면서. 카드는 황록색이었다. 첫 번째 승차 시각과 두 번째 승차 시각이 인쇄되어 있었고, 카드를 쓸 수 있는 유효 시간은 앞으로 몇 분밖에 남지 않았다.

"쓸 수가 없네."

할아버지가 자기 자리로 돌아가자 레이나가 카드를 보면서 말했다.

"친절한 건지 아닌 건지 알 수가 없네."

라고도. 하지만 이츠카에게는 할아버지가 무척 좋은 사람으로 보였다. 거구의 여성 운전기사도.

그 할아버지도 내리고 나니 남은 승객은 이츠카와 레이나 둘뿐이었다. 여전히 버스는 좌우로 그리고 위아래로 격렬하게 흔들리고 있다. 창밖은 마른 나무, 공터, 마른 나무―.

그런 식으로 종점에 도착, 운전기사에게 고맙단 인사를 하고 버스에서 내렸다. 바람이 차다.

"히―익, 진짜 아무것도 없는 곳이네."

레이나가 말했다. 썰렁한 길과 나무숲, 주차된 차가 한 대도 없는 주차장, 셔터 내린 매점. 그래도 나무숲 저편에 공영 주택 단지 같은 건물군이 보이니 사람은 살고 있을 터였다.

"걸어 보자."

이츠카가 말하자,

"응."

하고 대답한 레이나가 이츠카의 팔짱을 꼈다. 짧아진 앞머리와, 파스텔컬러로 칠해진 손톱.

조금 걷다 보니 폐허로 변한 건물이 있고, 녹슨 문짝에 새겨진 문자로 보아 원래는 병원이었음을 짐작할 수 있었다. 더 걸으니 원래는 유치원이었을 것으로 보이는 건물도 있고, 쓰이지 않는 놀이 도구가 구슬펐다.

"하늘이 파랗다."

레이나가 말한다.

"조용하네."

만약 지금 여기에 나 혼자 있었다면, 하고 이츠카는 상상했다. 만약 레이나 없이 여기에 있었더라면, 경치는 더 쓸쓸하게 보였으리라. 폐허는 더 음침하게, 키 큰 잡초가 선 채로 말라 있는 공터는 더 황량해 보였을 것이 틀림없다.

셔터를 내린 자동차 판매점 앞을 지나 쓰레기가 잔뜩 방치되어 있는 공터 앞을 지났다.

"스타벅스 같은 거 없으려나, 던킨도너츠도 괜찮은데."

레이나는 그렇게 말하면서 아무것도 없는 길의 좌우를 둘러본다. 그런 건 있을 것 같지도 않았지만, 다시 더 걸었다. 버려진 지 몇 년은 돼 보이는, 바퀴가 하나밖에 없는 자전거, 공원, 색 바랜 간판에 그려진 피자 그림. 간신히 현역인 듯한 아파트(창밖에 빨래가 널려 있다)를 발견했지만 사람이 살고 있는 건 몇 집뿐이고, 나머지는 공실 같았다.

"이츠카짱, 봐봐!"

레이나가 가리킨 건 택시였다. 아파트 옆 골목길에 외따로 한 대가 주차되어 있다. 누군가가 불렀으려니 싶었지만 운전석을 포함해 차 안에는 아무도 없었다.

"문을 봐, 문을."

레이나가 말한다. 새것 같고, 아무리 봐도 현역 차량인 그 택시의 문에는 거의 문 자체와 맞먹을 만큼 커다란 하얀 스티커가 붙어 있었다.

"뭐지? 광고?"

스티커에는 흑인 남성의 얼굴 사진과,

Renny's bail bond

in jail need a bail

이라는 문구가 인쇄되어 있다.

"bond니까, 광고가 아니라 기부금을 모으는 걸 거야."

레이나가 말했다.

"레니라는 사람이 교도소에 있고, 보석금이 필요하대."

"엣."

이츠카는 엉겁결에 큰 소리를 낸다.

"그런 기부금을, 다 모아?"

"잘은 모르겠지만, 그렇대."

이츠카는 생각하고 만다. 스티커에 적힌 간단하기 짝이 없는 문구만 봐서는 레니라는 사람이 무죄인지 아닌지, 애당초 무슨 죄명인지조차 알 수 없지 않은가. 그런데도 사람들은 기부 같은 걸 하는 걸까.

"돈, 모이면 좋겠다."

레이나가 말했다.

버스를 타고 다운타운으로 돌아왔을 때에는 날이 저물어 가고 있었다. 낯익은 거리와 제대로 문을 연 가게들을 보니 반갑고 기뻐서 레이나는 사촌 언니의 뺨에 뺨을 맞댄다.

"치―크!"

그렇게 말하며 미소 지었다. 공기에서 겨울 거리의 밤이 시작되는 냄새가 난다. 저녁으로 프라이드치킨(따끈따끈하고 육즙이 가득한 게 꿈처럼 맛있었다. 달콤한 베이크드 빈즈와 코울슬로, 게다가 어째선지 굽지 않은 식빵이 세트로 나왔다)을 먹고 호텔로 돌아왔다. 정원의 장미도, 포치의 그네도 어둠에 잠겨 있다. 주차장을 가로질러 옆 건물 앞에 서서, 레이나는 이츠카짱이 문을 열어 주기를 기다렸다.

"돌아왔다는 기분이 들어."

레이나는 말했다. 문이 열리고, 복도로 들어가 다시 잠겨 있는 방문을 연다.

"이제 곧 여길 떠나야 한다고 생각하니 아쉽다."

문이 열리고, 여기저기 놓여 있는 자신들의 물건과 베이비파우더 비슷한 냄새가 두 사람을 맞아 주었다.

"그래서 말인데."

이츠카짱이 말했다.

"하루만 더 연장하자. 모레 떠날 생각이었는데, 글피에 출발하자고."

"글피에 출발? 왜?"

"아무튼."

이츠카짱은 대답하고 나서 코트를 벗더니,

"청바지 말랐으려나."

하고 말한다.

"아무튼? 그건 대답이 못 되잖아. 왜 하루 더 묵기로 한 거야? 은행에서 돈을 잔뜩 찾았으니까?"

레이나는 질문을 하고 TV를 켠다. 이유야 어쨌든 더 있을 수 있다는 건 기뻤다.

"뭐, 그냥, 그런 거지."

이츠카짱은 말하고,

"청바지, 말랐네."

하면서, 그것을 널어놓았던 욕실에서 나왔다.

흑인 할아버지들이 항상 바깥에서 이야기하거나 담배 피우는 건물 있지? 어제 레이나가 뭔가 이야기하던 중에 그렇게 말했고, 어떤 건물을 말하는 건지 몰랐는데, 그게 여기였던가? 오늘도 또 혼자 거리를 걷고 있는 이츠카는 생각했다. 거무스름하게 그을음이 낀 오래돼 보이는 석조 건물인데 Veterans 어쩌고 하는 글자가 문 위에 쓰여 있다. 이를테면 퇴역 군인을 위한 시설이라는 얘기다.

레이나는 미시즈 키튼과 다나와 함께 점심을 먹으러 갔다. 데려가 달라고, 이츠카가 두 사람에게 부탁한 것이다. 그렇게 하면 레이나의 의심을 사지 않고 이츠카 혼자서 장을 보러 다닐 수 있다. 사야 할 물건 목록은 미시즈 키튼이 적어 주었다. 특유의 둥그스름한 필기체 글자는 알아보기 어렵지만, 여차하면 가게 사람한테 목록을 건네주고 직접 읽어 봐 달라고 할 생각이다.

레이나의 생일을 축하해 주기 위한 계획을 이야기했을 때 미시즈 키튼도 다나도 거의 괴성이라고 해도 될 법한 환성을 질렀다. 교성이라고 하는 게 더 가까울는지 모른다. 레이나가 좋아하는 종류의 TV 드라마에 나오는 여자들이, 자기들끼리 (대체로 연애에 얽힌 화제로) 활기를 띨 때 내는 목소리. 이츠카는 자신이 두 사람을 싫어하지 않을 뿐만 아니라 꽤 좋아한다는 사실을 그때 깨닫고 놀랐다. 만난 지 얼마 되지도 않은 사람들인데.

일본에 있던 무렵, 이츠카는 여자 친구들이 지르는 그런 소리가 질색이었다. 패거리들끼리의 이상한 친밀함도, 어제 두 사람이 보인 것 같은 과장된 리액션도.

두 사람뿐만이 아니다. 귀찮을 정도로 친절한 거리 사람들도, 질릴 만큼 아기자기한 취향인 방도 좋아하진 않지만 나쁘지 않아 보이고, '포켓'에서 알게 된 로버트나 티파니만 해도 그렇듯 거리낌 없이 거리를 좁혀 오는 방식 때문에 예전의 이츠카라면 질색까지는 아니어도 '노No.'로 분류했을 텐데 지금은 단순히 좋은 사람들이었다고 생각한다. 어째서일까 생각해 보았는데 알 수 없었다. 그렇다고 자신의 무언가가 변한 것 같지는 않다.

미시즈 키튼이 지정해 준 시장에서 새우를 샀다. 껍질이 붙은 것으로 300그램. 이츠카는 내일 남부식 가정 요리를 할 생각이다. 요리법 또한 미시즈 키튼이 판독하기 어려운 둥글둥글한 글씨로 적어 주었다('새우 껍질을 벗기는 게 수고스럽긴 해도 나머지는 간단하니까 문제없어.'라고 했다. 정말인지는 모르겠지만).

슈퍼마켓으로 이동하여 호미니그리트(그게 뭐든)를 찾는다. 하지만 뭔지 모르다 보니 어느 매장에 있는지도 알 수 없어 도중에 포기하고 점원에게 물었다. 목록에 따라 베이컨이며 피망이며 양파 따위를 사고 나니 장바구니 무게가 꽤 나갔다.

호텔로 돌아오니 미시즈 키튼의 차가 세워져 있기에 세 사람이 이미 점심을 먹고 돌아와 있다는 걸 알았다. 우선 안채에 들러 장 봐 온 것을 다나에게 맡긴다.

"전부 사 왔어?"

객실이 있는 건물과 안채 사이에는 주차장이 있고, 목소리가 레이나에게 들릴 염려도 없는데 다나는 과장되게 소리 죽여 말한다.

"아마도."

이츠카는 대답했다. 안채 안은 변함없이 어둡다. 중후한 가구, 오래된 인형들, 멈춰 있는 시계—. 지나쳐 가 버리기 때문이다, 하고 문득 깨달았다. 이 장소도, 여기 있는 사람들도, 나는 이제 곧 지나쳐 가 버린다. 지나쳐 가 버려서, 아마도 두 번 다시 만나지 않을 사람과 사물과 장소를, 싫어하게 되기란 어렵다.

침대 위에 가이드북이며 팸플릿을 펼쳐 놓고 뉴멕시코 사진 속의 푸르디푸른 하늘을 보면서 레이나는 사촌 언니에게 화가 나 있었다. 이츠카짱은 너무 외고집인 데다 낯가림이 심하다. 다나와 미시즈 키튼이 모처럼 같이 나가서 점심을 먹자고 말해 주었는데 빠지다니 이상하다. 그야 돈은 각자 내는 거고, 데려간 곳은 그 두 사람이 거의 매일 가는 햄버거집이었으니 특별할 건 전혀 없다 해도.

다나와 미시즈 키튼은 레이나에게 가족에 대해 이것저것 물었다. 일본에 대해서도(두 사람 다, 언젠가 일본에 가 보고 싶단다). 이츠카짱이 같이 오지 않은 것에 대해 사과하자 전혀 신경 쓰지 않는다고 말해 주었지만, 왜 오지 않았는지 이상하게 여길 터이다.

문 여는 소리가 났다.

"나 왔어."

화나 있다는 걸 표현하기 위해 레이나는 대답을 하지 않았다. 그런데 이츠카짱은 신경 쓰는 기색도 없이,

"선물."

하면서, 리세스 초콜릿을 주었다.

"점심, 어땠어?"

그렇게 묻기에 퉁명스럽게 되물었다.

"이츠카짱이야말로 뭐 먹고 왔어?"

"화났어?"

화났어, 하고 대답했더니, 화내지 마, 라고 했다. 화낸다고 하자, 또다시 화내지 말라는 답이 돌아왔고, 머리에 뭔가가 툭 하고 얹히는가 싶더니 눈앞이 갑자기 새까매졌다. 이츠카짱이 코트를 덮어씌운 것이다. 코트 바깥쪽에서 자신도 몸으로 덮어 누르면서 침대 위의 레이나를 양팔로 포획한다.

"그만해."

웅얼거리는 목소리가 돼 버린다. 코트에는 아직 이츠카짱의 체온이 남아 있었다.

"그만해."

등에 체중을 실은 채 앞뒤로 흔들리면서 말을 하자니 너무 힘

들어서 레이나는 그만 웃고 만다.

"화내는 거 그만두면 그만할게."

이츠카쨩은 그렇게 말하면서 레이나를 점점 더 거세게 흔들었기에 코트 아래에서 레이나는 고슴도치처럼 웅크리는 수밖에 없고, 웃으니 숨쉬기가 힘들어서, "그만해, 화내는 거 그만둘 테니까 그만해."라고 쥐어짜 낸 목소리는 잔뜩 쉰 목소리처럼 들렸다.

갑자기 무게가 걷히고, 눈앞이 밝아진다. 주위에 신선한 공기가 나타나고 레이나는 그것을 들이쉬었다. 파스텔핑크색 침대커버, 파스텔블루색 벽, 캔디 스프라이프 커튼. 자신이 지금 리틀록의 호텔에 있다는 사실을 기억해 내고 기뻐진다. 잊고 있었던게 아닌데 기억해 내는 것이 가능하다니, 재미있었다. 잠깐 시야가 차단되었을 뿐인데—.

"머리가 헝클어졌어."

레이나는 중얼거렸지만, 그건 불평처럼 울리지는 않고 그냥 혼잣말이 되었다.

"그럼 빗고 와. 산책 가자."

이츠카쨩이 말했다.

읽고 있던 성서에서 눈을 드니, 전자레인지의 액정 시계가 오후 11시 52분을 표시하고 있었다. 날이 바뀌면 레이나의 생일이다. 딸이 태어난 이래 지금까지 생일날 자신이 딸 곁에 없었던 적은 단 한 번도 없다. 그것을 생각하니 상실감이 들었다. 물리적인 거리와는 별개로 딸이 멀리 가 버렸다는 느낌이 든다. 리오나는 얼음이 녹기 시작한 유리잔에 버번을 더 따르고, 젓는 대신 유리잔을 흔든다.

기대는 하지 않았다. 딸들이 사라지고 난 후, 지금까지 리오나는 레이나의 휴대 전화에 수차례 전화를 걸었다. 음성 메시지도 남기고, 문자도 보냈다. 아무런 반응이 없었고, 모바일 메신저는 읽지도 않는다. 그러니 기대는 하지 않을 생각이었는데, 깊은 밤 부엌에서 오랜만에 건 전화가 호출음도 없이 무정한 녹음 서비스로 넘어가자 실망했다. 이런 식으로 몇 번이고, 그때마다 새롭게 실망하는 자기 자신이 리오나는 오히려 당황스럽다.

"레이나?"

그래도 생일 축하 인사만은 전하려고 입을 열었다.

"생일 축하해."

왜 그런지 긴장이 되어 목소리가 희미하게 떨렸다.

"잘 있니?"

그렇게 묻고 나니까 달리 할 말이 떠오르지 않는다. 유리잔을 들어 입안을 적신다.

"무사히 있어 주면 돼. 돌아왔을 때, 엄마는 화내지 않을 테니까."

그리고 스스로도 뜻밖이다 싶게,

"엄마도 거기 가 보고 싶다."

라는 말이 흘러나왔다. 거기라는 데가 어디인지, 스스로도 알지 못한 채.

"이츠카한테도—."

안부 전해 줘, 라고 말하기 전에 전화가 끊겼다. 망설였지만, 다시 한번 전화를 걸어 메시지를 마무리 짓는다.

"안부 전해 줘. 그리고 다시 한번, 열다섯 살 생일 축하해."

전화가 울리고 있다.

레이나는 구부린 무릎 사이에 두 손을 끼워 넣고 침대 안에서 등을 둥글게 말았다. 그러나 소리는 멈추지 않는다. 레이나는 아직 반쯤 꿈속에 있었다. 화창한 바깥 경치가 나오는 꿈이었는데 옆으로 강이 흐르고 따스했다. 하지만 소리가 시끄럽다. 도리 없이 눈을 뜨니 호텔 방 안이고, 이츠카짱의 모습은 없고, 머리맡에 있는 객실용 전화가 울리고 있었다.

"헬로?"

잠이 덜 깬, 투미한 목소리가 났다.

"레이나? 안녕, 크리스야. 생일이라고 들었거든, 그래서 이렇게 말을 해야 할 것 같았어. 생일 축하해."

이해가 되지 않아 한순간 머릿속이 텅 비고, 이어서 전화 상대가 뜨개질남인 크리스라는 사실과, 크리스가 생일을 맞은 자신을 위해 전화를 걸어 주었다는 것이 단숨에 이해되었다.

"고마워."

레이나는 대답하고,

"깜짝 놀랐네."

하고 덧붙인다.

"와우."

하고. 졸려서 말이 뚝뚝 끊어졌지만, 의식이 또렷해짐에 따라 기쁨과 겸연쩍음이 스멀스멀 일어나기 시작한다.

"와우, 크리스, 고마워. 그렇구나, 생일이구나. 와우, 크리스, 전화를 받게 되다니 기쁘다. 생일, 그래, 맞아!"

"이제야 기억난 거야?"

우습다는 듯 크리스가 묻는다.

"아니야. 잘 기억하고 있었어. 잘 기억하고 있었는데, 지금은 자다 깨서, 잠깐a while 잊었던 거야."

크리스는 웃고, "a while"이라고 되풀이했다.

"자는데 방해해서 미안. 네 사촌 언니가 여덟 시 정각에 걸어 달라고 해서 그런 거야. 여긴 지금 아홉 시지만."

물론 전혀 상관없다고 레이나는 말하고 나서 묻는다.

"오늘도 이제부터 스키?"

크리스의 대답은 기쁜 듯한 "슈어Sure"였고, 실은 이미 겔렌데에 나와 있다고 말했다. 초보자용 가터를 만들고 있는 참이라고.

"가터?"

되묻자 설명해 주었지만, 노르딕 스키를 타 본 적 없는 레이나로서는 잘 상상이 가지 않았다.

"그런데 지금 우리 사촌 언니 어디 있는지 알아?"

물어보니, 크리스는 순간 침묵했다가, 노No 하고 대답했다.

"함께 있지 않아?"

하고, 걱정하듯이.

"이 방에는 없어."

레이나는 그렇게 말하고, 괴괴한 방 안을 다시금 둘러본다.

"찾으러 가거나 하지 않는 게 좋겠어. 넌 거기 있는 게 좋아. 그녀는 곧 돌아올 테고, 혼자서 밖에……."

크리스가 말하는 도중에 욕실 문이 열렸다. 장미를 딱 한 송이 꽂은 컵을 손에 들고, 이츠카짱이 싱글거리면서 다가온다.

"있었어."

레이나는 크리스에게 알렸다.

"욕실에 숨어 있었어."

크리스의 대답은 들리지 않았다. 전화기를 침대에 내팽개치고 사촌 언니에게 달려들고 말았기 때문이다.

"깜짝 놀랐어. 자고 있는데 전화가 울리고, 이츠카짱은 없고, 크리스가 생일 축하한다고 갑자기 말하고."

"생일 축하해."

이츠카짱도 말했다. 레이나는 또다시 기쁘고 겸연쩍어진다. 전화기를 줍고, 둘이서 크리스에게 감사 인사를 하고(통화하다 말고 전화기를 내던져 버렸는데도 크리스는 웃고 있었다. 즐거워 보이는 일본어가 들렸다고 했다. 자기까지 즐거워졌다고), 그렇게 레이나는 열다섯 살이 되었다.

조식실에 가니, 다나도 "생일 축하해." 하고 말해 주었다. 테이블에는 이츠카짱이 방에 장식해 준 것과 똑같은 장미가 역시 한 송이 장식되어 있었다. 정원의 장미다("미시즈 키튼한테 제대로 허가받아서 꺾은 거야."라고 이츠카짱은 말했다).

레이나가 전화로 크리스에게 했던 말은 진짜였다. 오늘, 2월 4일이 자신의 생일임을 레이나는 물론 기억하고 있었고, 아마 이츠카짱도 기억하고 있겠거니 하는 생각도 했다. 하지만 이렇게 깜짝 놀랄 만한 아침이 될 줄은 상상도 못했다. 헌데 이 날의 놀라움은 거기서 그치지 않았다.

낮에는 여느 때처럼 거리를 걸었다. 내일 밤이면 여기를 떠난다고 생각하니 흔하디흔한 풍경 하나하나가 인상적이었고, 레이나로서는 그러한 풍경들―여기저기 보이는 조각상이며, 노란 노면 전차가 달리는 길, 낮 시간부터 문을 연 술집의 재미있는 네온사인(반달 빗 모양으로 잘린 오렌지가 선글라스를 쓰고 있는 도안)―이 자신을 향해 '바이바이'라든가 '또 봐' 하는 식으로 말하고 있는 것처럼 느껴졌다. 걷다 지치면 벤치에 앉아 쉬고, 배가 고프면 핫도그를 사서 둘이 반씩 나눠 먹었다. 너무 많이 먹지 않도록 신경 쓴 이유는 이츠카짱이 레이나를 위해 저녁 식사를 준비할 예정이라고 가르쳐 주었기 때문이다. 호텔 안채 부엌(조식만 나오기 때문에 밤엔 쓰지 않는다)을 빌려서 남부식 가정 요리를 만들겠다고 한다.

"남부식 가정 요리가 뭐야?"

물어도,

"비밀."

이라고 말하면서 가르쳐 주지 않았지만. 그래서 오후에 호텔로 돌아온 후 저녁나절을 레이나는 혼자서 보냈다. 지루하진 않았다. 바깥이 추웠기에 우선 욕조에 몸을 담그고, 그 후 일기와 엽서를 쓰고, 안채 로비에서 줄리엣과 놀고 있으려니 이츠카짱이 부르러 왔다.

그건 생전 처음 보는 요리였다. 하얗고 걸쭉한 죽 상태인데 위에 새우가 들어간 토마토소스 같은 것이 얹혀 있다.

"슈림프 앤드 그리츠."

이츠카짱이 설명했다. 그리츠란 옥수수를 간 가루라는 것, 레시피를 적어 준 사람은 미시즈 키튼이고, 이게 어릴 적 미시즈 키튼이 무척 좋아했던 메뉴라는 것.

"좋은 냄새."

겉보기야 어떻든 진짜 맛있는 냄새가 나서 그렇게 말했다. 이츠카짱의 설명에 따르면, 그건 마늘과 오레가노와 양파와 피망, 그리고 새우 껍질 냄새란다. 새우 껍질 냄새?! 하고 레이나는 놀랐지만,

"그래. 스물두 마리분의 그걸로 국물을 낸 거야."

대답하면서 이츠카짱은 뿌듯해했다. 그밖에 코울슬로와 깍지

콩도 있었다.

휑뎅그렁한 조식실 구석 테이블에서 둘이 먹었다. '슈림프 앤 드 그리츠'를 한 입 입에 넣은 레이나는 그 맛에 자신의 눈이 휘둥그레지는 것을 알았다.

"맛있어!"

거의 놀라서 말했다.

"걸쭉해 보이는 이거, 보기와 달리 꽤 보슬보슬하네. 게다가, 엄청 향기로운 풍미가 나."

"다행이다."

이츠카짱은 기쁜 듯 대답했다.

"이 걸쭉한 느낌을 내는 게 말야, 감을 못 잡겠더라고."

그러더니 부엌에 가서 미시즈 키튼이 적어 주었다는 레시피를 가지고 돌아온다.

"그리츠를, 충분히 부드러워질 때까지 익히라고 쓰여 있는데, 이 smooth enough라는 게 어느 정도를 말하는 건지 모르겠더라고, 한 번도 먹어 본 적이 없으니까."

레시피가 쓰여 있는 종이는 젖고 얼룩지고 구깃구깃했다. 영어 단어 군데군데에 이츠카짱 글씨로 반죽 웅어리, 덩어리, 주걱 따위의 일본어들이 적혀 있다.

"고마워. 맛있어."

레이나는 다시 한번 말했다.

밤의 조식실은 조용하고, 전기가 방의 절반밖에 켜 있지 않아서 쓸쓸하기도 했지만, 잊지 못할 생일 저녁이 되었다. 식기며 조리 도구는 둘이서 씻어 정리했다. 문단속을 하러 돌아올 다나를 기다렸고, 그래서 그 다나가 왔을 때에도 레이나는 생일이 이제 끝난 기분으로 앉아 있었다. 즐거웠다―. 그렇게 생각하고 있었다.

레이나와 이츠카짱이 식사를 하고 나서 깔끔하게 닦아 놓은 테이블에 다나는 자신의 컴퓨터를 놓았다. 시계를 보면서 "이제 조금 남았네."라느니 "슬슬 됐으려나." 따위의 말을 하면서 마우스와 키보드를 익숙한 손놀림으로 다룬다. 그리고 갑자기 화면에서 소리가 들렸다. 왁자지껄하다. 디잉―, 하고 딱 한 음만 울린 그건 기타일까.

"봐."

다나가 말하고서 자리를 비켜 주었지만, 뭐가 나오고 있는지 잘 알 수가 없었다. 어두운데 부분적으로 눈부시다. 사람이 여럿 움직이고 있고, 악기 소리가 난다. 수런수런 이야기하는 소리도. 스테이지? 하고 생각한 순간, 다가온 사람의 얼굴이 클로즈업되었다.

"헤일리!"

레이나는 소리를 질렀다. 하지만 헤일리는 그 말에는 대답하지 않고 그저 잠시 생긋 웃었을 뿐, 다시 뒤로 물러나 버렸다. 무슨 일이 일어나고 있는 건지 알 수가 없어 두근두근해진 레이나는 이츠카짱의 손을 잡았다. 화면에서 눈은 떼지 않은 채.

"신사 숙녀 여러분, 그리고, 신사도 숙녀도 아닌 여러분."

화면은 스테이지 전방에 고정되어 있는지 어두운 듯 밝은 듯 여전히 잘 보이지 않았지만 소리는 잘 들렸다. 헤일리의 목소리다.

"스테이지는 이제부터 후반부로 돌입할 예정입니다만, 그 전에 딱 한 곡, 우리 친구를 위한 곡에 함께 해 주시기 바랍니다. 여러분 중에는 작년에 여기서 일했던 여자아이를 기억하고 계시는 분도 있을지 모르겠습니다. 짧은 머리에 홀쭉한 몸매에, 유난히 말수가 적었던."

이 대목에서 주변에 웃음소리가 퍼지고, 다나도 웃었다.

"서드 피들이야?"

이츠카짱의 얼굴을 올려다보며 묻자, 끄덕임이 돌아왔다. 진지한 옆얼굴.

"오늘 밤 생일을 맞은 사람은 그녀의 어린 사촌 여동생입니다.

스티비 원더로……."

　"Happy Birthday"라고 곡명을 알린 후, 헤일리는 큰 목소리로 This is for you, Reina, 하고 덧붙였다.

　레이나는 믿을 수가 없었다. 이츠카짱이 여기서 일할 때, 안을 보고 싶어서 찾아갔다가 문지기 같은 사람과 실랑이를 벌였다. 눈이 내리기 전 밤이었다. 유리 너머로 스테이지가 보였지만 안에는 들어가지 못했는데 지금, 그 안에 있는 사람들이 레이나를 위해 노래해 주고 있는 것이다(실제로, 객석에 있는 사람들까지 노래하는 소리가 들렸다. 유명한 노래인지도 모르겠다. 다나까지 작은 소리로 따라 부르고 있었다).

　곡이 끝나자, 멤버들이 한 사람씩 화면에 얼굴을 가까이 대고 축하 인사를 해 주었다(입술을 쭉 내민 헤일리와, 레이나는 에어 키스도 했다). 그 후 이샴과 프레드가 화면에 나와 이츠카짱과 이야기했기에 레이나는 그때까지 말로만 들었던 두 사람을 처음으로 볼 수 있었다. 머리가 멍―해질 것 같은, 자기 자신이 어디에 있는지 모르게 될 것만 같은, 그런 시간이고 사건이었다.

　샤워, 아침 식사, 짐 꾸리기. 완전히 익숙해진 그 프로세스를 소화하는 중에도 이츠카의 내부에는 어젯밤의 여운이 소용돌이치고 있었다. 곡이 끝나자 컴퓨터가 카운터로 옮겨졌고, 거기에 이샴이 있었다. 선반에 늘어선 술병과 글라스, 바로 앞에는 맥주 탭. 딱히 무슨 이야기를 한 건 아니다. 가게는 혼잡한 모양이었고, 이샴은 술을 만드는 손을 멈추지 않고 얼굴만 이쪽으로 돌려 "여어 IT, 어떻게 지내?" 하고 인사해 주었을 뿐이다. 불쑥 화면에 등장한 프레드도, "이거 놀라운걸, IT잖아. 아직 국외 추방 안 된 거야?" 하고 우스갯소리를 지껄이더니 "birthday girl에게 안부 전해 줘."라고 덧붙이고는 사라졌다. 그 후론 가게 안의 소란스러운 소리와 밴드의 연주가 몇 분간 들리고, 채드가 나타나 통신을 껐다.

이츠카에게 있어 과거가 된 장소이고 사람들이었다. 하지만 그건 물론 지금도 거기에 있고, 사람들이 있고, 나날들이 이어지고 있다. 프레드는 여전히 검은 셔츠를 입고 은 목걸이를 하고 있었다. 광이 날 정도로 윤기 도는 검은 머리카락에서는 포마드 냄새까지 끼쳐 올 것만 같았다.

"있잖아, 이츠카짱, 이것 좀 봐!"

서둘러 짐 꾸리기를 마치고 가이드북을 읽고 있던 레이나가 말했다.

"우와, 뭐야, 이게."

눈처럼 하얀 사막에 바람 무늬가 그려지고, 파란 하늘이 마치 바다처럼 보이는 그것은 사진이었다.

"화이트 샌즈 국립 공원."

레이나가 대답한다.

"엘파소에 있어. 들를 수 있어?"

두 사람은 오늘 밤 심야 버스를 타고 댈러스로 향하고, 이른 아침에 댈러스에서 환승하여, 엘파소를 경유해 뉴멕시코로 들어갈 예정이었다.

"무리."

이츠카는 가이드북을 받아 읽어 보고, 바로 딱 잘라 말했다.

"여긴 차로밖에 갈 수 없어. 게다가, 엘파소에서 관광했다간 뉴멕시코에서 관광할 돈이 모자라."

"그런 거야? 돈, 이제 없는 거야? 이츠카짱이 그렇게 많이 일했는데?"

레이나는 슬픈 듯한 얼굴을 했다.

"괜찮아, 앞으로 한 도시분 만큼은 있으니까."

이츠카는 애써 밝은 목소리를 냈지만, '앞으로 한 도시'라는 말에는 무언가 돌이킬 수 없는 울림이 있어 말하는 자신도 기분이 가라앉았다.

이츠카가 조사한 바로는 뉴욕행 직통 버스가 세인트루이스부터 있고, 휴식 시간을 포함해 꼬박 27시간을 버스 안에 있어야 한다. 뉴멕시코에서 세인트루이스로 직행하는 버스는 없으니 갈아타면서 가야 하니까 아마도 이틀 가까이 걸릴 것이다. 도합 사흘에 달하는 귀로이다. 뉴멕시코에 가는 걸 포기하고 마지막 한 도시를 시카고나 애틀랜타 등지로 정하면 귀로가 훨씬 편해지고 자금에도 조금 여유가 생긴다. 그렇게 해야 할까.

체크아웃을 마치고(다나는 줄리엣을 안고 조용히, 미시즈 키튼은 명랑하게 손을 흔들며, 둘이서 배웅해 주었다), 짐을 들고 시내로 향하는 동안에도 이츠카는 여전히 망설였다. 일단 버스 터미널을 향해 가고 있다. 심야 버스를 탈 예정이지만, 티켓을 먼저 사 둘 생각이었다. 행선지를 바꾸는 일이 없다면—.

"있잖아, 레이나."

농구 골대가 있고 컬러풀한 쓰레기통이 나와 있기도 한 주택가를 걸으며 이츠카는 머뭇머뭇 말을 꺼냈다.

"뉴멕시코에 꼭 가고 싶어?"

레이나는 발걸음을 딱 멈추고 놀란 듯 이츠카를 본다.

"물론 가고 싶지. 이츠카짱은 가고 싶지 않아?"

"그야 가고 싶지만."

그리고 설명했다. 뉴멕시코까지 가 버리면 돌아갈 때 사흘 동안 버스만 타야 한다는 것, 앞으로 한 도시를 좀 더 동쪽으로 설정하면 돌아가는 길이 편해질 뿐만 아니라 돈에도 여유가 생긴다는 것—.

"좋은 생각이 났다!"

레이나가 말했다.

"뉴멕시코까지 가서, 돌아갈 버스비도 써 버리는 거야. 그리고 아빠랑 엄마한테 연락하는 거야, 돌아갈 여비가 없다고. 그러면 틀림없이 송금해 줄 거야."

"안 돼."

이츠카는 단칼에 거부했다.

"그런 건 절대 안 돼."

"왜? 뉴멕시코 보고 싶지 않아? 아빠랑 엄마, 틀림없이 송금해 줄 거야. 비행기로 오라고 할지도 모르겠지만."

어찌 된 영문인지 레이나에게 화가 났다.

"안 된다면 안 돼."

레이나를 남겨 두고 걷기 시작한다. 잔달음질로 따라온 레이나는 아직도 뭔가 말하고 있었지만—"어째서? 그렇잖아, 이 여행에 쓴 돈은 거의 이츠카쨩 아빠랑 엄마가 준 돈이잖아? 레이나

아빠랑 엄마가 조금 내 줘도 이상한 거 아니잖아."—이츠카는 대답하지 않았다. 묵묵히 걸으면서 마음으로는 확실하게 결정하고 있었다. 그렇게까지 해서 레이나가 뉴멕시코에 가고 싶어 한다면 가자. 하지만 돌아갈 여비를 요구할 만큼 생각이 없진 않다. 그건 교활한 짓으로 느껴졌다. 학비 및 생활비(및 신용 카드)로 멋대로 여행 다니는 것과, 돌아갈 여비라는, 레이나의 부모님이 절대 거부할 수 없는 이유를 들어 돈을 받는다는 건, 비슷한 것 같지만 비슷하지 않은 일이라고 이츠카는 생각한다. 어디가 어떻게 다른지는 잘 설명할 수 없지만, 그래도 그 둘은 전혀 별개의 일이다.

큰길로 나와 두 집이 나란히 붙어 있는 슈퍼마켓 앞에 다다랐을 때,

"잠깐 기다려 봐."

하고 이츠카는 말했다. 두 슈퍼마켓 사이에 ATM이 있었던 것이 생각난 거다. 적당한 가격의 호텔이었다고는 해도, 연장분도 포함한 숙박료를 지불한 지금, 지갑에 현금을 보충할 필요가 있었다. 버스로 교외에 갔을 때 보았던, 흑인 남성의 사진이 붙은 스티커를 이츠카는 떠올리고 만다. 자신과 레이나의 사진이 붙은 이런 문구의 스티커를 상상한다.

Itsuka & Reina's travel bond

in New Mexico need a money for going home

상상 속의 그 스티커가 불길하고 꺼림칙해서 이츠카는 얼른 그 이미지를 떨쳐 낸다. 어떤 기적이나 자신의 착각에 의해 잔고가 늘어나 있기를 기대했지만, 이츠카가 기억하는 숫자 그대로 남은 액수가 화면에 간단히 표시되었다.

사촌 동생을 혼자 놔둔 시간이라야 불과 몇 분이었는데 이츠카가 돌아와 보니 레이나는 사라지고 없었다. 아니, 그렇다기보다 저만치에서 모르는 여성과 이야기하고 있었다. 백인 중년 여성으로, 이렇게 추운데 코트도 입지 않았다(풍채가 좋은 만큼 짙은 핑크색 스웨터가 유난히 눈길을 끌었다).

"또냐."

안 좋은 예감이 들어 이츠카는 그만 중얼거렸다.

"저기, 이츠카짱, 있잖아."

다가가니, 레이나가 빠른 말투로 계속 떠들어 댄다.

"이 사람이 있지, 남편이 데리러 올 예정이었는데, 못 오게 돼버렸대. 도중에 차가 고장 나서. 부부끼리 여행 중이고, 딸 부부랑 합류할 참이래. 그래서, 이 사람이 쇼핑할 동안 남편이 딸네 부부를 데리러 갔고, 곧 돌아왔어야 하는데 통 오질 않아서 전화했더니, 40호선에서 차가 고장 나서, 구조대를 기다리고 있는데……."

말이 너무 빨라서 무슨 이야기를 하고 있는지 이해가 잘 안 갔지만,

"그러니까, 다리 건너편까지 이걸 옮기는 걸 도와주자."

라는 결론 부분만은 알아들었다. 옆에 박스째로 산 물이며 맥주, 통조림 수프, 과일 주스, 식료품, 화장지 등으로 넘쳐날 듯한 카트가 두 대 서 있었기 때문이다.

"이런 건 너무 무거워서 무리야. 우리도 여행 짐이 있는데."

이츠카가 말했다. 이렇게 잔뜩 사들이는 사람의 심리를 모르겠다.

"카트째 옮기면 괜찮아. 배낭이니까 양손은 비어 있고."

토끼를 안고 있으니 너는 한 손만 비어 있잖아, 하고 이츠카는 생각했다. 하지만 카트 두 대를 셋이서 움직이면, 레이나 말마따나 나를 수 있을 것 같았다. 버스는 심야에 출발하니까 시간도 있다.

"알았어. 그럼 옮기자."

이츠카는 말했다.

핑크색 스웨터를 입은 여성(이름은 미리암이라는 걸 나중에 알게

된다)은 휴대 전화로 누군가에게 무언가를 호소하고 있었는데 짐 옮기는 걸 도와주겠다고 레이나가 제안하자, 전화 통화를 딱 멈췄다.

"다행이다. 살았어."

한 손을 가슴에 대고 과장되게 말하더니, 통화 중이던 상대방에게는 돌변하여 딱딱한 목소리로,

"아무튼 다시 전화해."

라고 짧게 말하고 전화를 끊었다.

덜그덕 덜그덕 시끄러운 소리를 쌍으로 내면서 길을 걷는다. 슈퍼마켓 내부와 달리 지면은 울퉁불퉁하고 여기저기에 경사며 단차가 있어서 무거운 카트를 다루기가 생각보다 훨씬 어렵고 힘이 필요했다. 한 대를 미리암이 밀고, 다른 한 대를 이츠카가 밀고, 몸이 홀가분한 레이나는 토끼를 안고 통통 뛰듯이 걸으면서,

"에ㅡ, 그럼 어느 주 사람이 되는 거예요?"

라느니,

"집이 없으면 불안하지 않으세요?"

라느니, 여성에게 잇달아 질문하고 있다. 다운타운을 벗어나 강을 건너는 '다리 저편'은 아득히 멀고, 오르막길이 되자 이츠카의 이마에는 땀이 맺혔다. 체격이 좋아서인지 미리암은 카트

를 아주 여유 있게 밀고 있는 것처럼 보인다. 레이나의 질문에 대답하면서 동시에 남편에 대한 불평을 연신 쏟아 냈다. 그 사람은 늘 이렇다느니, 내가 항상 말하는데도, 라느니. 이따금 바지 주머니에서 휴대 전화를 꺼내서는 중얼거린다.

"내가 분명히 말했는데 전화도 안 주고."

레이나의 질문 덕택에 부부가 남편의 퇴직을 계기로 집을 처분했다는 거며, 그 대신 구입한 캠핑카로 미국 전역을 여행하고 있다는 것, 사위가 안 팔리는 배우라는 거며, 그 결혼을 미리암은 처음부터 반대했다는 것까지 알게 됐다.

간신히 다리에 다다랐을 때 이츠카의 두 팔은 막대기처럼 뻣뻣해져 있었다. 강물은 갈색으로, 겨울의 옅은 햇살을 받으며 천천히 흘러간다.

"조금만 더 가면 돼!"

활기찬 레이나의 말을 들으며 다리를 건넜다. 다 건너온 지점은 미리암이 말하는 RV 파크, 캠핑카 집합소로, 광대한 주차장에 캠핑카만 수십 대가 정차되어 있었다.

"굉장하다."

눈을 빛내며 달려 나가던 레이나가 문득 멈춰 서더니 뒤돌아 미리암에게 묻는다.

“이렇게 많은 여행자가 여기 오는 거예요? 이 리틀록에?”

“노.”

미리암은 부정하고, 렌탈용 차량도 포함되어 있다는 것이며, RV 파크란 차에 주유를 하거나 충전을 하기 위한 장소이고, 용무가 끝나면 지나가 버린다는 것, 대부분의 차량은 앞이나 뒤에 일반 자동차를 연결시켜 두고 있다가 ‘집’인 캠핑카를 여기에 놓아두고 일반 자동차로 홀가분하게 여기저기로 나다닌다는 것을 가르쳐 주었다. 그 말을 듣고 보니, 캠핑카라기보다는 마치 허물을 벗어 놓은 양 사람이 빠져나간 상자처럼 보이는 것도 많다.

“이게 우리 차야.”

미리암이 가리킨 것은 광택 있는 금갈색의, 버스처럼 커다란 살롱카였다. 잠금장치를 풀자 문이 자동으로 스르르 열렸다.

캠핑카 내부라는 것을, 레이나는 태어나서 처음 보았다. 열 명도 앉을 수 있을 법한 소파 세트, TV, 부엌, 욕실. 미리암은 두 개 있는 침실도 보여 주었다.

“정말로 집 같네요.”

레이나가 말하자,

“집인걸.”

이라는 쌀쌀맞은 말이 돌아왔다. 미리암의 말투는 리틀록 사람들과는 닮지 않았다.

카트 안의 물건들을 셋이서 몇 번을 오가며 부엌으로 날랐다 (그러는 와중에도 미리암은 남편이 전화를 하지 않는다며 투덜거리고 화냈다). 마지막 하나—대량의 고기 팩이 비쳐 보이는 비닐봉지—를 들어 올렸을 때 그 남자가 눈에 들어왔다. 미리암 것보다 훨씬 자그마한, 하얀 캠핑카에 기름을 넣고 있다. 풍성한 흑발, 두툼한 보머 재킷, 버스에서 보았던 아미 팬츠는 아니고, 평범한 청바지를 입고 있다. 봉지를 든 채 레이나는 살며시 다가갔다.

"케니?"

오렌지남이었다.

"와! 역시 케니다."

레이나는 놀라서 환성을 질렀지만, 케니는 전혀 놀라지 않고,

"여, 잘 지내?"

하고 웃는 얼굴로 물었다.

"리틀록은 어때?"

하고 다시금 묻는다.

"아주 최고였어요."

레이나는 대답하고, 아직 리틀록에 있는데 과거형을 썼다는

사실에 살짝 쓸쓸한 기분이 들었다.

"그럼, 이제 여길 떠나는 거군."

케니가 그렇게 말했을 때 철컹, 하고 큰 소리가 나면서 급유가 멈췄다.

"레이나, 뭐 하니?"

이츠카짱이 다가왔기에 케니를 소개했지만, 재회에 흥분한 사람은 레이나뿐인 듯 이츠카짱도 놀라지 않았다. 케니에게는 "하이." 하고 짧게 인사했을 뿐,

"고기."

하고 말하며 손을 내밀었다. 레이나는 비닐봉지를 건넨다.

"누나는 어때요?"

레이나가 그렇게 물은 건, 이곳엔 누나를 도우러 왔다고 했던 케니 말이 기억났기 때문이다.

"완전히 패닉 상태였어."

케니는 대답하고, 데리고 돌아가 장례를 마쳤다고 했다. 이건 누나 부부의 캠핑카인데 운전이 서툰 누나 대신 자신이 가지러 왔다는 말도.

레이나는 놀라고 말았다. 자신들이 이곳에 머무는 동안, 이 사람은 그토록 여러 가지 일을 해 왔던 것이다.

"이다음엔 어디로 가?"

케니가 묻는 것과 동시에,

"레이나―!"

하고 이츠카짱이 불렀다.

"뉴멕시코."

레이나는 대답하고,

"지금 가!"

하고 이츠카짱에게 외친다.

"뉴멕시코? 그럼, 이거 타고 갈래? 난 이걸 애리조나까지 가져가야 하는데, 뉴멕시코라면 지나가는 길이니까."

레이나는 갑자기 눈앞이 확 트인 듯한 기분이 들었다.

미리암이 답례로 준 그레이엄 크래커와 과일 주스를 먹고 마시면서 이츠카는 케니라는 남자가 운전하는 캠핑카에 타고 있다. 거부하기 어려운 제안이었다. 모르는 남자의 차에 탄다는 사실에 저항감은 있었지만, 이제까지도 히치하이크는 해 왔었고, 무엇보다 뉴멕시코까지 교통비도 숙박비도 들지 않는다는 점이 크게 작용했다. 사흘간 꼬박 버스만 타야 하는 귀로가 아니라, 중간 중간 호텔에 묵을 수 있는 느긋한 귀로가 가능해진다.

"흔들리지 않네."

ㄷ자 형으로 배치된 소파의, 테이블을 사이에 두고 맞은편에 앉은 레이나가 말했다.

"버스보다 훨씬 쾌적하다."

창문 너머로 비쳐 드는 햇살이 바닥에 사각형을 만들고 있다.

"응."

이츠카도 인정했다. 미리암의 차처럼 고저스한 느낌은 없지만, 소파며 TV며 부엌이며, 욕조 딸린 욕실까지 있다.

케니는 날이 저물 때까지는 40호선을 타고 서쪽으로 쭉 달려갈 거라고 말했다. 해가 지면 차를 세우고, 식사를 하고 잠을 자자, 라고. 다음 날 아침 일찍 출발하면 밤에는 뉴멕시코주에 들어갈 수 있는 모양이다. 케니는 그다음 날도 다시 하루 종일 달려서 누나가 사는 애리조나로 가는 것이다.

"알아! 우리도 거기 갔었어. World Famous Fried Chicken이라는 간판이 달린 그 가게 맞지?"

크래커와 주스로 점심을 마치고, 칸막이 너머 운전석 쪽으로 몸을 내밀고 있는 레이나가 기쁜 듯이 목소리를 높였다.

"달콤한 베이크드 빈즈 먹었다?"

그러더니 뒤돌아서 이츠카에게 보고한다.

"이츠카짱, 케니는 말야, 어제 애리조나를 출발해서, 그레이하운드를 갈아타고 오늘 낮에 리틀록으로 돌아왔대. 그래서 그 프라이드치킨 집에 갔대. 왜 있잖아, 우리가 버스로 쓸쓸한 곳에 갔다가, 시내로 돌아와서 들어갔던 가게."

"거스즈."

이츠카는 가게 이름을 댔다.

"맞다, 거스즈! 이츠카짱, 잘 기억하고 있네."

레이나가 말한다. 가게 이름이며 모습이며 맛있었다는 것까지 다 기억나는데, 거스즈도 프라이드치킨도 이미 멀게 느껴졌다. 그리고 정신을 차려 보면 다시 이동하고 있다. 레이나와 함께, 케니라는 남자의 캠핑카로.

"이츠카짱, 케니는 농부래. 아이오와주에서, 콩이랑 옥수수를 키운대."

레이나가 다시 보고한다.

"아버지도 농부고, 할아버지도 농부였대."

차 안은 에어컨디셔너가 돌고 차창으로 비쳐 드는 햇살이 머리에 따스하게 와 닿아서 이츠카는 눈이 감기려 한다. 남의 집 거실 같은 풍경 속에서 구석에 놓인 두 사람분의 짐 가방이 이물감을 발하고 있다.

케니가 차를 멈춘 곳은 오클라호마주 헨리에타의 RV 파크였다. 요리는 하지 않는다는 케니는 저녁을 사 먹으러 나가고, 부엌을 사용해도 좋다고 했기에 근처 슈퍼에서 식재료를 사다가 이츠카쨩이 만든 요리로 두 사람은 저녁 식사를 했다. 밥이 없는 닭고기 달걀덮밥과 호박 조림과 토스트라는 요상한 상차림이었지만, 요리들이 의외로 토스트와 다 잘 맞았다.

"새까맣네."

차 안은 물론 밝지만 창밖이 새까맣기에 레이나는 말했다. 옥외에 있는 것이 아닌데도 옥외에 있는 듯해서 어쩐지 마음이 안 놓인다.

"코요테 같은 거 나올 것 같지 않아?"

자신들의 모습이 비치는 차창을 보면서 레이나가 말하자,

"오클라호마주에 코요테가 있어?"

하는 물음이 되돌아왔다.

"모르겠지만, 어쩐지."

전기를 켜 두면 바깥에서 안이 훤히 보이게 되니 무방비한 느낌이 들어서 레이나는 아까 커튼을 치려 했다. 하지만 이츠카쨩은 열어 두고 싶어 했다.

"바깥이 안 보이는 게 더 무서워."

하고. 유리창에 얼굴을 바싹 붙이니 서 있는 다른 캠핑카들의 모습이 보였지만, 어느 차에도 사람이 타고 있는 기척은 없다. 주위에는 정적과 어둠과 냉기만이 있었다.

"언젠가 말야."

레이나는 말해 본다.

"이런 차를 사서, 또 둘이 여행할 수 있을까."

할 수 있어, 라고 이츠카짱은 말하지 않았다. 잠시 생각에 잠기더니,

"운전할 자신이 없어."

라고 말했다. 하지만 기대를 벗어난 대답에 레이나가,

"에 —?"

하고 비난의 목소리를 내자,

"알았어. 될 거야. 레이나를 위해, 운전할 수 있게 될 거야."

라고 말해 주었다.

저녁을 먹고 돌아온 케니가 TV로 농구 경기를 보기 시작했기에 레이나와 이츠카짱은 설거지를 하고 차례대로 샤워를 했다. 이 차에는 침실이 하나밖에 없고, 매우 좁고, 2단 침대가 하나 설치되어 있을 뿐이었다. 이츠카짱이 위 칸, 레이나가 아래 칸을 쓰고, 케니는 소파에서 자기로 정한다. 미안한 마음이 들었지만, 너

희가 없었어도 그렇게 할 생각이었다고 케니는 말하고, 그 말은 진심인 듯 보였다. 누나와, 돌아가신 매형이 쓰던 침실.

"있잖아, 머리맡의 선반이라고 해야 하나 수납용으로 쑥 들어간 부분에 안경이 놓여 있어."

위 칸에서 이츠카짱이 말했다.

"물이 든 페트병이랑, 알약 케이스도."

이츠카짱이 일러 준 것 외에도 추리 소설과 아세톤, 그리고 먹다 만 초콜릿 바가 놓여 있었다. 할머니 집에 가면 항상 불단 앞에서 하는 것처럼 레이나는 양손을 모으고 나서 잤다.

이튿날 아침, 이츠카가 눈을 떴을 때 창밖은 이제 막 동이 트고 있었다. 모르는 사람의 침구가 어색해서 간밤에 몇 번씩 눈이 떠지는 바람에 수면 부족이었지만 더 이상 잠이 올 것 같지도 않고, 아직 6시 전이었지만 일어나서 침실을 나오니, 케니도 이미 일어나서 커피를 내리고 있는 참이었다. 라디오 일기 예보가 아주 작은 소리로 나오고 있다.

"안녕."

이츠카를 보더니 싱긋 웃으며 말했다.

"미안, 커피, 1인분만 내렸으니까, 나중에 맘대로 써."

계속해서,

"일찍 일어났네. 좀 더 자도 됐을 텐데."

라고도 말했다.

"안녕."

이츠카는 대답하고서, 케니라는 사람은 부러울 정도로 행동거지가 자연스럽다고 생각했다. 생판 남(들)과 있는데도 경계한다거나 상대방의 모습을 살피려는 기색도 없다. 티셔츠 위에 플란넬 셔츠를 걸치고 스웨트 팬츠를 입고 있는데 그 차림에서 배가 조금 나왔다는 것과 허벅다리가 무척 굵다는 것을 알았다.

일러준 대로 이츠카는 직접 자신 몫의 커피를 내렸다. 침실로 돌아가 레이나를 깨우고, 코트를 집어 스웨터 위에 걸치고, 커피잔을 들고 바깥으로 나왔다. 겨울 아침 냄새. 오클라호마주 헨리에타의 그것은, 아칸소주 리틀록의 그것과 전혀 다른 느낌이었다. 눈 같다고 해야 할지 물 같다고 해야 할지, 가슴이 후련해지는 듯한 탁 트인 냄새다. 풍경이 호젓해서일까.

주유며 급수며 충전이며, 출발 준비를 하는 케니의 모습을 이츠카는 커피를 마시면서 보고 있었다. '언젠가 말야.' 어젯밤, 레이나는 그렇게 말했다. '이런 차를 사서, 또 둘이 여행할 수 있을까.' 이츠카는 상상한다. 만약 그런 날이 온다면, 이런 작업도 직접 할 것이다. 둘이 분담하여 (상상으로는) 척척.

어제 산 식빵이며 달걀이 남았기에 토스트와 달걀 프라이와 바나나로 차린 아침을 셋이서 먹고 나서 출발했다. 오로지 서쪽을 향해 고속도로를 달렸다. 해가 떠오르자 창공이 펼쳐지고, 버스와 달리 창문이 열리니 원할 때 바깥 냄새를 맡을 수 있어서 쾌적한 이동이었다. 라디오에서는 대체로 (이따금 뉴스나 일기 예보나 교통 정보가 끼어들지만) 케니의 취향이라는 라틴 음악이 흘렀다.

도중에 일단 고속도로를 빠져나와 낯선 거리(텍사스주!)의 레스토랑에서 늦은 점심을 먹었다. 케니에게 이제 곧 첫아이가 태어난다는 것, 그 아이가 아들이라고 알고 있다는 것, 케니의 할아버지와 마찬가지로 올리버라는 이름을 지어 줄 생각이라는 것을 그 레스토랑에서 들었다(이야기하다 보니 목소리가 듣고 싶어졌는지, 케니는 가게 밖으로 나가 부인에게 전화를 걸었다).

"있잖아, 이츠카짱, 레이나가 생각해 봤는데,"

차가 다시 고속도로를 타고 서쪽을 향해 달리고 있을 때 레이나가 말을 꺼냈다. 창밖은 이미 어둠이 깔리고 있었다.

"뉴멕시코에 갔다가 동쪽으로 돌아갈 거면, 애리조나까지 가서, 거기서 돌아가도 마찬가지라고 생각하지 않아?"

그건 이츠카도 생각해 본 일이었다. 생각은 했지만, 입에 올릴 용기가 나지 않았다. 케니에게 조심스러워서가 아니라(뻔뻔스러운 일이긴 해도, 부탁하면 케니는 분명 태워 줄 것이다) 이 이상 멀리 가면 돌아갈 수 없게 될 것만 같아서 불안했다. 사치하지 않는다면 돈은 그런대로 빠듯하게 쓸 수 있지 싶다. 하지만 더 나아가기엔 너무 염려스러운 지점까지 와 있는 듯하고, 여기가 무언가의 갈림길이라는 느낌이 들었다.

애리조나는 뉴멕시코 바로 옆이다. 굳이 가이드북을 보지 않아도 그랜드 캐니언이나 세도나 같은 'The 서부'스러운 풍경이 있는 장소라는 건 이츠카도 안다. 하지만―. 만약 여기가 갈림길이라면, 자신의 예감이 그렇게 알리고 있는 거라면, 올바른 선택을 해야만 한다.

"안 돼. 신세 지는 건 뉴멕시코까지야."

이츠카는 말했다.

에―, 하는 불만의 목소리가 당연히 돌아올 줄 알았는데 그렇지 않았다.

"그래?"

레이나는 이츠카를 빤히 보며 물었다.

"우리 뉴멕시코까지인 거야?"

이츠카는 자신 안에 무언가 작고 무른 것이 있고, 그것이 파삭하고 깨져 버린 듯한 느낌이 들었다. 레이나에게 사과하고 싶었다. 보고 싶어 하는 곳을 전부 보여 주고 싶었는데―. 가령 내가 좀 더 성인이고, 어디서든 일해서, 더 긴 여행을 할 수 있다면 좋았을 텐데.

이츠카는 사과하는 대신 고개를 끄덕이고,

"앞으로 한 도시."

라고만 대답했다. 지금은 말야, 라고 마음속으로 덧붙이자 슬픔이 조금은 줄어들었다.

"알겠어."

레이나는 천천히 고개를 끄덕이고 창밖으로 눈을 돌린다. 무엇을 보고 있고, 무엇을 생각하고 있는지, 이츠카로서는 알 수가 없다.

그날 밤, 케니는 이츠카와 레이나가 침실로 들어간 후에도 운전을 계속했다. 이츠카는 모르는 사람의 침대에 누워 생각하고 있었다. 뉴욕에 돌아가면 자신은 어떻게 할지. 다시 대학에 지원하게 될까. 미국에 남을 작정이라면 그렇게 하는 수밖에 없으리라. 뉴욕이 아닌 다른 도시의 대학을 선택하게 되겠지. 이런 짓을 저지른 이상 이제 고모네 집에 머물 순 없을 테고, 머물게 해 준다 한들, 언제 또 똑같은 짓을 저지를지 모른다는 경계의 눈초리를 받아 가며 지내고 싶지는 않았다.

뉴멕시코주 앨버커키의 RV 파크에 도착한 때는 오전 한 시였고, 잠들지 못하고 있던 이츠카는 케니가 차에서 내리는 소리를 들었다. 침대 옆의 작은 창을 열자, 새카만 밤하늘에 별이 빛나고 있었다.

어찌 된 영문인지 모르겠다고, 벌써 몇 번도 더 했던 생각을 또다시 미우라 신타로는 하고 있다. 젊은 사원(이라고는 해도 30대 중반이다)의 결혼 파티에 부부 동반으로 참석한 참이라 신타로는 오랜만에 넥타이를 하고 있다. 장소는 독채 레스토랑. 메시지가 들어간 좌석 카드를 비롯하여 실내 장식을 신혼부부가 직접 했다는데 화려하진 않지만 수수하지도 않은 결혼 파티였고, 신타로는 인사말을 부탁받았다.

어찌 된 영문인지 모르겠다. 의문은 나날이 커져 간다. 신타로가 딸의 신용 카드를 정지한 건 11월이다. 그로부터 벌써 석 달이 지났다. 처음엔 카드만 정지하면 두 아이가 여행을 단념할 거라고 믿어 의심치 않았다(그 점에 대해 가엾다는 생각까지 했다). 그런데 그렇게 되진 않았다. 사건이나 사고를 만난 게 틀림없다고 애를 태우던 차에 중단되었던 엽서가 다시 오기 시작했고, 둘 다 무사하다는 걸 알았다. 그 시점에서 신타로는 남자라고 직감했다. 둘 중 어느 하나(나이를 고려하면 아마도 이츠카)에게 남자가 생겼고, 그 녀석 집에 굴러 들어가 있는 것일 거라고. 신타로 자신도 일찍이 비슷한 경험을 했다(장소는 터키였다. 그녀는 어떻게 지내고 있을까. 이름은 라비아였다). 하지만 엽서는 그 후로도 계속 왔고, 두 아이는 계속 이동하고 있다. 가장 최근에 도착한 엽서에는 캔자스주 위치토의 소인이 찍혀 있었다.

"이 빵, 맛있네."

옆에서 아내가 말하고, 그 말에 긍정하자 뜨악한 표정을 지었다.

"당신은 아직 먹지도 않았으면서. 싫다, 건성건성."

딸들의 안부에 관해 한때는 엄청나게 마음 졸이면서 매일같이 리오나며 우루우와 전화로 이야기하던 아내는, 엽서가 재개됨과 동시에 안도하고 걱정을 그만둔 것처럼 보인다. 레이나의 유급이 결정되었을 때에는 매우 미안해했지만, 지금은 그 일에 대해서도 마음의 정리를 한 모양이었다. 리오나짱도 한시름 놓은 것 같아. 그런 말도 했다. 무사하면 됐다, 라는 건 신타로도 같은 심정이니 이해할 수 있다. 하지만, 어찌 된 영문인지 모르겠다는 의

문과는 타협이 안 된다. 아내는 대체 무슨 수로 그 의문과 타협한 건지 알 길이 없었다.

"우리 결혼식 때는, 이츠카가 이미 배 속에 있었지."

아내가 말하며 미소 짓는다. 빵을 떼어 입에 넣자 아직 따뜻했고, 아내 말대로 맛있었다.

눈을 뜨니 뉴멕시코에 도착해 있었다. 몸단장을 마치고 레이나는 침실을 뛰쳐나간다. 거실 공간에는 아무도 없고, 차창으로 비쳐 드는 햇살이 바닥에 사각형을 그리고 있었다. 커피 냄새가 난다.

바깥으로 나온 레이나는 하늘이 넓다는 사실에 놀랐다. RV 파크 자체는 리틀록이나 헨리에타와 마찬가지로 살풍경한 콘크리트 광장이지만, 그 바깥쪽은 마른 풀이 가득한 들판이어서 건물이 보이지 않으니 그저 파란 하늘뿐이다. 아직 9시인데도 눈이 부실 정도로 해가 높이 떠올라 있다. 케니나 이츠카짱이나 그림자도 보이지 않는다.

"왜지?"

메모가 남겨져 있을지도 모른다는 생각에 차 안으로 돌아갔다. 침실에도 거실에도 부엌에도 없다는 걸 알았을 때 두 사람의 모습이 창 너머로 보였다. 나란히 걸어온다.

"잘 잤어?"

돌아온 이츠카짱은 레이나를 보더니 웃는 얼굴로 말했다.

"어디 갔었어?"

화난 목소리가 되었지만, 이츠카짱은 신경 쓰는 기색도 없이 대답한다.

"덤프 스테이션."

"덤프 스테이션?"

"그래. 차 안의 오수를 처리하는 곳."

"으엑."

가고 싶지 않아, 하고 생각했다. 하지만 이츠카짱은 웃으며,

"이제부터 차를 그리 갖다 댈 거야."

하고 말했다.

"보이지 않게 잘 되어 있으니까 괜찮아."

라고도.

그 처리를 견학하고(정말로, 김빠질 정도로 아무것도 보이지 않았다. 기계 돌아가는 소리만 크게 났을 뿐), 주유와 급수를(언젠가 이런 차를 샀을 때를 대비해) 돕는다. 말이 돕는 거지, 레이나는 끝이 총처럼 된 펌프를 잠시 동안 들고 있었을 뿐이다.

"너무 배고프다."

작업이 끝나자 케니가 말했고, 레이나도 이츠카짱도 완전히 동감했기에 근처 간이식당까지 마른 들판 옆으로 난 넓은 길을 걸었다. 길은 한없이 곧게 이어져 있는 듯 보였고, 레이나는 또다시 광활한 창공에 압도당했다.

"선인장!"

이츠카짱이 소리친다.

"저쪽에도 있어!"

레이나도 손가락질하며 말했다. 실제로, 그건 정말이지 아무렇게나 여기저기 자라나 있었다.

"아, 선인장."

"또 선인장."

발견할 때마다 서로 말했더니, 케니가 일본에는 선인장이 없냐고 물었다.

"없어."

냉큼 대답했지만, 정말인지는 알 수 없었다. 그래서,

"없지?"

하고 이츠카짱에게 확인했다.

"없어."

이츠카짱은 대답했지만,

"적어도 야생에서 자라는 건."

이라고 덧붙였다.

간이식당은 마치 서부극 세트 같은 건물이었다. 가로로 긴, 짙은 갈색 일색인 목조 건물, 성인의 가슴과 배만 가려지는 너비의 양 여닫이문. 옆에 커다란 선인장이 있고, 목걸이처럼 간판이 매달려 있다.

창가 테이블을 골라 모자와 웃옷을 벗고 앉는다. 사진이 붙은 커다란 메뉴판에서 레이나는 프렌치토스트를, 이츠카짱은 포테이토 수프와 샐러드 세트를, 케니는 파스트라미 샌드위치를 각자 고른다. 가게는 텅 비어 있었고, 레이나 일행 외에는 안쪽 테이블에 앉아 신문을 읽고 있는 아저씨가 한 사람 있을 뿐이다. 창밖은 햇볕이 내리쬐는 외길과, 마른 풀과 선인장.

"거리가 조용하네."

레이나가 말했다.

"여긴 시내에서 조금 떨어져 있어서 그래."

케니가 설명해 준다.

"그래도 앨버커키는 뉴멕시코에서 가장 큰 도시야. 교통 요지이기도 하고."

"개다!"

이츠카짱의 그 말에 가만 보니, 야윈 들개 한 마리가 창밖을 느긋하게 걷고 있었다. 검정과 갈색이 섞인 털에 얼굴은 까맣다.

"멋지다. 혼자 사는 걸까."

레이나는 감탄한다.

아침(겸 점심) 식사가 끝나고, 올드 타운이라 불리는 거리 중심부까지 바래다준 케니와 헤어졌다. 동부로 돌아갈 때 괜찮으면 농장에 들러 달라고 케니는 말했다. 아무것도 없는 곳이지만, 말을 기르고 있으니 승마를 할 수 있어, 라며.

"고마워."

레이나는 그렇게 대답하고, 케니의 가슴에 두 팔을 두른다. 요 사흘간 완전히 익숙해진 남성 화장품 냄새. 케니의 피부는 반들반들해서 항상 갓 목욕하고 나온 사람처럼 보인다.

"누나한테 안부 전해 줘."

덧붙이자, 케니는

"Thanks."

하고 대답했다. 이츠카짱도 똑같이 작별 인사를 하고, 마지막엔 세 사람 모두 그 말을 입에 담았다.

"Take care."

라는, 편리하고도 상냥한 상투어를.

케니 말이, 다운타운에는 고층 빌딩이 죽 늘어서 있다고 했다. 하지만 이곳 올드 타운에는 고층 빌딩이 없다. 말하자면, 같은 중심부라도 다운타운과 올드 타운은 분리되어 있다는 것일 테지. 두 사람이 서 있는 곳은 광장이다. 주위에는 흙벽으로 된 건물이 늘어서 있다. 레스토랑이 있고, 교회가 있다.

"개다!"

레이나가 소리친다.

"저쪽에도 있어. 들개가 많네."

공기가 건조하다. 햇살은 눈부신데 바람이 차서, 이츠카는 1월의 도쿄 같다고 생각했다. 그 자리에 선 채로 지도를 펼친다.

"레스토랑 찾아?"

목소리가 나서 보니, 레이나보다 어려 보이는 소년이 서 있었다. 가무잡잡한 피부, 붉은 스웨터에 너덜너덜한 청바지, 그보다 더 너덜너덜한 운동화.

"와 봐. 싸고, 굿 푸드인 가게가 있어."

"상대하면 안 돼."

이츠카가 일본어로 말한 것과 동시에,

"밥은 이미 먹었어."

하고 레이나가 영어로 대답했다.

"그럼 뭔데? 호텔 찾아? 와 봐. 싸고 굿 룸인 호텔이 있어."

이츠카는 그만 웃고 만다.

"우선 버스 터미널로 가자."

레이나에게 말하고 걷기 시작한다. 버스 터미널에 가면 물어볼 수 있는 직원이 있고, 저렴한 호텔이나 모텔을 소개하는 팸플릿도 있다.

"와 봐! 와 봐!"

뒤에서 소년이 아직 소리치고 있었다.

"싸다니까! 굿 룸이야!"

"미안! 우린 거기엔 갈 수 없어!"

돌아보며 레이나가 되받아 외친다. 광장에는 노점상이 여럿 나와 있다. 대부분 터키석 액세서리를 팔고 있었고, 이츠카는 '서드 피들' 점장인 프레드의 반지와 벨트와 팔찌를 떠올렸다.

아무튼 하늘이 넓고 파랗다, 라는 것이 레이나가 한 생각이었다. 들개가 많다는 것도. 미국이 아닌 다른 나라에 온 듯한 느낌이 드는 까닭은 한눈에도 멕시코 이민자임을 알 수 있는 생김새며 복장(밀짚모자라든가 판초라든가)을 한 사람들 때문만은 아니고, 붉은 흙으로 빚은 건물이 많은 데다 레스토랑에서 풍기는 (햄버거나 프라이드치킨 따위와는 확연하게 질이 다른) 냄새, 영어보다 더 많이 들리는 스페인어 탓도 있었다. 하지만 여기도 미국이다.

버스 터미널에 도착할 때까지 말을 걸어오는 사람들을 대여섯 차례 마주쳤다. 전부 장사치거나 호객꾼이었고, 그 절반이 아이들이었다. 예사로 일하는 그 아이들의 모습에 레이나는 어쩐지 동요했고, 동요할 이유 따윈 없다고 자기 자신을 다독이면서도 케니가 없다는 사실이 왠지 허전했다.

안내 창구에 가니 호텔을 가르쳐 주기는 했는데 비치되어 있던 팸플릿에 실린 시설―아코마 푸에블로라든가, 페트로글리프 국립 공원이라든가―엔 어디든 차가 없으면 갈 수 없다는 말을 들었다.

"올드 타운을 관광하는 건 어때요?"

갈색 피부의, 안경을 쓴 아주머니 직원은 그렇게 말했지만, 그곳에 있는 게 기념품 노점상과 붉은 흙으로 빚은 건물, 관광객을 상대하는 레스토랑과 호객꾼과 들개뿐이라는 사실은 지금 보고 왔기에 이미 알고 있었다.

"고맙습니다. 그렇게 할게요."

이츠카짱은 대답하고 나서,

"어쨌든 호텔을 찾아서 짐부터 풀자."

하고 레이나에게 말했다.

"그런 다음 올드 타운 말고 다른 곳을 걸어 보자."

라고. 이츠카짱의 태연한 거짓말에 레이나는 감탄한다. 방금
전에 '그렇게 할게요.'라고 대답했으면서.

"근데, 우린 딱히 관광 명소에 가지 않아도 되니까."

이츠카짱의 말에 그렇네, 하고 레이나도 수긍했다. 뉴욕에서
이렇게 멀리 떨어진, 외국 같은 땅에 와 있는 것만으로 기쁘다.

"렛츠 고."

버스 터미널을 나오니 햇살이 눈부시고, 레이나는 며칠 만에
'이동'이 아니라 '체류'할 수 있다는 기대감에 가슴이 부풀었다.

그러나 한 시간 후, 호텔을 정하지 못한 채 두 사람은 다시 올
드 타운으로 돌아와 있었다. 광장과 소란, 노점상과 호객꾼과 관
광객들 사이로.

"저 애 아니었어?"

이츠카짱이 눈으로 가리킨 건 베이지색 점퍼를 입은 소년이었
는데, 찾고 있는 아이와는 얼굴도 달랐다.

"전혀 아니야."

그래서 레이나는 그렇게 말했다.

"붉은색 스웨터를 입고 있었잖아. 얼굴도 더 어려 보였고."

버스 터미널에서 가르쳐 준 호텔은 두 곳 모두 신용 카드가 없으면 묵을 수가 없었다. '싸고, 굿 룸인 호텔이 있어', 그 남자애는 그렇게 말했었다.

"다른 애라도 괜찮지 않아?"

이츠카짱이 말하는 그 사이에도 "호텔?"이라느니, "기념품?"이라느니, 낯모르는 어른이며 아이들이 말을 걸어온다.

"그 애가 데려가 줄 호텔이 어느 만큼 괜찮은지도 알 수 없고."

그야 그렇지만, 다른 사람이 데려가 줄 호텔도 알 수 없긴 마찬가지니, 레이나로서는 기왕이면 아까 거절한 아이에게 손님을 획득할 기회를 주고 싶었다.

"조금만 더 찾아봐도 돼?"

안 될 건 없지만, 라고 대답한 이츠카짱의 목소리에는 희미하게 웃음이 섞여 있었다.

튀김 과자 노점상에서 나는 달콤한 냄새, 노래하고 이야기하는 거리의 공연자들, 장대 여러 개에 빽빽이 내걸린 화려한 색조의 옷이며 스카프. 그것들 사이를 두리번거리며 걸었다. 양쪽에 있는 건물의 입구며 좁은 골목길도 눈으로 훑었지만, 무심결에 레이나의 시야에 들어오는 건 들개뿐이었다.

"봐봐."

그때마다 레이나는 이츠카짱에게 알려 주었다.

"영리해 보이네."

라느니,

"아직 조그만데, 여기서 어엿하게 살고 있다니 훌륭해."

라느니, 감상도 곁들여 가며.

결국, 그 남자아이를 발견한 건 레이나도 이츠카짱도 아니었다.

"그러고 보니, 그림엽서가 다 떨어졌어."

그렇게 말한 이츠카짱을 따라 레이나도 멈춰 서서 엽서가 잔뜩 꽂힌 스탠드를 돌리며 마음에 드는 것을 고르고 있을 때였다.

"당신들, 아직 있었네."

하고, 남자아이 쪽에서 말을 걸어온 것이다. 어느새 두 사람의 등 뒤에 나타나서.

"헤이! 유!"

레이나는 저도 모르게 목소리를 높였다.

"어디 있었어? 우리, 널 찾아다녔어."

남자아이는 커다란 눈으로 레이나를 바라보고, 그런 말을 한들 뭐 어쩌랴, 라는 듯이 어깨를 으쓱해 보였다.

남자아이가 데려간 호텔은 광장에서 멀리 떨어진 평범한 시내에 있었다. 딱히 특별할 것도 없는 작은 건물의 1층 창에 'HOTEL'이라는 네온사인이 붙어 있는 것을 제외하면 전혀 호텔로는 보이지 않는다. 남자아이한테선 사전에 "실은 1인당 1박에 100달러인데, 오프 시즌이니까 둘이서 1박에 80달러면 돼."라는 자못 그럴듯한 설명을 들었는데, 이런 어린아이(열 살쯤 됐을까)의 말을 믿고 가도 괜찮을지 이츠카는 판단이 서지 않았다. 하지만 선불이면 현금도 상관없다니, 신용 카드가 없는 몸으로서는 일단 믿어 보는 수밖에 없었다.

문을 열자 벨이 울렸지만 어둑어둑한 홀에는 아무도 없다. 생양파와 비슷한 냄새가 난다. 오래돼 보이는 응접세트와 카운터 데스크, 유리를 끼운 장식장이 비치되어 있다. 남자아이가 스페인어로 무어라고 외치자, 안에서 살찐 여성이 나왔다. 하얀 블라우스에 낙낙한 스커트(멕시코 국기와 색 배합이 똑같은 줄무늬), 에이프런. 검은 머리를 뒤로 대충 묶었는데, 이츠카는 그 머리 고무줄이 헬로키티라는 것에 놀란다. 남자아이가 빠른 스페인어로 여성에게 뭔가 설명하고, 여성은 께느른하게 고개를 끄덕인다.

"패스포트."

요구하는 대로 여권 두 개를 건네고, 2박 요금(정말로, 둘이서 1박에 80달러였다)을 지불하자 시원스레 열쇠를 건네주었다.

"미겔."

여성이 재촉하자, 남자아이가 부동자세를 취하며 이번에는 빠른 영어로 말했다.

"이곳은 청결하고 안전한, 가족이 경영하는 호텔입니다. 파티 금지, 흡연 금지, 애완동물을 들이는 것도 금지입니다. 이상."

"알았어. 고마워."

이츠카는 대답하고, 남자아이의 뒤를 따라 계단을 올랐다.

"팁, 주는 게 좋겠다."

레이나가 작은 목소리로 말한다. 계단에는 먼지 냄새 나는 붉은색 융단이 깔려 있다.

방(불을 켜도 어둑어둑하고, 말처럼 청결해 보이지도 안전해 보이지도 않았지만, 일단 침대와 샤워기와 화장실이 있는 방)으로 안내해 준 남자아이는 마지막에 다시 빠른 영어로,

"이 거리에서 제일가는 멕시칸 푸드를 먹고 싶다면, 가야 할 곳은 이 호텔 레스토랑이야."

하고 말했다.

경기장 안은 춥다. 코트 깃에 머플러 자락을 끼워 넣고, 손을 보온하기 위해 팔짱을 끼고 관객석에 서서 리오나는 생각한다. 문제는 우루우가 아니라고. 우루우가 아니라, 아마도 자기 자신일 거라고. 최근 들어 너무 잦다 보니 원인도 거의 생각나지 않는 말싸움만 해도, 우루우의 일방적인 언사가 어제오늘 시작된 것도 아니니 묵묵히 넘겼어야 했지 싶다. 이 사람은 약하니까. 옆에서 역시 코트 깃에 머플러를 끼워 넣고 가죽 장갑을 끼고 서 있는 우루우는 "가!"라느니, "빠져!"라느니, "Damned it!(제기랄!)"이라느니 외치며 아들에게 성원을 보내고 있다. 다만 욕설을 할 때에만 왜인지 영어로─. 실제로 딸의 부재에 동요한 나머지 언짢아질 수밖에 없는 듯한 남편을, 리오나는 딱하게 여긴다. 딱하게, 가엾게.

링크 위에서는 유즈루가 시합을 벌이고 있다. 스케이트화 신은 발로 무난하게 돌아다니며, 스틱을 능숙하게 다루면서.

유즈루가 처음 팀에 들어갔을 때 헬멧도 프로텍터도 너무 커서 애가 파묻히다시피 했던 것을 리오나는 잘 기억하고 있다. 자발적으로 다리를 움직여 타는 것이 아니라, 선 채로 바람에 떠밀리듯 움직여 가는 것처럼 보였던 것도.

2:0으로 리드당한 채 1피리어드가 끝나고, 리오나는 좌석에

걸터앉는다. 보온병을 열고 뚜껑에 홍차를 따라 남편에게 건넨다. 이 사람이 나쁜 게 아니야. 리오나는 다시 한번 생각했다. 하지만, 오랜만에 가까이서 보는 남편의 옆얼굴은 입언저리가 붉은 뚜껑으로 가려진 낯선 남자의 옆얼굴로밖에 보이지 않았다. 같은 일본인이라는 것뿐 자신과는 아무런 상관도 없는 남자로밖에—.

"뉴멕시코는, 진짜 멕시코 같네."

레이나가 말한다. 과카몰리, 세비체, 카르니타스. 테이블에는 '거리에서 제일가는 멕시칸 푸드'가 늘어서 있다. 방과 마찬가지로 레스토랑도 어둑어둑하고, 두 사람 외에 다른 손님은 없다. 하지만 안쪽 테이블에서 경영자 일가가 식사를 하고 있고, 미겔이 언급한 '가족 경영'이란 틀림없는 사실 같았다.

"아까 갔던 슈퍼마켓만 해도, 어디에나 있는 미국 슈퍼인데 파는 물건이 다른 주와 전혀 달라서 깜짝 놀랐어. 과자 이름이 스페인어였고."

확실히 그랬다. 멕시코에 가 본 적은 없지만, 낮에 보았던 하늘의 푸르름도 멕시코였다고 이츠카도 생각한다. 양달과 응달의 강렬한 콘트라스트도.

"미겔 없네. 아직 일하고 있나."

경영자 일가의 테이블을 돌아보고 이츠카가 말하자,

"여긴 미겔 집이 아닌걸."

라고 레이나가 대답했다.

"그래?"

"그래."

레이나가 어째서 그걸 알고 있는지 모를 일이었다.

"슈퍼 다녀와서 이츠카짱이 샤워하는 동안 아렐리랑 디아나한테서 들었어. 들었다 해도, 디아나는 아직 영어를 거의 못 하지만."

레이나가 설명한다.

"여기 경영자는 미겔의 숙부야. 미겔 아버지는 지금 무직이고, 그래서 미겔은 여기로 사람 모아 오는 걸 돕고 있대."

설명하면서, '오늘의 추천 요리'라고 들었던 카르니타스(정체가 돼지고기라는 것밖에 이츠카는 알지 못한다)에 포크를 찔러 넣었다.

"이거, 맛있네."

중얼거리고 나서 입에 넣는다.

"그래서, 저 중에 누가 아렐리랑 디아나야?"

묻자,

"저기 있는 가장 큰 여자애가 아렐리고, 가장 어린 여자애가 디아나."

라는 대답이었다(경영자 일가는 대가족이다).

"멕시코 사람 이름은 말야."

레이나의 설명은 계속된다.

"일본의 한자에 의미가 있는 것처럼, 하나하나에 의미가 있대. 그래서, 아렐리는 '신의 사자'라는 뜻이고, 디아나는 '빛나다'라는 뜻이래."

이츠카는 다시 안쪽 테이블을 돌아보고 그 두 사람을 관찰했다. '신의 사자'는 열다섯 살쯤 돼 보이는 호리호리한 미인에 숄 칼라가 달린 니트 카디건과 청바지 차림이고, '빛나다'는 아직 서너 살가량의 소녀로, 포실포실한 머리카락을 정수리로 잡아 올려 묶고 헐렁헐렁한 연지색 추리닝 상하의를 입고 있다.

같은 장소를 함께 여행하고 있어도, 하고 이츠카는 생각하고 만다. 같은 장소를 함께 여행하고 있어도, 모르는 사람과 서로 알게 되는 것에 관한 한 자신과 레이나는 전혀 다르다. 이츠카가 생각하기에 단순히 자신이 낯을 가려서라거나, 레이나가 사교적이라서 생겨나는 문제는 아닌 것 같았다. 좀 더 본질적인, 마음가짐의 문제로 보인다.

"안 먹어?"

레이나가 묻고,

"먹고 있어."

라고 대답한 자신은 아마도 레이나보다 마음이 좁을 거라고 이츠카는 생각했다.

오늘도 하늘이 파랗다. 이츠카짱이 말하기로는(가이드북에 그렇게 쓰여 있었을 테지만), '뉴멕시코주는 강수량이 적고 건조해서 하늘이 맑을 확률이 높다'는 것 같다. 여행지에서 호텔을 나설 때 날씨가 좋으면 힘이 솟는다. 기쁨이 커지고, 달려 나가고 싶어진다고 레이나는 생각한다.

앨버커키역은 작고 사랑스러운 역이었다. 오렌지색 지붕과 붉은 철책. 그 어디에나 햇살이 반사되어 눈이 부시다.

"뭔가, 따스하네."

레이나는 말했다.

"바로 얼마 전에 눈투성이 거리를 보았다니, 믿어지지가 않아."

토끼 인형을 벤치에 앉혀 본다. 너, 지금 앨버커키에 있는 거야. 인형을 바라보며 마음속으로 그렇게 말했다. 그건 레이나에게 있어 사진을 찍는 것과 같았다. 이 시간이 지나가더라도, 여기에 있었던 증거를 토끼 안에 남기는 것이.

"열차, 온다."

이츠카짱이 말했다.

뉴멕시코 레일러너 익스프레스는 하얀 2층 열차였다. 차체는 새것 같고, 좌석도 넉넉하다. 2층 자리를 골라 앉자마자 이츠카짱은 귀에 이어폰을 꼈다. 레이나는 초콜릿을 갖고 왔으면 좋았을 텐데라고 생각했다. 아침을 걸러서 배가 고팠다. 도착하면 바로 점심을 먹을 거니까, 하고 레이나는 다시 마음속으로 토끼에게 이야기하면서 몰랑몰랑한 머리를 슥슥 어루만졌다.

두 시간 후 산타페에 도착했지만 바로 점심을 먹진 않았다. "아직 열한 시잖아."라고, 이츠카짱이 말했기 때문이다.

산타페역도 작고 귀여워서, 바깥에서 보면 마치 평범한 집처럼 보였다. 이츠카짱이 말하기로는(가이드북에 따르면), 역에서 다운타운 중심부까지 걸어서 15분 정도란다.

"아름다운 거리네."

이츠카짱이 그렇게 말하며 눈을 가늘게 떴다. 앨버커키보다 높은 건물이 더 없고, 붉은 흙으로 빚은 건물이 더 많다.

"더 외국이네."

레이나도 대답하고, 또다시 달려 나가고 싶은 기분이 되었다. 바람이 부드럽다.

"아직 2월인데, 왠지 봄 같네."

"잠깐 있어 봐."

이츠카짱이 지도를 펼친다.

"사우스 과달루페 거리에서, 산타페강을 따라 오른쪽으로 쭉."

하고 말한다.

"모르는 거리다. 멀리 왔다는 기분이 드네."

레이나는 사촌 언니에게 팔짱을 끼고 꼭 달라붙어서 말했다.

위화감이라는 표현이 맞는지는 모르겠지만, 이츠카에게는 그 것이(혹은 무언가 그 비슷한 것이) 있었다. 뉴멕시코주에 오고 나서부터 어째서인지 자신이 이곳에 있으면서 없는 것 같은 기분이 든다. 밝은 거리 풍경을 보며 걷는 중에도, 카페에서 명물이라는 칠리 콘 카르네(커다란 볼에 넘칠 만큼 듬뿍 담겨 나와서, 둘이 나눠 먹어도 다 먹질 못했다)를 앞에 두고 있는 동안에도 내내 그런 기분이 들었고, 그 때문에 풍경과 사람들은 물론이고 심지어 레이나조차 멀게 느껴졌다. 자신만 시간의 바깥쪽으로 밀려나 버렸거나, 반대로 자신 외의 모든 것이 현실에서 벗어나 버렸거나,

그 둘 중 하나인 것처럼 느껴진다.

"여러 가지 가게가 잔뜩 있네."

기쁜 듯이 레이나가 말한다. 실제로 이 거리는 관광객에게 친절한 구조로 조성되어 있어서, 조금만 걸어도 세련된 상점이며 레스토랑이 많이 보인다. 건물 처마 밑에는 노점상이 늘어섰고, 액세서리며 질그릇이며 향신료들을 팔고 있다. 물론 명승고적도 무서울 정도로 많다. 산 미구엘 성당, 올디스트 하우스, 성 프란시스 대성당.

시간의 바깥쪽으로 밀려나 버린 듯한 기분은, '앞으로 한 도시'라고 결정한 것과 관련이 있는지도 모른다. 여기가 그곳이고, 그러니 이제 우리는 집으로 돌아가야만 한다는 것과.

"봐봐, 이츠카짱, 다섯 명째야."

레이나가 말했다. 반소매 차림의 관광객을 헤아리고 있는 것이다. 아무리 햇살이 따스하다고는 해도 반소매는 심하다고 이츠카는 생각한다. 지금 이 순간에도 뉴욕에는 눈이 내리고 있을지 모르는데.

"뼈!"

소리치고는, 동물의 뼈(!) 비슷한 것을 늘어놓은 채 팔고 있는 노점으로 레이나가 달음질쳐 간다. 우뚝 선 이츠카는 위화감의 정체를 깨닫는다. 뉴욕이다. 우리 둘은 아직 이곳에 있는데, 뉴욕이 아득히 멀리에서부터 이곳을 침식하고 있었다.

아가씨Sweetie, 하는 쉰 목소리가 났을 때 레이나는 틀림없이 자신에게 말을 걸었으려니 생각했다. 목소리의 주인은 액세서리를 파는 여자였는데, 레이나가 보고 있는 뼈 노점 옆에 가게를 열고 있었다. 가게라고 해도 그저 검은 천 위에 은반지며 팔찌며 목걸이들을 늘어놓고 있는 정도였다. 그런데 여자는 레이나가 아니라 이츠카짱을 보고 있었다.

"아가씨, 당신 말이야Sweetie, hey, honey."

키가 크고 비쩍 마른 중년의 백인 여자인데 은색 액세서리를 무거워 보일 정도로 여기저기 잔뜩 착용하고 있다.

"이츠카짱, 부르고 있어."

멍하니 있던 이츠카짱은 레이나가 말을 걸자,

"뭐?"

하고 일본어로 말하며 다가왔다.

"당신한테는 이게 필요해."

여자가 그렇게 말하며 깡통에 잔뜩 들어 있는 색돌 중에서 하나를 집어 내밀었다.

"팔려고 하는 게 아니야. 그냥 받아 둬."

이츠카짱은 손을 내밀지 않는다. Honey, Sweetie, 하고 여자는 다시금 말했다.

"나한테는 혼이 보여. 나를 믿고, 그냥 받아 둬."

"혼이 보여요?"

레이나가 되묻는다. 그런 말을 하다니, 이상한 사람이 틀림없다고 생각했다. 뉴에이지라든가 오컬트?

"아마도 앞으로 1년이나 1년 반, 당신은 새로운 국면에 들어설 거야. 당신한테는 이게 필요해."

레이나로서는 놀랍게도, 이츠카짱은 그 돌을 받아 들었다. 작은 보랏빛 돌이었다.

"아이올라이트Iolite라는 거야."

여자의 그 말에 이츠카짱은 고맙단 인사를 하고 그 돌을 코트 주머니에 넣었다.

케니가 말했던 대로 앨버커키는 교통의 요지여서, 버스나 철도를 이용하면 여기저기로 소풍을 다닐 수 있었다. 어디에 가든 볕에 말린 벽돌로 쌓아 올린 건물이 있고, 소박하고 느낌이 괜찮은 교회가 있었다(치마요에서는 작은 교회 부지에서 솟아 나오는 '기적의 모래'라는 것도 보았다). 원주민과 관련된 박물관이 있고, 기넘품 가게가 있고, 선인장이 있었다. 호텔 숙박을 연장하며 소풍을 다니고, 가족에게 줄 선물(엄마에게는 칠리 파우더와 자수가 들어간 행주, 아빠에게는 작은 코요테 목각 인형, 동생에게는 버펄로 갈비뼈)도 사고, 밤의 버스 터미널에 서 있는 지금, 이제 서부는 충분히 봤다고 레이나는 느끼고 있었다. 실제로 충분 이상이어서, 공기가 건조한 땅에 너무 오래 머물다 보니 자신의 몸까지 건조해지기 시작한 기분마저 든다(낮에 목이 말라서 콜라만 마셔 댔기에 배는 출렁출렁하지만).

"그리운 냄새."

먼지와 배기가스가 섞인 냄새를 들이쉬고, 레이나는 말했다.

"미국으로 돌아온 기분이야."

혼자 여행하는 남자 승객들(딱 한 팀 남녀 커플이 있었다)에 섞여 대형 버스에 올라타면서, 절차에도 공회전 중의 진동에도 차 안의 분위기에도 완전히 익숙해져 있는 자기 자신을 레이나는 발견했다.

뒤에서 두 번째 열, 2인용 좌석에 이츠카짱과 나란히 앉는다. 거의 호텔 방에 들어섰을 때처럼 다운재킷을 벗고 노트와 펜을 꺼내고, 독서등을 켜고 물이 든 페트병을 홀더에 끼우는 등 신변을 쾌적하게 정돈한다. 옆에서 이츠카짱도 마찬가지로 주변을 정돈하고, 마지막으로 이어폰을 꼈다. 두 사람의 여행에 이츠카짱이 가져오고 레이나는 가져오지 않은 것이 바로 음악이다. 언제나 늘 음악을 듣고 싶어 하는 사람의 심리를 레이나는 잘 모른다. 게다가 이어폰을 끼고 있을 때의 이츠카짱은 옆에 있는데도 없는 사람처럼 느껴진다. 그래서 레이나는 이따금 이츠카짱의 팔이며 허벅지에 몸을 가까이 대어 보고 사촌 언니가 확실히 여기에 있다는 사실을 확인하지 않을 수가 없다.

주의 사항을 알리는 안내 방송이 나오고, 문이 닫혔다. 시계는 9시 정각을 가리키고 있다. 이 버스는 텍사스주와 오클라호마주를 경유하여(아마도 도중에 여러 차례 쉬면서) 내일 밤 10시 20분에 세인트루이스에 도착할 예정이다. 레이나와 이츠카짱은 그곳에서 또 다른 심야 버스를 기다린다. 갈아타기만 하면, 아침에는 시카고에 도착한다. 그 루트가 좋다고, 둘이서 의논하여 결정했다. 티켓까지 사 놓고 갈 기회를 놓쳤던 시카고 거리를, 꼭 한번 지나가고 싶었기 때문이다.

움직이기 시작한 버스 안에서 레이나는 노트를 펼친다. 2월 13일, 밤, 이라고 썼다. 아렐리가 가르쳐 줘서 저녁을 먹으러 찾아간 레스토랑이 세련돼 보였던 것(옥외에 텐트 같은 덮개가 쳐져 있고, 오렌지색 등롱이 잔뜩 매달려 있었던 것), 콩 샐러드와 닭 숯불

구이를 먹고, 또다시 콜라를 마셨다는 걸 쓰고, 그레이하운드 버스, 제시간에 출발했다, 라고 쓴다. 차 안은 조용, 이츠카짱은 이어폰, 이라고도. 흔들리는 탓에 가끔씩 글자가 비뚤어져 버린다.

제이지의 랩을 들으며 꾸벅꾸벅 졸던 이츠카는 기묘한 꿈을 꾸었다. 꿈속의 그곳은 미술관이나 도서관 같은 훌륭한 건물의 현관홀인데, 높은 천장은 훤히 트여 있다. 벽은 옅은 황색이고, 2층 부분에 빙 둘러 통로가 있고, 하얀 난간이 설치되어 있다. 홀 중앙에 선 이츠카는 열이 있을 때처럼 의식이 몽롱한 가운데 이건 꿈이다, 라고 반쯤은 인식하면서, 이 장소를 나는 분명히 알고 있고 여기에 있는 게 오히려 현실이라는 기분도 또렷이 든다. 띄엄띄엄 음악이 들리고, 그것은 제이지일 텐데도 제이지처럼 들리진 않고 무언가 좀 더 장엄한, 오페라 같은 울림을 띠며 높은 천장까지 가득 채운다. '이건 꿈이다'라는 인식과 '뭘 어떻게 했는지 나는 지금 정말로 여기에 와 있다'라는 인식이 불가사의할 정도로 모순 없이 이츠카 안에 존재하면서, 여기가 어디이고, 지금 내가 무엇을 해야 하는지 필사적으로 생각해 내려 했다. 생각해 낼 수 있을 것이다. 그러는 사이 벽이 회전하기 시작한다. 2층 부분의 하얀 난간째, 그 안쪽에 서 있는 사람들째. 아무도 소리를 내지 않는다. 그저 조용히 이츠카를 내려다보고 있다. 남자도 여자도 어린아이도 있다. 아는 사람 같은데 누구인지 생각이 나질 않는다. 미국인이라는 것만은 알겠다. 덥다, 라고 생각하며 눈을 떴다. 차 안은 어둡고, 난방이 되고 있지만 더운 건 난방 때문이 아니라 자신의 몸 때문이라는 걸 알았다. 자신의 몸이 안쪽에서 확확 열을 내뿜고 있는 것이다.

"더워."

이츠카는 중얼거리고, 손바닥만이라도 차게 하고 싶어서 어둠 밖에 보이지 않는 창유리에 양손을 갖다 댄다. 뒤이어 얼굴도. 유리가 금세 온통 뿌예지고, 이츠카는 자신이 현실에서 고열을 내고 있다는 사실을 알았다.

미우라 신타로는 전화기를 내려놓고 중얼거린다.

"모르겠네."

화창한 오후, 세탁한 커튼을 말리려고 창문을 열어 두어서 어느 집의 서향꽃 향기가 들어온다.

"돌아가는 비행기도 하네다에서지? 간사이가 아니라."

2차로 세탁한 커튼을 다른 창문에 달아매면서, 접사 다리에 올라간 아내가 돌아보며 묻는다.

"가기 전에 만날 수 있지 않아? 하네다에서라면."

이라고도.

"그야 뭐, 만날 수 있겠지만."

일시 정지해 놓았던 DVD(업무상 필요해서, 가마쿠라에서 농사를 짓는 젊은이들을 다룬 다큐멘터리 방송을 보던 참이었다)의 재생 버튼을 누르고 신타로는 대답했다.

"뉴욕은 지금 몇 시더라?"

"밤중이야. 12시 반."

매제는 깨어 있을지도 모르지만, 전화를 걸기에는 늦은 시간이다.

"그렇게 걱정할 만한 일은 아닌지도 몰라. 봐봐, 리오나짱네는 올해 정월에도 들어오지 않았으니까."

"응."

긍정했지만, 의문은 남았다. 정월에도 오지 않았는데, 왜 지금이지? 신타로가 알고 있는 리오나는 지극히 고지식한 성격이다. 레이나와 이츠카가 행방불명인 지금, 남편과 아들을 남겨 두고 귀국한다는 건 리오나답지 않다.

신타로는 여동생이 귀국했다는 것을 우연히 알게 되었다. 앞서 언급한 젊은이들을 다룬 다큐멘터리 방송과 관련해 그 DVD

를 빌려준 숙부에게 확인하고 싶은 것이 있어서 연락했더니, 지나가는 말처럼 "그러고 보니, 리오나짱 돌아왔더구나."라고 했다. 그래서 본가에 전화해 보니, 진짜 리오나가 와 있었다.

"갑자기 이쪽 공기가 마시고 싶어져서."

라는 게 여동생이 한 설명이었다.

"느긋하게 좀 있다가 곧 돌아갈 거라서, 신짱한테 연락할 것까지도 없다 싶어서."

라는 것이.

이해 못할 이야기는 아니다. 이전에도 아이들만 데리고 귀국한 적이 있고, 유즈루도 이제 갓난아기는 아니니 단기간이라면 엄마가 없어도 그럭저럭 지낼 것이다. 오카야마와 도쿄는 거리가 있으니, 자신에게 연락하지 않는다 해도 부자연스럽진 않다.

전화상으론 리오나는 잘 있는 듯했다. 성묘를 하고 치라시즈시(생선, 달걀 부침, 양념한 채소 등 고명을 얹은 초밥_옮긴이)를 먹었다고 했다. 숙부네 개를 산책시켜 주는 일을 맡고 있다고도.

"그런데, 왜 지금이지?"

그만 소리 내어 말하자, 아내가 웃었다.

"직접 물어보면 되잖아. 그렇게 신경 쓰이거든 다시 한번 전화해 봐."

신타로는 입을 다문다. 설령 다시 한번 통화하더라도 무언가를 알게 될 것 같진 않았다.

"내일 우루우한테 전화할게."

그래서 그렇게 말하고, TV 화면에 집중하기로 했다.

버스에서 내리니 하늘에 별이 총총했다. 하지만 이미 어렴풋이 밝다.

"Meal Stop(식사를 하기 위한 정차)이라는데, 이게 어디에 해당되는 식사일까."

레이나는 그렇게 말하며, 동트기 전의 공기를 깊이깊이 들이쉰다.

"네 시간쯤 전에도 있었잖아? Meal Stop. 그건 야식이고, 지금이 조식이라는 걸까."

졸렸고, 이츠카짱도 졸려 보였기에 그때는 버스에서 내리지 않았다. 그래도 낯선 거리에서 보내는 휴식 시간은 조금 재미있다고 레이나는 생각한다.

"여기 어디쯤이려나. 텍사스는 이미 지났나?"

표지판 같은 것을 찾아 주위를 둘러보았지만 그 비슷한 것도 눈에 띄지 않는다.

"글쎄. 모르겠네."

이츠카짱이 말했다.

삭막한 건물에 들어가, 화장실에 다녀오고 나서 테이블에 앉는다.

"뭐 좀 먹을래?"

필요 없다고 대답한 이츠카짱은 눈이 풀린 모습이 졸려 보인다.

"보고 올게."

레이나는 말하고 푸드 카운터로 향했다. 실내는 식당이라기보다 교실 같고, 바짝 졸아든 커피 냄새가 난다. 같은 버스에 타고 있던 사람들이 셀프서비스인 탄산수를 따르기도 하고, 자판기에서 도넛을 사기도 한다. 이름도 모르는 사람들이지만 잠깐의 동료라고 레이나는 생각한다.

카운터 뒤쪽 칠판을 바라보고 나서 테이블로 되돌아온다.

"따뜻한 건 미네스트로네랑 버거. 그거 외에는 팩에 든 샐러드랑 샌드위치밖에 없는 것 같아."

이츠카짱에게 보고했다.

"필요 없어. 레이나는 먹고 싶은 거 먹어."

이츠카짱은 쌀쌀맞다. 레이나도 배는 고프지 않았지만, 모처럼 버스에서 내렸더니 무언가 먹고 싶은 마음에 미네스트로네 수프를 샀다.

"저기, 이츠카짱, 봐봐."

카운터 뒤의 아주머니며 대걸레로 바닥을 닦고 있는 할머니를 눈으로 가리키면서 레이나는 사촌 언니에게 말한다.

"이런 시간에도 일하고 있는 사람들이 있다니, 굉장하지 않아?"

미네스트로네 수프는 미지근한 데다 맛이 조금 아쉬웠지만, 레스토랑이 아니니 어쩔 수 없다. 레이나는 그렇게 생각하기로 했다.

버스는 다시 쉼 없이 달리고, 이츠카는 토막 꿈을 꾸면서 얕은 잠을 잤다. 차창 너머로 비치는 해가 눈부셔서 커튼을 치고, 음악이 방해되니 이어폰은 빼고, 조금이라도 편한 자세를 취하려고 이따금 몸의 방향을 바꿔 가면서 잤다. 그랬지만 열 때문에 여기저기 근육이 아프고, 몸 안쪽은 뜨거운데 표면은 차가운 상황이 불쾌해서 바로 눈이 떠져 버린다. 도중에 지루해진 모양인 레이나가 누군가와 이야기하고 있다는 걸 알았어도, 실눈을 뜨고 상대방(학생 같은 커플)을 확인했을 뿐 나무랄 기력은 없었다. 더구나 두 번의 Meal Stop과 운전기사 교대, 몇 번째인지 모를 Rest

Stop(약 15분간의 짧은 휴식을 위한 정차)이 있고(이츠카는 화장실에 갈 필요가 있을 때 외에는 버스에서 내리지 않았다), 창밖이 석양을 지나 밤이 되고, 드디어 세인트루이스에 닿았을 때에는 기진맥진하여 자신의 머리도 팔다리도 그저 남의 것인 양 느껴졌다. 발열에 관한 이야기는 시카고에 도착할 때까지 레이나에게 하지 않을 작정이었는데,

"이츠카쨩, 잘 자더라."

라는 레이나 말에 반응하여,

"그게 아니라, 열이 나서."

라고 말해 버린 것도, 사고가 정지된 탓인지도 모르겠다. 아무튼 피곤했고, 대화를 하기가 귀찮았다. 마침 버스에서 막 내려섰을 때였기에,

"엇—!"

하는 레이나의 큰 소리는 엔진 소리와 배기가스가 충만한 밤공기로 빨려 들어갔다.

"언제부터? 감기야? 식중독? 뭔데? 왜 말 안 했어?"

예상했던 일이지만 레이나는 수선을 떨며,

"그럼 오늘 밤 이동하는 건 이제 무리잖아. 호텔을 찾아야지. 그리고 드러그스토어도."

라고 말하더니,

"시카고까지 가는 티켓, 변경할 수 있는지 물어보고 올게."

하고서 건물 안으로 뛰어 들어갔다.

이 거리는 바람이 부드럽다. 요시이 강을 따라 그리운 길을 걷고, 신사를 지나고, 이미 폐업했는데도 간판이며 윈도우가 그대로 남아 있는 미용실을 지나 소방서 모퉁이를 돌았다. 미국으로 건너가고 나서 6년간, 혼자서 귀국한 적은 지금껏 단 한 번도 없었다. 어쩐지 해서는 안 될 일인 양 느끼고 있었다. 하지만 막상 실행에 옮기고 나니 어려울 게 하나도 없는 일이었다. 유즈루에게는 점심은 매일 학교에 오는 푸드 트럭에서 먹고 싶은 걸로 사 먹으라고 일러두었다. 저녁은 우루우와 외식을 하거나 피자 같은 걸 시켜 먹어도 되고, 우루우의 귀가가 늦어질 때에는 앨리스가 와 주기로 되어 있다. 아이스하키 연습에 데리고 다니는 일은 믹의 엄마가 맡아 주었다.

"나가면 가정 포기로 간주하겠어."

우루우는 그렇게 말했지만, 리오나는 상관하지 않았다.

"곧 돌아올 거야."

필요한 사항만 전달하고, 정원수에 물을 듬뿍 주고 나왔다.

파란 하늘이다. 이 길을, 일찍이 자전거를 타고 통학했다. 먼 옛날 일을 회상하며 리오나는 미소 짓는다. 우루우를 만나기 전 자신이 어떤 인간이었는지, 리오나는 거의 잊고 있었다. 아직 이 거리에 살던 무렵, 리오나는 매일같이 교복을 입었다. 성적은 좋았지만 운동이 서툴렀고, 클래식 음악 동아리에 들어 있었다. 남자 친구는 없었지만 상급생에게 편지를 받은 적은 있었다. 매일 밤 라디오를 들었다. 스즈키 아사미라는 이름을 가진 친구가 있었다. 이 거리에 있던 무렵의 자신은, 생각해 보면 지금의 이츠카 만한 나이였다.

당시엔 발 딛을 일 없었던, 하지만 요 몇 년간 귀국할 때마다 찾는 목조 건물에는 벽에 유리 케이스가 설치되어 있고, 그 안의 종이에는 새까만 먹글씨로 '자신을 사랑해 주는 사람만 사랑한다면, 하느님의 은혜는 얻지 못합니다(누가복음서, 제6장)'라고 쓰여 있다. 아마도 지난번 설교 주제였을 것이다. 지금의 자신에게는 얄궂은 주제라고 생각했다. 리오나는 자신이 앞으로도 우루우를 사랑할 수 있다는 사실을 알고 있다. 가족이기에 사랑하는 건 그리 어렵지 않다. 어려운 건—어렵다기보다 불가능하다고 생각되는 것은—, 우루우를 신뢰하는 일이다.

문을 밀어 열고, 눅눅한 나무 냄새가 나는 교회 안으로 들어선다. 아무도 없는 통로를 나아가, 신자석 하나에 걸터앉았다. 소박한 교회다. 옛날엔 지역 자치 조직의 집회 장소도 겸했다고 들었다. 신자들이 손수 만들었다는 스테인드글라스는 중앙에 배치된 십자가와 백합꽃만 파랗고 노란 색유리이고, 다른 부분은 깨끗하고 투명해서 아름답다.

만약 언젠가 이 거리로 돌아온다면, 이곳에 다니게 되겠거니 리오나는 상상한다. 그건 지금은 아니다. 지금은 아니지만, 언젠가 그날은 오겠지. 기쁘지도 슬프지도 않은 평온한 기분으로 리오나는 생각한다.

오늘 밤은 사촌 오빠 집에 저녁 식사 초대를 받았다. 내일은 혼자서 구라시키로 나가 미술관에 갈 예정이다.

레서판다는 활기차다. 공중에 높이 펼쳐진 그물 위를 재빠르게 무난히 건너간다. 깊이감 있는 붉은색 털도, 귀여운 얼굴도 레이나 취향이다. 하지만 혼자서 걷는 동물원은 너무 넓고, 아무에게도 "봐봐!" 하고 말할 수 없으니 재미가 없다. 흐린 하늘이다. 얼룩말은 온순해 보이고, 하마는 지루해하는 듯 보이고, 홍학은 관객에게 무관심해 보였다. 동물원은 언덕이 많다.

레이나는 매점에서 물을 사 가지고 벤치에 앉았다. 비둘기 한 마리가 통나무로 만든 울타리 위에 머물러 있다. 저만치 벤치에 서는 아버지와 아들이 무언가를 먹고 있다.

그저께 밤 세인트루이스에 도착한 후로 이츠카짱은 모텔 방에 서 내내 자고 있다. 그냥 감기니까 곧 나을 거라고 본인은 말하고, 레이나도 그럴 거라 생각하지만, 이츠카짱이 자고 있는 방 안에 병의 기운이 느껴져서 그것이 레이나를 불안하게 한다.

어젯밤엔 리타와 밥을 먹었다(여기에 동물원이 있다는 건, 그때 리타가 가르쳐 주었다). 리타는 귀엽다. 열아홉 살이지만 열일곱 살 정도로 보인다. 같은 버스를 타고 온 커플 중 여자애인데, 열이 난 이츠카짱을 걱정해서 모텔 찾는 일을 도와주었다. 버스 안에서는 사이가 좋아 보였던 두 사람인데, 어제 저녁 식사 자리에 거스(남자애 이름이다)는 오지 않았고, 리타는 이제 헤어질 작정이라고 했다. 거스는 '미식축구 생각밖에 없다'는 모양이다.

물병을 천 가방에 넣고 일어나 토끼 인형을 고쳐 안는다. 슬슬 모텔에 돌아가는 게 좋을 것 같다. 이츠카짱에게 먹을거리를 조달해 주는 역할은 레이나가 맡고 있는데, 어제 이츠카짱은 거의 아무것도 먹지 못했다. 이게 만약 단순한 감기가 아니라면 어떡하지. 레이나는 벌써 여러 번 그런 생각을 하고, 생각할 때마다 불안으로 머리가 터질 지경이 되면서도 또 생각한다(그리고 또다시 불안으로 머리가 터질 지경이 된다). 만약 뭔가 나쁜 병이고, 당장 입원하거나 수술할 필요가 있다면? 방으로 돌아갔을 때 만약 이츠카짱이 숨을 쉬지 않는다면? 그럴 리 없다고 생각하면서도 확신은 들지 않고, 레이나는 걸음을 재촉한다. 모텔까지는 메트로링크로 일곱 정거장이다.

레이나가 돌아온 건 소리로 알았고,

"어서 와."

하고 이츠카는 말했지만, 쉰 목소리만 조그맣게 나왔기에 레이나 귀에 닿았는지는 모르겠다.

"이츠카짱, 다녀왔어. 일어났어?"

목소리가 나고, 얼굴을 들여다본다.

"미안."

사과한 까닭은 한심했기 때문이다. 열이 나다니 ─. 여행이 정체되고 말았다.

"그 말, 어제도 들었어. 뭔가 다른 말을 해 봐."

레이나의 그 말에,

"동물원은 어땠어?"

하고 물어본다.

"넓었어. 전부 있었어."

"전부?"

"기린이라든지 얼룩말이라든지, 동물원에 있을 만한 것은 전부."

열 쟀어? 하고 묻기에 안 쟀다고 대답하자, 체온계를 건네주었다.

"창문 조금만 열게."

레이나는 그렇게 말하고, 말하기 무섭게 우선 커튼을, 이어서 창문을 연다. 방 안 공기가 움직인다.

'1박에 52달러, 현금 가능'인 이 모텔은 벽이 얇아서 창문을 열지 않아도 옆방에서 나는 물소리며 이야기 소리, TV 소리가 들렸다. 하지만 이 방 자체의 공기는 정지된 그대로였고, 그것이 답답했다. 좀 전까지는.

"내일은 체크아웃할 거니까."

이츠카는 그렇게 말하고,

"이건 이제 필요 없어."

하고서 목덜미에 대고 있던 아이스 팩(체온계와 아스피린, 냉장고 안의 바나나며 요구르트와 마찬가지로 레이나가 사다 준 것이다)을 떼었다. 삐삐삐삐, 작지만 귀에 거슬리는 소리가 나고, 이츠카는 체온계를 겨드랑이에서 빼낸다.

"정상 체온!"

미열이 남아 있었지만 그렇게 말했다. 그저께의 고열에 비하면 정상 체온에 가까웠고, 자신이 회복되기 시작했다는 것을 확실히 알았기 때문이었다.

아내도 딸도 없는 집 안을, 우루우는 필요에 쫓겨 평소보다 분주히 돌아다니고 있다. 2층 침실에서 1층 부엌으로, 반지하층에 있는 세탁실에서 2층 욕실로, 다시 1층 부엌으로—. 날씨가 좋은 아침이지만 유즈루는 아직 자고 있다. 집 안 어디엘 가도 자신의 애프터 셰이브 로션 냄새가 떠도는 것 같고, 그 사실도 우루우에게는 불쾌했다.

아내가 갑자기 귀국하겠다는 말을 꺼냈을 때, 안 된다고 우루우는 명확하게 전달했다. 그랬는데도 불구하고, 아내는 혼자서 귀국해 버렸다. 처남이 전화로 무슨 일이 있었냐고 물었지만(우루우는 아무 일도 없다고 대답했다. 자신조차도 모르는 일을 무슨 수로 처남에게 설명할 수 있으랴), 리오나 본인에게서는 아무런 연락도 없다. 우루우는 처남에게도 화가 났다. 이건 애당초 처남 부부가 뿌린 씨앗이라고도 할 수 있다. 평화로웠던 우리 집에 이츠카를 보낸 건 그들이니까. 우루우는 이렇게 부엌에 있어도, 거실에 장식되어 있는 여러 장의 가족사진—코니아일랜드 해변에서 찍은 것이라든지, 뒤뜰에서 바비큐를 했을 때 찍은 것(유즈루는 아직 아장아장 걸어 다닐 때였다)이라든지—을 또렷이 떠올릴 수 있다. 하나같이 이츠카가 오기 이전의 우리 집이고 추억이었다.

홍차를 끓여 먹으려고 항상 쓰는 머그컵을 손에 들었다가, 갑자기 마음이 바뀌어 다른 컵을 골랐다. 어느 걸 쓰든 내 마음이라고 생각했다. 아내는 가정을 포기했고, 처음에 손에 들었던 갈색 초벌구이 머그컵만 해도 딱히 우루우가 좋아서 자기 것으로 해 둔 게 아니라, 리오나가 멋대로 우루우용이라고 정했을 뿐이니까.

"안녕히 주무셨어요."

드디어 일어나 내려온 유즈루가 말했을 때 작은 냄비 안에서는 물이 끓고, 무수한 기포와 함께 달걀 두 개가 통통 구르고 있었다.

"잘 잤니. 달걀 곧 다 삶아질 거다."

"엄마가 아빠한테, 오늘 쓰레기 버리는 날이니까 꺼내 놓는 거 잊지 말래."

내심 치밀어 오르는 짜증을 우루우는 애써 감추었다. 작년 크리스마스에 하도 졸라서 사 준 유즈루의 휴대 전화로는 제 엄마가 연락을 하는 모양이다. 전화였는지 문자였는지, 어젯밤 일인지 오늘 아침 일인지조차 우루우는 모른다.

"내가 할게."

"어?"

되물은 까닭은 뭘 말하는 건지 몰랐기 때문이다. 순간, 리오나가 보낸 문자에 대한 답장 이야기인가 싶었지만 유즈루는 짧게

"쓰레기."

하고 말했다.

"쓰레기? 그런 건 됐어, 아빠가 할 테니까."

할 생각은 아니었지만, 유즈루가 가여워서 그렇게 말했다.

"넌 걱정 안 해도 돼."

라고.

삶은 달걀은 좀처럼 까지질 않았다. 껍데기가 너무 조각조각난 데다 속껍질이 접착제 역할을 하고 있어서 무리하게 벗겨 내려고 하면 흰자 자체가 뜯겨 나간다. 틈틈이 홍차를 마셔 가며 달걀과 씨름하고 있는데,

"그거, 내 머그컵이야."

하고 유즈루가 말했다.

시럽을 듬뿍 적신 팬케이크를 먹으면서, 이 얼마나 기분 좋은 아침이냐고 레이나는 생각한다. 창밖은 쾌청하고, 기운을 되찾은 이츠카쨩은 왕성한 식욕을 보이며 스크램블드에그와 베이컨에 몰두하고 있다. 붉은색 시트를 씌운 박스석은 넓고, 커피는 무한 리필에 팬케이크는 맛있다.

"병이 아니라니 참 좋다."

레이나는 말하고, 이츠카쨩의 접시로 포크를 뻗어 베이컨을 한 조각 가져왔다.

"있잖아, 여행 떠나기 전에, 둘이서 이런저런 것들을 정했었잖아? 휴대 전화 전원은 꺼 두기라든가, 누가 물어보면 이츠카쨩은 스물한 살이라고 대답하기라든가."

딱 알맞게 구워진 베이컨을 잘근잘근 씹어 삼키고 나서, 다시 달콤한 팬케이크로 돌아간다.

"응. 레이나 너는 그것들을 전부 노트에 써 뒀었지."

"응, 써 뒀고 기억도 하고 있는데, 여행하는 동안 있었던 일들은 영원히 둘만의 비밀로 한다는 약속이 있었잖아."

있었지, 라고 대답하며 이츠카쨩은 고개를 끄덕인다. 마른 몸과 짧은 머리카락. 나오기 전에 샤워를 해서 피부에도 머리카락에도 어쩐지 물기가 남아 있다. 군청색 트레이닝복은 너무 빨아서 목둘레가 늘어나 버렸다.

"그건, 뭐랄까, 쓸데없는 약속이었어."

레이나는 그렇게 말하고, 생크림(시럽과 섞이지 않도록 접시 가장자리에 모아 두었다)을 포크로 떠 입에 넣는다.

"쓸데없다니? 왜."

"그렇잖아."

의아한 표정을 짓는 이츠카쨩에게 레이나는 설명한다.

"예를 들어 이 아침이 얼마나 멋진지, 지금 여기에 없는 누군가에게 나중에 이야기해 봤자, 절대 모를 거란 생각 안 들어?"

이츠카쨩은 회복됐고, 아침 식단은 깔끔하고, 짐은 코인 로커에 넣어 두어서 홀가분하고, 오늘 하루는 이제 막 시작되었다.

"다른 일들도 그렇잖아? 케니나 미시즈 키튼이 어떤 사람이었는지도, 밤새도록 버스를 타고 가다 이따금 눈이 떠졌을 때 어떤 느낌이 드는지도, 나중에 이야기해 봤자 절대 알지 못해."

"그건 뭐, 그럴지도."

이츠카쨩의 반응이 성에 차질 않아서,

"굉장하다고 생각하지 않아?"

하고 레이나는 다시금 말을 덧붙인다.

"그러니까, 누군가한테 이야기하든 하지 않든 상관없이, 모든 게 자동적으로 둘만의 비밀이 돼 버리는 거잖아? 굉장하지 않아?"

레이나에게는 그건 정말이지 '굉장한 일'로 느껴졌다. 하지만 이츠카짱은 살짝 웃고,

"레이나 너무 거창해."

라고 말하는 것이었다.

강을 따라 난 길을 걷다 보니 햇살의 따스함과 바람의 차가움이 동시에 느껴졌다. 이츠카는 몸이 가벼웠고, 열이 내린 정도로 이토록 머리가 상쾌해지는 건가 놀랄 만큼 사고도 시야도 맑아진 느낌이었다. 아침으로 먹은 빵과 달걀과 베이컨조차 위장 속에서 감별할 수 있을 것만 같았다.

옆에서 레이나는 통통 뛰듯이 걷고 있다. 암녹색 니트 모자, 팔에 안은 토끼. 이 순간도 '자동적으로 둘만의 비밀'인 것이다, 레이나의 말을 빌리자면.

게이트웨이 아치는 기억에 있는 것과 마찬가지로 아름답고, 마찬가지로 흔들림이 없었다. 면도날만큼이나 얇고 예리해 보이는 그 금속제 아치를 밑에서 올려다보면서, 이츠카는 오늘 아침 크리스와 나눈 대화를 떠올리고 있다. 전화는 이츠카 쪽에서 걸

었지만, 그건 전원을 켰더니 부재중 전화가 두 통 와 있었기 때문이다. 어떻게 지내는가 싶어서, 라는 것이 그 부재중 전화에 대한 크리스의 말이었다. 이츠카는 잘 지내고 있다고 대답했다. 뉴멕시코주까지 갔지만 돈이 떨어져서 돌아가는 중이라고. 중간에 레이나를 바꿔 주었고, 레이나가 몇 가지 일(선인장을 잔뜩 봤다, 들개가 엄청 많았다)을 덧붙이고, 다시 이츠카 손에 돌아온 전화를 끊기 전에 크리스는 일본어 공부를 시작했다고 말해서 이츠카를 놀라게 했다. 공부라고 해도 초보자용 교재를 사서 짬이 날 때 읽고 있을 뿐이고 아직 말은 전혀 못하지만, 이라며 억양이 거의 없는 조용한 목소리로 말하고, 이츠카와 레이나의 대화를 듣고 일본어에 흥미를 가지게 되었다고, 웃음기 섞인 목소리로 설명했다.

크리스와 일본어로 대화를 하다니, 너무도 기묘해서 이츠카는 잘 상상이 가지 않는다. 하지만 만약 그런 날이 온다면 얼마나 재미있을까.

"지난번에 여기 왔을 때 말야,"

레이나 말에 이츠카는 현실로 되돌아왔다.

"퍼넬 케이크 포장마차가 있었는데. 그 가족, 오늘은 없네."

어느새 땄는지, 레이나 손에는 노란 꽃이 세 송이 쥐어져 있다.

시카고행 버스가 출발할 시간까지는 아직 반나절이 남았다.

레이나가 그 여자에게 흥미를 가진 까닭은 복장이 색달랐기 때문이다. 남자가 입을 법한 갈색 양복 아래에는 핑크색 레이스 스커트를 받쳐 입고, 타이츠 위에 신은 양말도 오른쪽은 흰색, 왼쪽은 녹색이었다. 눈에 띄는 붉은색 머리는 몇 년 넘게 빗질 한번 하지 않은 것처럼 보이고 목에 둘둘 감은 털실 머플러(색깔은 청록색)에 쓸려 들어가 있다.

"하이."

스쳐 지나면서 인사를 하자, 무서운 얼굴로 노려봤다. 여자는 속눈썹까지 붉은색이고, 눈은 아름다운 녹색이다.

"하이라니, 어떤 의미지?"

멈춰 선 채 물어오자, 레이나는 대답이 궁했다. 이츠카짱이 보호하려는 듯 레이나 등에 팔을 둘렀다.

"어째서 지금 나한테 하이라고 말한 건데?"

"이 아이는 그저 인사를 했을 뿐입니다."

이츠카짱이 대답한다.

"그걸 믿을 거라고 생각해?"

여자는 얼굴뿐만 아니라 목소리도 무서웠다. 단어와 단어 사이에 슉슉거리는 소리를 섞어 가며 물고 늘어지듯이 떠든다.

"너희들이 누군지 난 알아. 실리아는 어디 있어? 실리아를 돌려줘."

무섭다기보다 정신이 온전치 못하다는 걸 깨달았을 때에는 이미 늦었고, 여자는 들고 있던 핸드백으로 이츠카짱을 퍽퍽 때리기 시작했다. No라느니 Don't do that라느니 레이나가 말해도 듣지를 않아서, 도리 없이 레이나는 젖 먹던 힘까지 다해 비명을 지르며 도움을 요청했다.

미우라 신타로는 아직 모른다. 딸이 사촌 동생 집이 아니라 미국인 남자(더구나 병사한 파트너의 죽음을 계속해서 애도하고 있는 게이)의 아파트에서 살기 시작하고, 그 후 7년간 돌아오지 않으리라는 것도, 리오나가 우루우와 헤어져 아이들만 데리고 귀국하는 것도. 그래서 지금 회사 근처 단골 초밥집에서 리오나의 술잔에 일본주를 따라 주면서 신타로가 느끼고 있는 것은 그리움과, 누이동생이 전혀 나이 들지 않고 예전 그대로인 것처럼 보인다는 사실에 대한 가벼운 놀라움뿐이었다. 저쪽 생활이 체질에 맞았는지도 모르겠다고 신타로는 상상한다.

"내일, 몇 시 비행기야?"

부드럽게 익힌 전복을 입에 넣으며 묻자, 11시라는 대답이 돌아왔다.

"이번엔 혼자 오다 보니, 딸처럼 응석을 부려 버렸네."

"그야 딸이잖여."

사투리로 대답하고, 리오나가 살짝 웃는 것을 확인하고 나서 신타로는,

"우리 집 문제아가 그쪽에서도 그래 놔서, 미안하게 생각해."

하고, 맨 나무 카운터에 두 손을 대고 고개를 숙인다.

"대체 어디에 있는 건지……."

"이츠카는 좋은 애야."

리오나는 말하고, 다 비운 잔에 직접 술을 따랐다.

"아주 야무져. 분명 가스미 씨를 닮았겠지."

생긋 미소 짓는다. 술이 센 것도 예나 지금이나 변함이 없다.

"지도를 봐, 그 애들이 어디에 있었는지 알고 싶어서, 엽서가 도착할 때마다 말야. 처음엔 아무튼 돌아와 주길 바라는 마음뿐이었는데, 언젠가부터 있지, 좀 더 멀리까지 가렴, 하는 마음이 들어 버려서, 나 스스로도 깜짝 놀랐어."

신타로는 진심으로 놀란다.

"그거, 교회나 예수 그리스도 같은 거랑 뭔가 관련 있는 건가?

잘은 모르겠지만, 관용이라든가 수용이라든가, 자비라든가 자애라든가 그런 거?"

리오나는 어이없다는 얼굴을 하고, 이내 웃으며,

"없어."

하고 대답했다.

"전혀 없어. 이상한 소리 하지 마. 신짱이라면 알아줄 거라고 생각했는데."

불똥 꼴뚜기 꼬치구이가 나오고, 간을 얹은 쥐치가 나오고, 불에 그슬려 술과 소금을 뿌린 키조개가 나왔을 참에 신타로는 가게 주인에게 슬슬 초밥을 쥐어 달라고 부탁했다.

"그래도, 뭐,"

그리고 결국, 딸들에 대해 아내와 이야기할 때 최근 입에 올리게 된 말이 이때도 입을 타고 나온다.

"무사히 돌아와서 얼른 안심시켜 줘라, 하는 말을 하고 싶어, 나는."

레이나가 지른 비명의 효과는 절대적이었다. 젊은 흑인 일행 (남녀 두 사람씩)이 달려와서 여자를 이츠카한테서 떼어 놓아 주었을 뿐만 아니라, 멀찍이서 보고 있던 구경꾼 같은 사람들도 엉

거주춤 다가와서는, 각자 보았다고 생각하는 것("그 여자가 갑자기 때리려고 덤벼들었어. 이 애들은 아무 짓도 하지 않았어.", "아니, 둘이서 이 여자를 도발한 거야. 일부러 가까이 가는 걸 봤다고.")에 대해서 발언하고, 경찰을 불러야 한다고 주장하는 사람도 있었다.

"No."

그건 곤란하다는 생각에 이츠카는 그렇게 말하고, 도와준 젊은 일행에게 감사 인사를 하고 그 자리를 떠나려 했다. 투지가 순식간에 가라앉은 듯한 붉은 머리 여자는 이츠카에게도 레이나에게도 흥미를 잃은 듯 아무와도 눈을 맞추지 않고 알 수 없는 혼잣말을 하고 있었다.

"이 사람, 실리아를 찾고 있어요."

여하튼 이 자리를 떠나고 싶었던 이츠카로서는 기가 차게도, 그 순간 레이나가 그렇게 말했다.

"그렇죠? 당신, 우리가 실리아를 어딘가에 숨겨 뒀다고 생각한 거죠?"

하고 여자에게 직접 말을 건다.

"레이나."

이츠카는 사촌 동생의 몸을 끌어당겼다. 여자가 또 흥분하는 건 아닌지 두려워서였지만, 여자는 '실리아'란 말에도 관심을 보이지 않고 레이나에게서 눈을 돌렸다.

"가자."

이츠카는 그렇게 말하며 레이나의 등을 살며시 밀었다. 붉은 머리 여자와 엮이고 싶지 않았다.

"All right, 이 애들은 괜찮아. 이쪽 레이디도."

도와준 젊은이들 중 하나가 그렇게 말하고, 사람들의 원이 흐트러진다.

메트로링크역을 향해 걷기 시작했지만 이츠카는 아직도 무서웠다. 다리에 힘이 풀리고 손도 떨린다. 느닷없는 적의를 맞닥뜨린 것도 충격이었고, 코앞에서 본 여자의 얼굴—분노로 일그러져 있던—은 뇌리에 박혀 버리고 말았다. 하지만 무엇보다 가장 용서할 수 없었던 건, 그녀가 레이나로 하여금 그런 비명을 지르게 만들었다는 사실이다. 이제야 분노가 부글부글 끓어오르고, 그 덕에 공포가 옅어졌다. 재미있는 발견이라고 이츠카는 생각한다. 분노와 공포가 공존할 수 없다니.

"깜짝 놀랐네."

레이나가 말한다. 주위는 비즈니스 거리이고, 공기가 건조하고 밝고, 하늘이 파랗다.

"그런데 실리아가 누굴까. 그 여자의 행방불명된 딸이나 여동

생일까."

"모르지."

이츠카는 대답한다. 아직 분노와 공포를 둘러싼 발견에 대해 생각하고 있었다. 만약 어느 한쪽을 선택해야 한다면 자신은 분노를 택하리라고, 이츠카는 생각한다.

"개나 고양이일지도 모르겠다. 아니면 옛날 동급생이거나."

"그런 건 아무래도 상관없어."

이츠카는 말했다.

"그냥 망상일지도 모르고."

그 여자는 레이나에게 비명을 지르게 했다. 이츠카에게 있어 문제는 그것뿐이고, 그 사실을 생각하니 다시 새롭게 분노가 부글부글 끓어올랐다.

그 후로는 아무 일 없이 오후가 지나갔다. 메트로링크를 이용해 유니언 스테이션에 가서 쇼핑몰을 어슬렁거리며 스무디를 마시고, 시내 중심부에 있는 오래된 건물(옛날 재판소라든가 옛날 교회라든가)을 보며 걸었다. 잔디 광장에서 각자 가족 앞으로 엽서를 써서 우체통에 넣고(아마도 마지막 엽서일 것이다), 이름이 귀여운 블루베리 힐이라는 레스토랑에서 저녁을 먹었다. 이름이 귀엽다면서 레이나가 그곳으로 정한 것인데 외관이 엄청 화려한 가게(건물은 오래되었지만, 과하다 싶을 정도로 네온사인이 번쩍이고 있었다)여서 들어가기까지 조금 용기가 필요했다. 들어가 보니, 내부는 외관 이상으로 화려했기에(벽에는 사슴 머리며 코끼리 오브제, 다트판. 그 외 핀볼 머신이며 크레인 게임 기계가 비치되어 있고, 기계음과 음악과 웅성거리는 소리로 가득했다), 레이나도 이츠카도 놀라서 말을 잃고 말았다. 미트 소스 스파게티(거대)와 믹스 샐러드(역시 거대)를 반씩 나눠 먹었다.

버스 터미널에 도착하자 레이나는 한시름 놓았다. 일상의 장소로 돌아온 듯한 기분이 들었던 것이다. 일상의 장소 따위는 전혀 아닌데도.

"여행 냄새!"

떠오른 생각을 그대로 입에 올리자,

"여행 냄새?"

하고 이츠카짱이 되물었다. 그레이하운드와 암트랙 둘 다 있는 커다란 터미널은 밤에도 사람이 많아서 어수선하다. 여러 개 있는 공중전화와 티켓 부스, 버스와 열차의 발착을 알리는 안내방송.

"다른 사람들의 코트라든가 여행 짐이라든가, 체취라든가 향

수 같은 냄새?"

말꼬리를 올려서 대답한 까닭은 스스로도 확신이 없었기 때문이다. 자신이 지금 느끼고 있는 뿌듯함이나 안도감이 정말로 그러한 것들 때문인지 아닌지.

"아마도 말이야,"

마음속을 살피고 거듭 생각해 가면서 레이나는 설명한다.

"거리에 있는 사람들은 거리에 속해 있지만, 여기 있는 사람들은 어디에도 속해 있지 않아서가 아닐까. 물론 역무원이라든지 일하는 사람들은 별개이지만."

반들반들한 바닥, 밝은 형광등, 두 사람의 짐이 기다리고 있는 코인 로커.

"레이나가 말하고 싶은 건,"

쭈그려 앉아 짐을 꺼내고 있는 이츠카짱 뒤에서 레이나는 말을 이었다.

"레이나는 버스 터미널이 꽤 좋다는 거야."

말한 후에야, 하고 싶었던 말과 미묘하게 다르다는 느낌이 들었지만, 달리 어떻게 말해야 좋을지 알 수 없었다. 일어선 이츠카짱에게서 배낭을 받아 짊어진다.

"안전지대라는 느낌?"

이츠카짱이 말했다.

"다카오니곳코(지면보다 높은 곳에 있는 동안에는 술래에게 붙잡히지 않는 놀이_옮긴이)의 높은 데라든지, 이로오니곳코(술래가 지정하는 색깔의 물건을 만지면 안전한 놀이_옮긴이)의 그 색깔이 있는 데라든지, 붙잡힐 염려 없는 곳, 그런 곳에 있는 느낌 아니야?"

라고.

"맞아! 몇 번이든 거기로 돌아갈 수 있는 거."

레이나가 인정하자,

"그리고, 몇 번이든 거기서 다시 바깥으로 나갈 수 있는."

라고 이츠카짱이 덧붙인다. 기쁨이 솟고, 레이나는 "치ー크!" 하고 외치며 사촌 언니의 뺨에 뺨을 댔다.

뉴욕은 흐렸다. 공항 건물에서 한 발짝 바깥으로 나서자마자 리오나는 돌아왔구나 싶었다. 머리색도 피부색도 제각각인 사람들, 경비원과 청소원의 제복, 이 거리의, 겨울 아침 특유의 냄새ー. 한 개였던 짐이 두 개로 늘어나 있는 건, 여느 때처럼 이것저것 들려 주었기 때문이다. 과자니 김이니 일본주니ー. 무사히 돌아온 것을 우루우의 휴대 전화에 전화를 걸어(받지 않았기에 음성 메시지로) 전달하고, 리오나는 공항버스를 탔다.

펜 스테이션에서 내려 택시를 타고 집에 도착한 때는 점심 전이었다. 낯익은 길의 낯익은 집들. 레이나와 이츠카가 돌아와 있을지도 모른다는 기대는 품지 않았다. 아무도 없는 집에 들어가게 되겠지. 어찌 된 영문인지 이미 그런 마음을 먹고 있었다.

예상한 대로 집에는 아무도 없었고, 예상했던 것만큼 어질러져 있지는 않았지만 공기가 정체되어 후텁지근했다. 커튼이 쳐진 실내는 어둑어둑하다.

리오나는 창문을 죄 열었다. 빨랫감이 쌓여 있어서 세탁기를 돌리고, 짐을 풀고 샤워를 했다. 깨끗한 옷(여하튼간에 내 집에는 그것이 있다)을 꺼내 입고, 커피를 내리고, 화분에 물을 주었다. 8일간, 하고 생각한다. 내가 집을 비운 8일간, 이 집에는 이 집의 시간이 흐르고, 남편과 아들 둘이서 생활하고 있었던 거다.

옆집에 돌아왔다는 인사를 하러 갔더니, 일 년은 떨어져 있었던 양 포옹으로 맞아 주고 커피와 케이크를 대접해 주었다. 앨리스는 리오나가 집을 비운 동안 아무 문제도 없었다고 말했다. 우루우가 아들과 함께 저녁을 먹지 않은 날은 하루뿐이었고, 그 하루조차 '저녁은 준비해 두었다'고 해서 자신이 실력 발휘할 기회는 없었다고 했다. 그다지 간섭받고 싶지 않은 것 같아서 가만히 놔두었다고도.

미안합니다, 라는 말을 리오나는 삼켰다. 우루우가 앨리스를 기분 좋게 대했을 리는 없겠지만, 그걸 자신이 사과하는 건 우루우를 나쁜 사람으로 만드는 것 같아서 양심에 찔렸다. 그래서 감사 인사만 전하고, 선물을 건네고 집에 돌아오니, 놓아두고 갔던 휴대 전화에 우루우한테서 온 부재중 전화가 다섯 건 표시되어 있었다. 음성 메시지는 없고, 다섯 통의 부재중 전화에 시간차가 거의 없는 걸로 보아 리오나가 전화를 받지 않는다는 사실에 화를 내며 잇달아 걸었음을 알 수 있었다. 리오나는 한숨을 쉰다. 다시 걸었지만, 우루우가 받지 않으리라는 것은 예상하고 있었다. 거실을 대충 정리하고 부엌과 욕실 청소를 한다. 오늘 우루우는 이제 리오나 전화는 받지 않을 테고, 먼저 전화를 걸어오지도 않을 것이다. 그렇게 하면, 집에 돌아와서 문을 닫기 무섭게 "왜 전화 안 받았어."라고 말할 수 있다. "몇 번이나 걸었는데."라며, 마치 그것이 문제이고, 달리 문제는 없는 것처럼.

프런트데스크에 나붙은 종이를 보고 이츠카는 순간 눈을 의심했다. '신용 카드 불가'. 눈에 잘 띄게 커다란 손글씨로 확실히 그렇게 쓰여 있다. 이 호스텔은 우리 편이다. 그렇게 생각했다. 현금이 있어도 신용 카드가 없으면 묵을 수 없다고, 그 말을 들은 게 지금껏 몇 번인지.

"여기, 멋진데."

그래서 이츠카는 그렇게 말했다. 세인트루이스에서 며칠 묵는 바람에 예기치 않은 지출이 발생했던 후라, 가이드북에 실려 있는 곳 중에서 가장 싼 숙박 시설로 와 보았던 것이다. 오후부터 방에 들어갈 수 있다기에 짐만 맡기고 시카고 거리로 나온다.

"도시야, 이츠카짱. 도시!"

버스가 시카고 시내로 들어서고부터 벌써 몇 번은 했던 말을 레이나는 또 했다.

"왠지 말야, 뭐든 다 크고, 엄청나게 많고, 빨라서, 막 놀라게 돼."

"너, 어디 시골에서 왔니?"

말은 그렇게 했지만 이츠카도 똑같이 느끼고 있었다. 거리의 규모, 소음, 승용차와 버스와 지하철의 수효, 고층 빌딩의 높이, 많은 사람, 사람들의 균일한 분위기(주민인지 관광객인지 구별이 가지 않는다), 많은 먼지, 핑핑 돌아가는 빠르기―. 다른 사람과 부딪히지 않고 걸을 수 있다는 게 신기할 정도다. 도회지, 라는 것일 게다. 자신도 레이나도 도회지에서 꽤 멀리 떠나 있었다.

"이츠카짱, 잠깐만 여기 들어가 봐도 돼?"

레이나가 멈춰 선 곳은 귀여운 물건 가게 앞이었다. 달리 무어라 불러야 할지 모르겠다. 그릇이니 인형이니, 작은 가구니 앞치마 같은 것들을 파는 가게인데 안에 들어가면 허브 오일 비슷한 냄새가 날 거라는 걸 들어가기 전부터 알 만한 가게다.

"상관없지만, 아무것도 못 산다?"

레이나는 "알아." 하고 대답하고, 그 말대로 딱 30분 후에 아무것도 사지 않고 그 가게를 나왔다.

점심을 먹은 후에도 레이나의 "잠깐만 여기 들어가 봐도 돼?"는 계속되었다. 귀여운 물건 가게, 문구점, 구움 과자 전문점, 또 다른 귀여운 물건 가게, 초콜릿 전문점—. 사지 않아도, 보는 것만으로 만족하는 모양이었다.

시내 중심에 있는 커다란 공원을 산책하고, 슈퍼마켓에서 마실 물을 사 가지고 호스텔로 돌아온 때는 저녁 무렵이었다. 프런트에서 열쇠를 받아 가려는데 열쇠는 없다는 말에 이츠카는 경악했다. 어떻게 된 건지 알 수 없었지만, 방은 3층이니 곧장 3층으로 가라기에 시키는 대로 엘리베이터에 탔다. 3층에서 내리자 그곳에도 다시 프런트데스크 같은 것이 있고, 여자 직원이 방으로 안내해 주었다.

"자, 여기예요."

하늘색 스웨터에 청바지, 금발을 포니테일 스타일로 묶은 그 직원은 느낌이 좋은 데다 활기차게 웃는 얼굴로 그렇게 말했지만, 이츠카는 아무 대답을 할 수 없었다.

그건 커다란 방이었다. 2층 침대가 입구부터 안쪽을 향해 세 개씩, 4열로 늘어서 있다(다시 말해 2층 침대가 열두 개 있다는 뜻이고, 다 차면 스물네 명이 쓸 수 있는 방이다). 벽 쪽 침대 하나(의 아래 단)에 이츠카와 레이나의 짐이 한데 놓여 있었다.

"TV실과 조식실은 2층, 샤워실과 화장실은 각 층마다 있어요. 오세요."

직원이 설명했지만, 이츠카는 눈앞의 광경에 정신을 빼앗겨 거의 듣지 않았다. 몇몇 침대에는 사람이 있었다. 노트북 컴퓨터를 펼치고 있거나, 무언가를 먹고 있거나―. 빈 침대 중 몇 개에는 짐이 널려 있는데 그 모습을 보아하니 이 층은 여성 전용인 듯하다. 침대 외에 가구라 부를 만한 것은 없다. 창문과 바닥과 천장과 벽. 완벽하게 그것뿐이었다.

호스텔이란 호텔과는 다른 걸까. 가격이 싸다는 이유만으로 결정해 버린 건 경솔한 짓이었는지도 모르겠다. 배정된 침대에 걸터앉아 이츠카가 그런 생각을 하고 있으려니,

"샤워실이랑 화장실은 복도 막다른 곳에 있어."

하고 레이나가 말했다.

"둘 다 넓고, 샤워실은 부스가 아주 많아. 그리고 세면대도."

라고 보고한다. 보러 갔다 온 모양이다.

"레이나, 여기 어떻게 생각해?"

물어보니, 잠시 있다가,

"조금 학교 같아."

라는 대답이 돌아왔다.

"만약 레이나가 싫으면, 여기에 묵는 건 관두고, 다른 곳을 찾아봐도 돼."

이츠카는 그렇게 말해 본다. 돈이 없다고는 해도, 하룻밤만이라면 조금 더 비싼 호텔에 묵는 것도 가능하다. 그런데,

"왜?"

하고 레이나는 되물었다.

"버스에서 자는 것보다 훨씬 좋고, 레이나는 별로 싫지 않아. 그렇다기보다, 혼자 묵는 건 싫은데 이츠카짱이랑 함께라면 어디든 좋아."

그 말은 이츠카를 기쁘게 하는 동시에 부끄럽게 만들었다.

"그럼, 여기여도 괜찮을까."

그렇게 말하면서, 방금 레이나가 한 말이 자신의 입에서 나왔

으면 좋았을 거라고 이츠카는 생각한다. 레이나와 함께라면 어디든 좋아, 라고. 하지만 자신은 말하지 못했다. 조금 더 평범한, 프라이버시가 확보되는 호텔에 묵고 싶다는 생각밖에 하지 못했다.

"그보다 말야, 이츠카짱, 근처에 맛있는 피자집이 있대. 싸고 볼륨 만점이라서 추천한다고 레베카가 가르쳐 줬어. 갈래? 오늘 밤 가 볼래?"

"레베카?"

되묻는 동시에 생각해 냈다. 그러고 보니, 금발 포니테일이 아까 분명히 '하이, 나는 레베카야.' 하고 한 손을 내밀면서 말했었다. 위화감이 느껴질 정도로 상냥하게.

아침 해가 쏟아져 들어오는 샤워룸 세면대 앞에 서서 이를 닦으며 레이나는 상상한다. 기숙사 생활이란 게 이런 느낌일까, 하고. 옆에서 이를 닦고 있는 모르는 사람을 볼 생각은 없는데 거울에 비치고 있으니 도리 없이 그 흑인 여성이 시야에 들어온다. 파자마에 감싸인 육감적인 몸, 꽃무늬 파우치에서 엿보이는 화장 도구.

어젯밤, 방 안 불이 10시에 꺼진 후에도 다들 머리맡의 등을 켜고 무언가 하고 있는 소리가 났다. 피자를 너무 많이 먹어서 속이 거북했기에 레이나는 좀처럼 잠들지 못했다. 그래서 이츠카짱이 자고 있을 위 침대의 바닥을 보고 있었다. 나무 골조와, 만지면 거슬거슬한 천을. 자신이 여기에 있다는 사실이 신기했다. 하지만 조금 재미있다고도 생각했다. 상상도 하지 못했던 장소에 누워 있다는 사실이. 누군가의 숨소리가 들리고, 버스 안 같다고 생각한 것까지는 기억나는데 그 후 어느새 잠이 들었다. 정신을 차려 보니 아침이고, 얼굴 옆에 토끼가 있고, 이츠카짱은 이미 샤워를 마치고 위 침대에서 음악을 듣고 있었다.

이제 곧 집에 돌아간다.

거울에 비친 자신의 얼굴을 보면서 그렇게 생각해 보았지만 전혀 실감이 나지 않는다. 지금 이곳에 있는 것―회색 타일, 줄줄이 늘어선 세면대, 높은 위치에 나 있는 창문으로 쏟아져 들어오는 아침 빛. 파자마 차림의 흑인 여성과 그녀의 화장 파우치, 자신의 치약 냄새와 맛―만이 확실한 현실이고, 그 외의 것―뉴욕이라든가, 집이라든가, 그곳에 있는 부모님과 동생이라든가―은 현실이 아닌 듯한 기분이 들었다.

샤워를 마치고 방에 돌아오니, 이츠카짱은 더 이상 음악을 듣고 있지는 않고 침대 위에 버스 시각표를 펼치고 있었다. 짐들에

둘러싸여 책상다리로 앉아 있는 모습은 주위 사람들과 다를 바 없고, 그 모습이 의외여서 레이나는 웃고 만다.

"이츠카짱, 이미 이곳에 익숙해졌는걸."

어젯밤에 먹은 피자가 너무 헤비해서 아직 배가 고프지 않다는 데에 두 사람의 의견이 일치했기에 조식은 거르고(하지만 흥미가 있었기에 2층 식당을 들여다볼 만큼 들여다보고, 삶은 달걀을 하나씩 받아 주머니에 넣고) 바깥으로 나오니, 눈이 부실 정도로 하늘이 맑았다. 버스 터미널로 가서 코인 로커에 짐을 두고 슈퍼마켓으로 향한다.

"좋은 거리네, 여기."

시카고에 오고 나서 알게 됐지만, 레이나는 도회지라는 것이 역시 좋았다. 사람이 있고 가게가 잔뜩 있으면 안심이 된다. 번화가에서 느닷없이 링컨과 현대인(스웨터와 코듀로이 바지 차림에 운동화를 신고 있다)이 무언가 이야기를 나누고 있는 조각상과 마주치는 것도 즐겁다. 게다가 도회지에서는 아무도 자신들을 눈여겨보지 않는다. 어디에서 왔는지 어디로 가는지 따위를 묻지 않는다는 건 이곳에 있어도 된다는 증표 같아서 기쁘다.

장시간 버스를 탈 것에 대비해 쇼핑을 했다. 물, 크래커, 물티슈, 초콜릿, 봉지에 든 프룬과, 잡지도 한 권. 고른 물건을 바구니에 넣으면서 갑자기 계산대 앞에 줄을 서는 것이 무서워졌다. 계산대를 통과하고 나면, 남은 건 돌아가는 일뿐이다. 지금 이 넓디넓은 슈퍼마켓 안에 있는 사람들 중에서 아마도 레이나와 이츠카쨩만이 이제부터 뉴욕까지 이동할 것이다.

"있잖아, 이츠카쨩."

레이나는 사촌 언니의 팔을 잡았다.

"우리, 진짜 돌아가는 거야?"

자신이 무얼 물으려 하고 있는지 스스로도 알 수가 없었다. 왜냐면 대답은 이미 알고 있으니까. 알고 있는데도, 어쩐지 갑자기 믿어지지가 않았다. 봉지에 든 호두를 손에 들고 살펴보던 이츠카쨩은,

"돌아가는 거야."

라고 대답한 후에,

"돌아가는 게, 무서워?"

하고 물었다. 바구니에 호두 봉지를 추가한다. 레이나는 생각해 보았지만, 그건 전혀 무섭지 않았다. 오히려 조금 더 있으면 돌아가고 싶어질 것 같았다. 살짝 긴장이 풀리거나, 집 생각이 난다든지 하면—.

"이츠카쨩!"

저도 모르게 목소리가 커졌다.

"이제 알았어. 레이나가 무서운 건 집에 돌아가는 게 아니라, 집 생각이 나 버리는 거야. 왜냐면, 어쩌다 생각이 나면 돌아가고 싶어지거든. 레이나는, 돌아가는 건 좋지만, 돌아가고 싶어지는 건 싫은 거야."

레이나가 그렇게 설명하자 이츠카짱은 웃었다.

"말하자면, 넌 이미 생각난 거잖아."

하고. 그러더니 일단 집어넣었던 호두를 바구니에서 꺼내 매대에 도로 올려놓았다.

"괜찮아, 생각나도."

이츠카짱은 그렇게 덧붙이고 계산대로 향했다. 오전 11시 30분에 출발하는 버스를 타면, 다음 날 아침 6시 10분에 뉴욕에 도착한다.

이른 아침 6시에 눈을 뜬 기사카 우루우는 아직 알지 못한다. 대략 한 시간 반 후에 딸들이 돌아온다는 것도, 그때 자신이 아침 식사를 마치고 거실에 선 채 TV 뉴스를 보고 있으리라는 것도, 옆에는 유즈루가 서 있고, 부자가 나란히 지난밤에 있었던 뉴저지 데빌즈의 무섭도록 거친 시합 상황에 눈을 빼앗기고 있으리라는 것도. 잠긴 문이 열리는 소리가 나고, 열쇠를 가지고 있는 건 레이나가 아니라 이츠카일 텐데 레이나가 먼저 뛰어 들어오리라는('다녀왔습니다.'가 아니라 '히얏!'이라는 기묘한 환성을 지르며) 것도, "레이나!" 하고 말하는 사람이 자신이 아니라 유즈루이며, 그래서 레이나의 다음 말도 "아빠!"가 아니라 "유즈루—"가 되리라는 것도. 그 후에 "다녀왔습니다." 하는 목소리가 들리고, 그 목소리는 물론 이츠카이지만, 그와 같은 이런저런 일들을 알 리 없는 우루우가 두통과 함께 지금 생각하고 있는 건, 왜 과음을 한 다음 날 아침에만 눈이 빨리 떠지고 마는가, 하는 것이었다. 자신이 마신 술—어젯밤엔 소주를 마셨다—의 취기가 밴 침실은 아직 어둑어둑하다. 그래도 옆 침대는 이미 사람이 빠져나간 상태이고, 다시 말해 리오나는 부엌에서 유즈루의 도시락이나 교회 모임에 가져갈 머핀 따위를 만들고 있으리라(양쪽 모두일지도 모른다).

우루우는 이해할 수가 없다. 자기 멋대로 귀향했다가 돌아온 리오나는 아무 일도 없었던 양 행동하고 있다. 청소를 하고 빨래를 하고, 장을 보러 가고, 요리를 하고, 다음 주말에는 근처에서 열리는 개라지 세일Garage Sale 일을 도우러 간다고 한다. 우루우의 눈에 그건 마치 레이나의 부재를 수용해 버린 것처럼 비친다. 레이나 없이도 아내의 일상에 지장은 없는가 싶게.

느릿느릿 침대에서 나와 커튼을 열어젖힌다. 레이나에 대해 생각했다. 지금 어디에 있을까. 우루우는 딸이 그리웠다. 이츠카의 영향을 받기 전, 솔직하고 천진난만했던 딸이.

버스는 예정보다 15분 일찍 포트 오소리티에 도착했다. 지하 정차장은 형광등으로 밝혀져 있고, 여러 대의 버스가 내뿜는 배기가스며 승객들의 졸음기와 피로, 승차를 기다리는 사람들의 줄이 내뿜는 어수선한 공기가 가득했다. 하지만 이츠카는 지금 생각지도 못한 고양감을 느끼고 있었다. 이 장소에서 버스를 타고 여행을 시작했다. 그때의 자신들은 그 후에 일어난 수많은 사건들을 어느 것 하나 알지 못했다. 자신들이 어디로 가게 될지, 무엇을 보게 될지도.

"돌아왔네."

토끼를 안은 레이나가 말하고, 이 토끼도 그땐 없었다고 이츠카는 생각했다.

"응, 돌아왔어."

긍정했지만, 단지 돌아왔다기보다 다 해냈다는 기분이 더 강했다. 살아서 돌아왔다, 라는 듯한.

"지상으로 나가자, 지상으로."

레이나에게 들을 것도 없이 이츠카도 그럴 작정이었다. 집으로 돌아가는 지하철을 타기 전에 맨해튼을 보고 확인하고 싶다.

에스컬레이터, 커다란 둥근 시계, 전단지가 잔뜩 떨어져 있는 바닥, 인종도 연령도 복장도 제각각인 사람들—.

"뉴욕—."

늘어선 유리문을 빠져나와, 아직 오전 6시인데 사람도 많고 차도 많고 이미 하루가 시작되고 있는 거리에 서자 레이나가 감개무량한 목소리를 냈다.

"지저분하네."

라며 기쁜 듯이. 그것이 비판이 아니라는 걸 이츠카는 안다. 확실히 모든 게—포장도로며 기묘한 금속 펜스(사람이 다니기 위한 통로를 구성하고 있는) 뿐만 아니라, 왜인지 비둘기까지—좀 더러워 보이고, 시동을 건 채 줄줄이 노상 주차하고 있는 관광버스라든가, 어딘가에서 하고 있는 공사 소리 같은 것도 시끄럽고 근방에는 음식물 쓰레기 냄새가 가득하지만, 레이나는 부드럽게 표정을 풀고서 그것들이 혼연일체가 되어 빚어내는 공기를 일부러 깊이 호흡한다.

유리에 비친 자신들 두 사람을, 이츠카는 타인을 보듯이 바라보았다.

"있잖아,"

하고, 레이나에게도 똑같은 것을 보여 준다.

"우리 모습, 조금 초라하지 않아?"

여행하는 내내 입었던 코트와 다운재킷, 늘어난 짐으로 불룩해진(물건이라기보다 온순한 동물 같은 느낌이 드는) 배낭.

진짜 그렇네, 하고 레이나는 우습다는 듯이 웃는다.

흐린 하늘이다. 포장도로에 잔뜩 떨어져 있는 담배꽁초, 잰걸음으로 지나가는 통근자들. 주머니에 손을 넣자, 표면이 반들반들한 돌(아이올라이트라는 이름이라고, 산타페에서 그 여성은 말했었다)과 작은 간장 봉지(필요해질지도 모르겠다는 생각에 출발 전에 저 가게—지금 눈앞에 있는 딘앤델루카—에서 주머니에 찔러 넣었는데 너무 아끼는 바람에 결국 한 번도 사용하지 않았다)가 손가락 끝에 닿았다. 이런 점이 난 좀스러운 거라고 이츠카는 생각한다. 레이나라면 아마 바로 사용했을 테지.

"있잖아, 이츠카짱."

레이나가 방긋 웃으며 말했다.

"재미있었지."

하고, 작은 목소리로.

"응. 재미있었어."

이츠카는 고개를 끄덕이며 대답하고, 잿빛 하늘을 올려다본다. 교외 주택가로 향하는 하행 열차는 이 시간, 아마도 텅텅 비어 있겠지.

옮긴이의 말

학교, 이성 교제, 여자 친구들……. 자신을 둘러싼 온갖 것들이 싫은, 이를테면 'No(노)'투성이인 이츠카. 그런 이츠카에게 '본다'라는 것은 유일하게 'Yes'였다.

사람들은 왜 여행을 떠나는지……. 단순한 현실 도피? 열심히 일해 온 나를 위한 보상? 미래를 위한 투자? 이유야 헤아릴 수 없이 많겠지만, 여기 자발적 아웃사이더인 17살의 이츠카와 천진하고 붙임성 좋은 14살의 레이나는 어느 날 미국을 '보기 위한' 여행길에 나섭니다. 버스로 열차로 때로는 히치하이크를 하며, 정해 놓은 루트에 따라 혹은 자의 반 타의 반 엉뚱한 곳에 발이 묶이기도 하면서 어찌 됐든 '보는' 여행을 지속해 나갑니다. 사실 어지간한 것들을 스펀지처럼 빨아들일 나이이기에 무엇 하나 새롭고 가슴 설레지 않는 게 있을까 싶지만, 같은 곳을 여행하고 같은 사람을 만나도, 받아들이는 방식이랄까 세상을 대하는 모습에서 둘의 상반된 성격은 어김없이 드러납니다. 그럼에도 세 살 위의 사촌 언니를 전적으로 믿고 따르는 레이나와 그런 레이나를 지켜 주어야 한다는 마음이 기본적으로 깔린 이츠카이기에 두 사람은 참 좋은 길동무로서 여행의 시작과 끝을 함께 합니다. 예기치 않은 사건 사고에 휘말리거나 크고 작은 해프닝이 거듭될수록 두 사람의 연대감은 더욱 견고해져 가지요. 다다르는 곳마다 새롭게 마주치는 사람들은 또 얼마나 매력적인지요. 나이니 국적이니 인종 따위와 상관없이 하나의 인격체로 사람을 대하는 담백하고 소탈한 그들의 모습은 내내 부정적인 시각으로 점철되어 있던 이츠카의 마음을 서서히 긍정적인 방향으로 이끌면서 왠지 모를 뿌듯함과 소소한 감동을 안겨 줍니다. 그 시절의 나 자신과 어른이 된 이후의 나 자신을 투영하며 보는 재미가 있지요. 물론 개중에는 분노와 불쾌감을 자아내는 몹쓸 사람도 없지 않지만. 애당초 낯선 곳, 낯선 문화, 낯선 사람들 속에서 미처 깨닫지 못한 나 자신 혹은 잊고 있던 나 자신을 일깨울 수 있다는 것만으로도 충분히 가치가 있는 것이기에 두 아이의 사실상

생애 첫 여행은 감히 성공적이라 말하고 싶습니다. 막연하다 못해 무모하다 싶었던 첫 마음과 달리 어느덧 이들의 여행이 끝나가는 것이 아쉬운 건 저뿐만이 아니겠지요. 책을 읽는 것 자체가 여행과도 같다지만, 실제로 미국이라는 광활한 땅을 두 아이와 함께 이동하는 듯한 감각에 빠져 다음에 다다를 곳이 어디인지, 그곳에선 또 어떤 흥미로운 일이 펼쳐질지 기대하는 마음으로 페이지를 넘기게 됩니다. 특히나 사회적 거리두기가 장기화되고 있는 오늘날, 일상의 제약으로 인한 우울감을 날려 줄 신선한 바람과도 같은 여행기라고 할까요.

여행 내내 이츠카와 레이나의 이야기와 꾸준히 교차하면서 전개되는 각 가정의 부모들의 심상도 주목해 볼 만합니다. 걱정을 넘어선 분노의 마음을 일상적으로 표출하는 아빠, 염려하는 마음이 서서히 응원으로 바뀌어 가는 엄마. 자녀관의 차이에서 비롯된 갈등이 개인 혹은 주변 상황에 의해 마침내 어떠한 결과를 가져오게 되는지……. 결국 이 이야기는 사람을 대하는 방식, 세상을 바라보는 태도를 둘러싼 아이들의 이야기이자 어른들의 이야기이기도 합니다.

몇 년 후 미래를 언급하는 대목은 살짝 놀라운 반전이기도 하지만, 향후 무엇을 보고 무엇을 담든, 모두의 인생이라는 노트에 소중하고 값진 비밀이 차곡차곡 쌓여 가기를 바라봅니다.

2021년 여름의 문턱에서

신유희